法国当代经典戏剧名作系列 · 科尔泰斯专辑
Bernard-Marie Koltès · Théâtre co

法国当代剧作家科尔泰斯戏剧研究

BERNARD-MARIE KOLTÈS ET LE THÉÂTRE FRANÇAIS CONTEMPORAIN

主编：宫宝荣　宁春艳
Sous la direction de Gong Baorong & Ning Chunyan
副主编：马慧　薛金辉
En collaboration avec Ma Hui & Xue Jinhui

中国传媒大学出版社
·北京·

“法国当代戏剧暨科尔泰斯戏剧研究——当代欧美戏剧在中国”国际研讨会/
巴黎中法舞台协会落地 SIVA(于上海视觉艺术学院·双馨苑)

弗朗索瓦·科尔泰斯(左二)和宫宝荣(左一)、宁春艳(右二)、蔡燕(右一)
为“法国当代经典戏剧名作系列·科尔泰斯专辑”新书发布(7 册)揭幕

时任上海视觉艺术学院党委书记陈立民为 SIVA 表演艺术研究中心成立致辞

法国 BMK 版权总署主席弗朗索瓦 · 科尔泰斯先生发表讲话

法国文化部戏剧司原监察员、巴黎中法舞台协会顾问沃尔兹致贺词

法语联盟上海法语培训中心校长乔思德致贺词

译者宫宝荣将“法国当代经典戏剧名作系列·科尔泰斯专辑”的7本新书赠予嘉宾

译者宁春艳将“法国当代经典戏剧名作系列·科尔泰斯专辑”的7本新书赠予嘉宾

“法国当代戏剧暨科尔泰斯戏剧研究——当代欧美戏剧在中国”国际研讨会
SIVA 表演艺术研究中心暨巴黎中法舞台协会(上海)启动仪式
“法国当代经典戏剧名作系列·科尔泰斯专辑”新书发布会合影(于上海视觉艺术学院·双馨苑)

宁春艳在“科尔泰斯剧本(片段)朗读表演专场”演出开始前致辞
(于上海视觉艺术学院·黑匣子剧场)

《森林正前夜》(片段)剧本朗读
演员:孙德元,导演:宁春艳
©图片摄影 Lùkas Koltès

《孤寂在棉田》(片段)剧本朗读
演员:李传缨(左)、孙德元,导演:宁春艳

《黑人与狗之战》(片段)剧本朗读
演员:卢佳琦、边宇林、赵小林,导演:丁礼宁
©图片摄影 Lùkas Koltès

《罗贝托・祖科》(片段)剧本朗读
演员:范浩泽、贾浩男,导演:宁春艳

《罗贝托·祖科》(片段)剧本朗读
演员:朱海逸、王雨桐,导演:宁春艳
©图片摄影 Lùkas Koltès

《罗贝托·祖科》(片段)剧本朗读
演员:李曼玲、李淑婧,导演:宁春艳

《罗贝托·祖科》(片段)剧本朗读
演员:朱海逸、李淑婧,导演:宁春艳
©图片摄影 Lùkas Koltès

《罗贝托·祖科》(片段)剧本朗读
演员:黄炜帆、蔡诗奕,导演:宁春艳

《萨蓝热》(片段)剧本朗读
演员:沈萌萌、蔡诗奕、李传缨,导演:宁春艳
©图片摄影 Lùkas Koltès

贝尔纳-玛丽·科尔泰斯剧本(片段)朗读表演专场演职人员及嘉宾、观众合影
(于上海视觉艺术学院·黑匣子剧场)

“法国当代戏剧暨科尔泰斯戏剧研究——当代欧美戏剧在中国”国际研讨会
（于上海视觉艺术学院·双馨苑）

“法国当代戏剧暨科尔泰斯戏剧研究——当代欧美戏剧在中国”国际研讨会
（于上海视觉艺术学院·双馨苑）

法国剧作家贝尔纳-玛丽·科尔泰斯 1983 年在纽约
感谢剧作家官网 http://www.bernardmariekoltes.com
友情提供图片©Elsa Ruiz

序

闪光的智慧　深邃的思想
庆贺首批科尔泰斯戏剧研究成果问世

Preface

Sparkling Wisdom, Profound Thoughts, Celebrating the Emergence of the First Batch of Research Achievements in Koltès' Plays

经过一年多的准备,中国第一部以科尔泰斯戏剧为研究对象的成果集即将付梓。为此书操劳多时的法籍戏剧人宁春艳教授邀我为之写序,恭敬不如从命,于是打开电脑写了起来。

2019 年对绝大多数人来说是个平常之年,然而对为数稀少的中国法国戏剧研究人员来说却是个不同寻常之年。这是因为,被誉为 20 世纪最伟大的法国戏剧家之一的贝尔纳-玛丽·科尔泰斯(Bernard-Marie Koltès)的戏剧作品全集的中文版在历经多年的努力之后终于在中国问世了。科尔泰斯早在 20 世纪 80 年代就已在西方剧坛声名鹊起,在 90 年代初就由本人介绍进了中国,然而由于种种客观原因,其剧作迟迟未有一部被全文翻译出版,直到将近 20 年之后才终于在宁春艳教授的穿针引线和上海戏剧学院科研处的大力支持之下,由中国传媒大学出版社一下子推出了由其 7 种剧本组成的"科尔泰斯戏剧专辑",终于弥补了这一缺憾。

2019 年 10 月 25 日至 26 日,乘此全集问世的东风,在宁春艳教授的亲自操办下,中国首次以科尔泰斯戏剧为主题的学术研讨会在上海顺利举行。此时的宁教授已经华丽转身成为上海视觉艺术学院表演艺术学院的特聘教授,因而研讨会的主办方变成了上海视觉艺术学院和上海戏剧学院外国戏剧研究中心两家。在双方的精诚合作之下,此次规模不算太大的研讨会不仅有包括复旦大学、中央戏剧学院等在内的京沪高校的相关学者参加,而且还邀请到了金发碧眼的来自法国、意大利、瑞士、斯洛文尼亚等欧洲国家的专家与会,成为一场名副其实的"国际会议"。在这些外国专家中,最令人瞩目的便是科尔泰斯剧本的版权人、法国BMK版权总署主席也是剧作家的亲兄弟弗朗索瓦·科尔泰斯(François Koltès)和曾经见证了贝尔纳-玛丽·科尔泰斯由名不见经传成长为剧坛巨匠的法国文化部戏剧司原监察员让-皮埃尔·沃尔兹(Jean-Pierre Wurtz)先生。他们的莅临不仅使得研讨会的分量大大增加,更使得会议所在地——上海视觉艺术学院校园内古朴的徽派建筑双馨苑平添了几份温暖和家庭气息。正是在宁教授的精心安排之下,两天的活动极其丰富而又紧凑。第一天除了白天的新书发布会和研讨会,晚上在黑匣子小剧场里北京和上海的专业演员与该校表演艺术学院的师生们同台表演了科尔泰斯戏剧片段。这使得全体与会人员立体地、多方位地领略了这位法国戏剧大师的作品风采,也为这次难得的科尔泰斯戏剧研讨会画下了圆满的句号。

根据当初的设想,在科尔泰斯戏剧全集出版的同时,还应有一部学术论著同步出版。以科尔泰斯在欧美闻名遐迩的声誉以及此次研讨会在中国召开的分量,为之集辑出版完全属于情理之中。更何况,首次科氏戏剧研讨会的与会人员层次之高、所发表的演讲或论文质量之上乘都出人意料,直让人惊喜连连。从这些角度来看,将这些优秀论文编成集子出版实在也是我们义不容辞的责任。

因此,首届科尔泰斯戏剧研讨会上发表的论文便构成了这本集子的主体。大家很容易发现的是,参与研讨会的学者中虽然不少人有留学法国的背景,但也有不少人并没有去过法国,然而这并不影响他们读懂科尔泰斯、解读科尔泰斯,并发表真知灼见。可以说,他们的论文无不闪耀着智慧和思想的光芒。限于篇幅,本人在此仅撷取几篇具有代表性的佳文略做介绍。

上海视觉艺术学院教授蔡兴水的论文《畸零者破碎荒芜的心》对科尔泰斯剧作进行了整体性的文本解读,重点研讨的是剧中人物。蔡教授发现,科尔泰斯戏剧集中塑造的是社会边缘人物,他们往往来自社会底层,生活漂泊无定,形象畸零破败,心灵更是窘困无助,无一不是垂危者、受辱者形象。他对这些边缘人尤其是女性人物进行研究后认为,科尔泰斯剧作通过表现人物受欺凌与不被理解的境遇,表达了对人性的拷问、对受凌辱者的同情和对社会歧视的不满。然而,剧作家又没有代替观众,而是在剧中将内在冲突与外在碰撞紧密交织起来,让人们去体会人物的崩溃、揣测人物的结局、感受人物的焦虑与艰难,从而领悟到人生的多舛与不测。据此,蔡教授将科尔泰斯的戏剧风格归结为“冷峻而残忍”,具有强烈的悲剧意识。这一观点不可谓不独到而又深刻。

中央戏剧学院电影学者、留法博士徐枫教授的论文《日常生活政治与微观生命体悟》则将我们带入到更早的年代并将科尔泰斯的戏剧与电影挂上了钩，还将其与谢侯和吉贝尔进行了对比。乍一看，这未免有点令人意外，然而仔细想来便能接受。一是因为科氏早期最爱的艺术并非戏剧，而是电影；二是因为他的伯乐帕特里斯·谢侯是一位跨界艺术大师，在戏剧与电影等领域都作出了非凡的贡献。徐教授在论文中旁征博引，分析了科尔泰斯与谢侯两位大师相近的左派政治观和核心关切，指出谢侯的导演艺术在早期更多的是在布莱希特的叙事戏剧与阿尔托的身体戏剧之间寻找平衡，20世纪80年代后受到剧作家日常戏剧的影响，其作品中的写实主义成分有了明显增加。与此同时，他还受到电影编剧吉贝尔的影响。徐教授进而指出，科氏与吉贝尔之间虽有相近之处，但存在着“日常生活政治”与“微观生命体悟”的内在差异，即科尔泰斯虽然鼓吹远离政治，但其剧作仍然具有社会批判的锋芒；吉贝尔的创作聚焦于人的内心生活，探入任何社会变革都无法治愈的生命之苦，而谢侯的艺术则处于他们二者的中间点，并逐渐向后者倾斜。徐教授的这种多元比较无疑极富启发性。

复旦大学青年教师赵英晖的论文《科尔泰斯戏剧的叙事性》则从叙事学的角度分析了科尔泰斯戏剧，认为叙事性构成了其重要特征，贯穿了其戏剧创作的始终，并集中体现了科氏的“综合主义的追求”。她发现，从1970年的第一部《苦涩》到1988年的《回归沙漠》，科尔泰斯在多部戏剧中或者设置一个“超级人物”（即超越其他人物的人物），或者引入一个全知叙述者，来观察或评论人物，且他们发出的声音呈现出由隐至显、由弱渐强的一种趋势。赵英晖认为，与布莱希特叙述戏剧的目的不同，科尔泰斯戏剧的叙事性不是为了让观众或读者拉开与剧情的距离，也不是为了阻止他们进入虚构的世界，而是通过讲述人物过去或将来的故事，来扩展并强化其虚构性。这一视角与论点无疑也是十分独到和富有创见的。

上海戏剧学院年轻的法国戏剧研究员蔡燕重点讨论了她所翻译的科尔泰斯最后一部剧作《罗贝托·祖科》。她在文中将这部科氏最优秀的剧作之一与古希腊悲剧的核心概念、创作手法和莎士比亚悲剧联系起来，认为正是在这些西方传统戏剧的影响下，剧作家突破了法国古典主义条条框框的束缚，尤其是在戏剧时间、情节结构等方面发生了不小的转变。《罗贝托·祖科》一方面表明了科尔泰斯对古典主义的继承与吸收，另一方面又体现了他的后现代视域及其特征。她的结论是，剧作家通过祖科这一

"英雄"形象的塑造及其寓言的建构,超越了其前期的创作,并在写作技巧和语言艺术上都达到了新的高度。

中国国家话剧院的青年学者钟海清博士从叙事手法的角度研究科尔泰斯的戏剧。他在《独白戏剧中的叙事维度》一文中结合空间理论和语篇分析手法,细读了《森林正前夜》的剧作艺术,尤其是其所特有的独白语篇和叙事维度。他认为,科尔泰斯戏剧的社会议题十分丰富,但又能以巧妙的构思予以呈现,时而用精致的情境表现文化冲突,时而用独白的散点结构和非线性叙事来揭示人物的内心状态。同样,《森林正前夜》运用独白的叙事手法讲述"异乡情结"和"同志故事",巧妙地呈现了"外国佬"痛苦的精神世界。这种细读无疑令人信服。

除了这些建立在史论之上的论文,宁春艳教授的论文可谓独具特色。宁教授是播音专业出身,在中戏表演系研究生毕业后,赴法国进入导演领域。不仅在巴黎国立戏剧学院深造,还先后获得巴黎索邦大学硕士和巴黎第八大学博士学位,而她在本次研讨会上宣读的论文也与其最为擅长的语言分析的把握相关。她在文中针对科尔泰斯在不同阶段创作的三个样式和题材各异的剧本——《森林正前夜》《西岸》《孤寂在棉田》,剖析了科尔泰斯戏剧的语言特色,认为其既质朴又凝练且诗意。此外,她还分析了其丰富深邃的时空构建"秘诀",而这一秘诀便是将语言当作戏剧行动的一个要素,同时又在创作中融入电影手段。这一观点无疑也是非常独特,且极富启发意义的。

通过上述对部分论文的简单介绍,大家不难看出这次研讨会虽然规模不大,却由于与会人员的高度重视和他们非凡的专业水准,使得每一篇论文都饱含学术的分量、闪耀着智慧和思想的光芒,完全无愧于中国学术界首次召开的科尔泰斯戏剧研讨会,它既标志了中国学者在法国戏剧研究方面超强的能力,更预示了科尔泰斯的作品在中国会有光明的未来!对此,我们充满了信心。

是为序。

宫宝荣

上海戏剧学院教授

2020 年 11 月 18 日于仲彝楼

前　言

科尔泰斯戏剧的广袤森林

Introduction

The Vast Forest of Koltès' Plays

《法国当代剧作家科尔泰斯戏剧研究》是国内乃至汉语世界首部集中研究科尔泰斯戏剧的学术论文集，经过2年时间的筹备，近20篇稿件终于归纳收集在一起了。付梓出版前夕，望着手中的书稿，我不免心潮澎湃，用激动万分来形容此时的心情实不为过。

这本论文集的姊妹篇是7部单行本剧本，它们被收录在“法国当代经典戏剧名作系列·科尔泰斯专辑”中，在2019年10月出版发行时，正值科尔泰斯逝世30周年。7部剧本的集体亮相出版，不仅在汉语世界是个创举，具有里程碑式的历史意义，因为即便是科氏这些剧作的法语原著也是在他生前和去世后逐渐问世的。这个戏剧全集的汉译出版，源自剧作家的哥哥弗朗索瓦·科尔泰斯的提议，他是法国作家、纪录片导演、装置艺术家，本行是建筑设计师。由于他多年来对弟弟戏剧作品的大力推广，科氏戏剧在全球的当代剧场演出中占据了一席重地——科尔泰斯剧作30多年来一直位于法国当代剧作家海外演出榜单前列，这与法国和欧美学术界对科氏戏剧研究的不断升温正好契合。正是科兄在2008年春天给予了我们中国首演《森林正前夜》的版权支持（北京9剧场），而早在2006年，也是他敦促法国子夜出版社为该剧即第一部科氏剧作的汉译本的首次出版亮了绿灯。时隔13年，当科尔泰斯戏剧全集的中文版亮相时，他谢绝了欧洲的其他相关活动，热情地回应了我们的邀请，亲临上海参加我们的新书发布会。在“法国当代戏剧暨科尔泰斯戏剧研究”国际研讨会上以作家学者的身份发表学术言论，并在之后举办的“科尔泰斯剧本（片段）朗读表演专场”和中国观众一起见证了科氏戏剧首次集中亮相中国舞台。这个专场还放映了弗朗索瓦·科尔泰斯执导的短片《塔巴塔巴》（科氏剧作全集里的一个短剧）。2019年10月25日至26日，来自欧洲的专家与国内的学者在上海视觉艺术学院同其表演艺术学院的师生一起，为这位法国剧作家的30周年忌日献上了一束绚丽的花朵……这无疑是科尔泰斯戏剧的推广以及当代欧美戏剧在中国的一个亮点。

这部科氏戏剧研究论文集按照最初我们两位主编与中国传媒大学出版社责任编辑的共同设想，应该与7部剧本在同一时期推出，或在研讨会后随即出版。遗憾的是，2019年底暴发的新冠肺炎疫情逐渐席卷全球，戏剧演出行业受到了前所未有的冲击。法国著名导演阿兰·迪马尔(Alain Timar)执导的法国奥勒剧团演员精彩演绎的科氏剧作《孤寂在棉田》在南京、武汉、杭州、上海、北京的巡演(2019年12月6日至22日)，偶然中成为疫情爆发前夕在中国内地的最后一次巡演。从社交媒体(如爱丁堡前沿剧展微信公众号等)中观众的热烈反应不难看出，科尔泰斯戏剧的影响已经扩展到更大范围，因此，我们对科氏作品的译介和研究工作就显得尤为责任重大。几位在上海国际研讨会发言的专家不约而同地利用疫情初期居家的时间，潜心深入研究科氏戏剧，大大扩充提升了自己的发言稿内容。上海视觉艺术学院蔡兴水教授孜孜不倦地研读科氏剧本全集，他在研讨会上的发言已经让与会的专家对其科氏文本解读的独到观点留下了深刻印象。然而他言犹未尽，研讨会结束当日就又投入到了更深入全面的研究，历经十个月最终为本论文集完成了近两万字的专稿《畸零者破碎荒芜的心——科尔泰斯剧作综论》。蔡教授的治学精神实在令人钦佩！细读其“综论”可以发现，他不但将7个剧本(实际还包含收录在最后一个剧本里的2个短剧)逐一进行了文本解析，还打通了它们之间的关系，从创作的角度将7部剧作进行对比，总结出边缘群体、家庭矛盾、非洲色彩、女性生存等“相互缠绕且不断消解，多音齐鸣，此消彼长，充满变化”的科氏戏剧创作主题。这不但对于国内学习戏剧文学专业的人来说是一种引导，而且对日后有意排演科氏戏剧的导演和演员来说也非常实用，甚至对于我们深陷科氏戏剧世界的几位译介者和研究者来说都是弥足珍贵的。此外，中央戏剧学院的徐枫教授在疫情期间身处巴黎，他在访学之余专心查阅科氏的“专业户”导演谢侯有关科氏戏剧创作的大量珍贵资料，走访了谢侯的多年合作者。他的论文将谢侯导演的《孤寂在棉田》1987年初创版、复排版和1995年重排版三个不同版本进行了深入的舞台呈现层面的解析，总结出谢侯受科尔泰斯剧作影响，逐渐形成了其纯戏剧的导演风格：“文本走向更内在的密语，成为形体戏剧的驱动。”他不仅带领大家深入解读了谢侯这位涉足电影、歌剧、戏剧的法国跨界导演的创作过程，而且提升了我们对科氏这部搬演“点击率”

最高的戏剧文本的深层理解。

另外，迪马尔导演的《孤寂在棉田》在中国的巡演，真正让很多中国观众认识到了科尔泰斯戏剧的魅力，巡演引发了很多网友对该戏的热议。不少人直言这部戏是其当年所看的最好的戏剧演出，我们将上海戏剧学院李伟教授当时的一篇剧评(原载于《澎湃新闻》2019 年 12 月 26 日)也收集在这个论文集内，以便让读者从中窥见该戏在中国的影响。这次巡演就在上海科氏研讨会两个月后，从某种程度上讲，我们学术界的"小众"研讨活动终于赢得了内地五大城市观众更大范围的共鸣，这实在是令人欣慰的一件事。虽然演出方在筹备这次巡演时，并不知晓我们这套译本已在翻译出版过程中，而且出于演出制作商演及版权方面的考虑，此次巡演的 10 场演出字幕并没有用笔者的汉译本。该戏的巡演海报上的剧名《孤寂棉田》也与笔者的译本有一字之差，况且通过汉语字幕看法语演出的观众并不能在演出现场即时领悟到剧本文本的所有含义(导演为了让观众欣赏到演员的精彩表演，有意删减了字幕的少量台词)。因此，在上海和北京的演出前后，根据迪马尔导演的提议，我们配合演出方在剧场外展示出售了《孤寂在棉田》的汉译本以及全套"法国当代经典戏剧名作系列·科尔泰斯专辑"，推介这位法国当代戏剧巨匠。这种现场发售剧本的做法在法国及其他欧美国家是非常普遍的，在国内似乎还没有形成气候。阅读科尔泰斯戏剧文学剧本的感受和现场观演的感受之间的细微差别，在李伟的《孤寂的心灵　坚硬的铠甲》一文中清晰可辨。迪马尔导演在该剧的上海大剧院演出闲暇，也曾到访上海视觉艺术学院，在巴黎中法舞台协会和我们畅谈了这台戏的创作只是他个人作为导演及舞美设计的一种解读。这也从侧面反映了科氏戏剧的可读性和搬演性总是并驾齐驱的，这是科尔泰斯一直有意追求的一个创作境界。科氏戏剧的阅读深度也反映在了它对演员表演的高要求上，参加科氏剧本朗读表演专场的演员，无论是富有舞台影视经验的老演员、表演教师李传缨(上海戏剧学院)和孙德元(中国传媒大学)，还是上海视觉艺术学院的年轻学生，在排练过程中都深切感受到了科氏戏剧表演的非同一般的难度，尤其是对台词语言技巧的把握。孙德元在研讨会的发言已经谈到了这个问题，他在迪马尔的《孤寂在棉田》巡演中国时也特意在北京观看了演出，他 2008 年和 2012 年先后在北京出演了《森林正前夜》和《孤寂在棉田》，对科氏戏剧人物表演的难度深有体会。想必他在看了迪马尔导演版本的精彩演绎后，对这个问题有了更深的理解……

科氏戏剧的阅读魅力在另一个场合也得到了很好的印证：一年后，即 2020 年 11

月下旬，第十二届傅雷翻译出版奖揭晓，笔者的译本《孤寂在棉田》荣获文学类大奖，这是该奖项设立12年以来，由中法文学界和翻译界专家组成的评委会第一次将文学类翻译出版奖颁发给一个戏剧剧本的译作。无疑，这是傅雷翻译出版奖对笔者翻译工作的认可、嘉奖，自然令我无比欣喜；同时，这更是科尔泰斯戏剧在汉语世界传播推广的一个捷报。我第一时间将这个喜讯分享给了这套剧本全集的主编宫宝荣教授和中国传媒大学出版社的编辑，以及远在欧洲的弗朗索瓦·科尔泰斯和曾亲临上海研讨会的西方嘉宾，大家无不为之欢欣鼓舞！

傅雷翻译出版奖也激励我们对这个论文集的出版筹备做得更加细致深入，不但国内的学者大都补充提升了各自的发言内容，几位西方嘉宾也在疫情期间再次增补校稿，不放过一个细节，尤其是法国文化部戏剧司原监察员让-皮埃尔·沃尔兹先生。根据他发来的新稿件，笔者对赵英晖老师的译稿进行了校译。为了研讨会上几位外国专家的发言能够被不懂法语的与会者准确领悟，复旦大学的赵英晖老师在会前短促的时间内，很好地完成了三篇法语发言论文的翻译，可见她多年来研究科尔泰斯戏剧的功底深厚。研讨会期间，其复旦大学的同事姚景晨老师的现场翻译使得专家们的讨论环节进展顺利、生机勃勃。赵英晖在南京大学的博士论文（2017年答辩）就聚焦于科尔泰斯的戏剧研究，这在国内实属凤毛麟角，而法国和欧美其他国家的硕士和博士论文以科尔泰斯为课题的数量相当可观。有关科氏的法国戏剧理论专著也有不少，我们在该论文集的统稿过程中惊喜地发现，几乎所有法国研究科氏的专家的著作、主要论点都多多少少地被我们研讨会的发言论文谈及或引用。这本身也丰富了华语世界对法国当代戏剧的研究。

值得一提的是，由于我们上海科氏国际研讨会的成功举办，中央戏剧学院学报《戏剧》杂志2020年第4期集中刊载了五篇有关科氏的研究文章：宫宝荣的《科尔泰斯戏剧美学思想初探》、笔者的《科尔泰斯戏剧语言的时空构建——文本解读〈森林在前夜〉〈西岸〉〈孤寂在棉田〉》、蔡燕的《科尔泰斯〈罗贝托·祖科〉中的悲剧性》、吴亚菲的《科尔泰斯戏剧在中国》，以及玛丽-克洛德·于贝尔（Mari-Claude Hubert）的《科尔泰斯的审世情怀》。这一期《戏剧》杂志封三还整页选登了科氏戏剧演出剧照（由巴黎中法舞台协会收集提供），希望这些论文的集中刊载能够引起国内戏剧界和学术界对科氏戏剧的关注。我们在征得法国埃克斯—马赛大学名誉教授于贝尔女士的同意后，将她的这篇文章（吴亚菲译）也收录在我们的论文集里，以便为读者提供更全面的科氏戏剧研究论文。

因此，上海科氏研讨会的16篇发言论文和特别转载的2篇文章，共18篇是该书的主要构成部分，我们在一些文章中适当地插入了一些相关戏剧演出的剧照，以增加读者阅读时的感性认识，帮助大家更好地理解科氏戏剧的广袤森林世界。另外，该书目录做成了中英文双语版，研讨会的每篇论文都配有英文摘要，方便国外读者了解该书的内容概要。每篇论文的作者都对文章进行了认真校对，甚至不放过一个脚注；马慧更是对论文集做了英文校对。她在校对中也从内容上对自己研讨会的发言论文进行了全面的扩充和提升，其有关科尔泰斯的剧作语言及其对阿尔托的传承的观点富有新意。希望我们的努力能为今后国内对科尔泰斯戏剧及法国当代戏剧的深入研究打下坚实的基础。

还要特别感谢促成2019年深秋上海科尔泰斯国际研讨会的每一位同仁，感谢上海视觉艺术学院领导和上海戏剧学院外国戏剧研究中心的鼎力支持，特别是宫宝荣教授的信任和耐心！感谢所有与会专家的精彩发言及对论文的授权。上海视觉艺术学院表演艺术学院年轻的薛金辉老师为该书撰写的后记，令人回忆起研讨会及其系列活动的一个个生动细节（新书发布、研究中心启动仪式、剧本朗读表演专场等）。最后，特别感谢中国传媒大学出版社的编辑，从科尔泰斯剧作全集的出版到该论文集的准备，虽历经波折但始终不改初心！从2006年起笔者与该出版社创编“法国当代经典/古典戏剧名作系列”丛书以来，至今已翻译出版了20余部法国剧本，而这部理论学术著作也算是这套丛书的特例。回想2006年3月首次出版该系列时，就是由科尔泰斯的《森林正前夜》汉译本拉开了序幕，15年后这部论文集终于问世，希望它可以将国内读者真正带进科尔泰斯戏剧的广袤森林！预祝各位阅读愉快！

宁春艳

上海视觉艺术学院教授

SIVA表演艺术研究中心/巴黎中法舞台协会

2021年夏末

目　录

科尔泰斯的家庭

The Family of Koltès

弗朗索瓦·科尔泰斯(François Koltès)[①]

翻译:赵英晖[②]　校译:宁春艳

摘要:在科尔泰斯的工作和生活中,家庭占有决定性的位置。它在一段时间里给科尔泰斯以坚实的依靠,同时也成为他人生中的不能承受之重,让他想逃脱,以获得自由。这份自由让他能够保留住自己的"小"原生家庭,同时把属于"他自己的"大家庭扩展到无限。

关键词:法国当代戏剧;科尔泰斯剧作;家庭主题

Abstract: Family occupies a decisive place in Koltès' work and life. It gave Koltès a solid support for some time, but at the same time became an unbearable weight in his life, making him want to escape and be free. This freedom allowed him to keep his small original family, while expanding his "own" family to infinity.

Keywords: Contemporary French theatre, Koltès' plays, family themes

科尔泰斯的第一部戏(除几部已散失的早期创作外),于1970年在斯特拉斯堡写成。这是一部名为《苦涩》的作品,改编自高尔基的《童年》一书(这是这位俄国作家结束在意大利的流放返俄后写作的自传三部曲的首部)。这让大家很容易想到,科尔

---

① 法国作家、建筑师、电影美术指导、纪录片导演。近年在意大利阿斯蒂艺术节创作了大型装置艺术作品《纸雕》,这是其与意大利著名演员、导演皮波·戴尔波诺(Pippo Delbono)合作的装置表演艺术作品。他是剧作家贝尔纳-玛丽·科尔泰斯的胞兄,在剧作家去世后一直担任BMK(贝尔纳-玛丽·科尔泰斯的法文简写)版权总署主席。作为作家,弗朗索瓦·科尔泰斯在法国已出版两部长篇小说和一本短篇文集。

② 本译文为译者主持的国家社科基金一般项目"当代法国戏剧理论焦点问题研究"(项目编号:22BWW059)的阶段性成果。

泰斯的创作也可能正是他的自传,但事实并非如此。我们如果仔细阅读从《苦涩》到《罗贝托·祖科》的每部剧作就会发现,它们都有一个明显的特征,那就是它们一直关注家庭主题。

其中有一些,甚至是很著名的剧目,明确地揭示了这个主题。我将以出版的五部汉译版作品《萨蓝热》《黑人与狗之战》《西岸》《回归沙漠》和《罗贝托·祖科》为例进行论述。其中最明显的例子是《萨蓝热》(*Sallinger*)。在这部剧中,作者选择家庭作为其发展故事的背景,他进入越南战争时期一个美国普通家庭的生活中:父亲、母亲、两兄弟和一个妹妹。此外,还有一个未婚妻和两个朋友(一个男孩和一个女孩),他们与这家人的某些成员建立了牢固的甚至有点问题的关系,这跟父母与子女之间或子女内部之间的矛盾的关系一样。这是在某个社会或某个西方国家里的家庭典范,他在反映家庭生活的同时也展现出了许多其他的问题。战争的话题是沉重的,涉及过去、现在和未来,与家庭内部正在发生的事件形成类比,作者还将其他主题交织在一起:弟弟莱斯里对自己演员职业的质疑(可以与哥哥勒胡金幽灵的表演相提并论)。幽灵的存在唤起了远祖传承甚至是返祖的所有分量,那些某一个家庭成员与非家庭成员的关系:例如勒胡金和女友卡洛莉,莱斯里和男友亨利,或卡洛莉和她的闺蜜珠妮。

《萨蓝热》中有非常紧密的家庭关系,虽然不是自传,但也借用了作者的生活元素,揭示了家庭生活可能引起的封闭状态:莱斯里在寻求摆脱这种情况的方法,在他看来,他的兄弟勒胡金最终用自杀成功打破了家庭的枷锁。我们仍然可以找到高尔基《童年》的影子,即这是一个充满暴力的家庭的故事,那里每天都有暴力事件,而孩子想逃脱(这也是当时俄罗斯底层人民的写照)。要知道尽管科尔泰斯从不希望摆脱自己的家人,但在某个时候(正如他决定从事戏剧创作的那一刻)需要清算某些他觉得限制了自己的小资产阶级环境,他觉得那些环境太安逸,太令人满意同时又太狭窄。这个外部世界也将在以后的《回归沙漠》中被描写,实际上这是他 1968 年首次访问加拿大时发现的,尤其是他抵达美国时去了纽约。这是他第一次去往如此遥远的国家,这也是他第一次坐飞机。他于 1968 年 7 月从加拿大给我写的一封信中有一段说到,他发现了一个不同于他的家乡和法国外省的"另一个世界":"……我经常想到法国,它是如此之小,如此疯狂的理想主义和虚弱。我远远地望着它,我可怜它那些哲学家和思想家,他们现在看来如此孤单可怜。"

在十年后的 1978 年 9 月,写完《萨蓝热》之后,BMK(贝尔纳-玛丽·科尔泰斯的法文简写）马上发现了另一个世界，即中美洲（尼加拉瓜和危地马拉）：他在一封信中跟我提到蒂卡尔①金字塔，他描述了它在热带雨林中的非凡所在："……最主要的是这种启示，使人们在它面前，完全不会想起我们的城堡废墟或大教堂，而这些东西如此复杂、如此神秘，以至于我们以为自己正在目睹时间倒流，或者我们正面临着一个来自遥远未来的还没完成但是一直在建设的工程。"

在纽约和蒂卡尔这两个地方，这些当然都是世界上非常特定的地方，但是他以一种隐喻的方式看到和感受到：与这些地方的相遇，让他对世界的认识变得更清晰、更广阔。显然，那里的国家、地区以及最终的家庭空间不再具有任何意义，或者使它相对于宇宙具有相对视角的意义：作者意识到还有其他世界，多个宇宙——各种意义上的宇宙；而且，人们必须摆脱小家庭的环境才能向这些世界敞开心灵。当时，他除了对自己生活的世界有一个蓝图，还认识到了人类存在的相对性这一事实（他在信中说"我很小，在宇宙中太小了"。这一点在《回归沙漠》中表达得更加明确）。我们可以感觉到他已经超越原生家庭很长时间了，更超越了能对 BMK 使用的这个术语，那就是"祖国"。现在他以更高的眼光看到了这个世界，这是一个诗人的目光。

在《萨蓝热》中，他强烈提倡这种离开家庭的旅行，而在《西岸》（*Quai ouest*）里被更加暴力地表达了出来。一个来自拉丁美洲国家的移民家庭的故事，发生在一个"西方"城市（可能是纽约）的废弃港口。在这里，我们更加强烈地找到了家庭封闭的感觉，就像在一个看似开放的监狱中，人们是无法逃脱的。除非从一个外来人那里偷走他的钱和车才能逃离开，而这人迷失在了他自以为了解的地方。这就是夏尔（Charles）的想法，该想法已被所有人认同。除了家庭冲突，主题是如何摆脱家庭，如何达到一个比我们所生活的更好的想象世界。夏尔固执地怀着这样的愿望：去到电灯永远亮着的地方，他将变得富有，在那里他将拥有所有他想要的女人，在那里他可以忘记他的父亲、母亲、妹妹、阿巴德和伐克等一样被封锁在家庭中的人。

他准备背叛同伙阿巴德，撇他在此，自己只身出逃。离开不想被他抛弃的妹妹克莱尔；离开那个自己已不能离开也不准儿子离开的父亲；离开母亲塞西琳。母亲想靠她的儿子碰碰运气，指望他寻找已失去的大家庭荣耀。但是，就像《萨蓝热》一样，命运将正好是相反的。在《西岸》中，有一个巨大的隐喻维度，就像西方神话中的穿越河流，如黑人的神圣精灵一般不可违抗。没有人能越过河流抵达彼岸：母亲将很快死亡，夏

① 位于危地马拉的著名玛雅文明的古城遗址。——译者注

尔将被阿巴德杀死。一个家庭单元被摧毁。

对于《罗贝托·祖科》(*Roberto Zucco*),科尔泰斯设想将主要人物罗贝托插入已经被削弱但依旧自我封闭的家庭空间里。在这种环境下,妹妹女孩(La Gamine)突然发现了逃离的机会。在杀死父亲和母亲(逃离家庭空间的另一种可能性)后,罗贝托突然闯入了女孩的生活。那么,我们会想到皮埃尔·保罗·帕索里尼(Pier Paolo Pasolini)的电影《定理》,其中一个陌生人进入一个资产阶级家庭,该家庭原本似乎生活在安静的环境中,陌生人在几个小时内便颠覆了家庭空间。

女孩要与杀手罗贝托一起离开,姐姐却想留住她,因为姐姐自己无法离开,而哥哥则解释说,家庭是唯一重要的东西,大家庭决定着很多对她重要的东西。在女孩的强烈意志下不堪重负的哥哥最终将妹妹卖掉,令她变成妓女,以此解决了这个问题。当然,科尔泰斯最后一部作品《罗贝托·祖科》的梗概远不限于此,只不过,这个原生家庭从一开始就展现出其极端的匮乏,它当然很容易因外部"因子"的入侵而瓦解。

我最后才提到《回归沙漠》,其实它是作者写作时间线上的倒数第二部剧,因为从广义上讲,它是体现科尔泰斯对家庭的依恋和排斥感的作品中最令人回味的一部。首先,不难发现在这次"回归"法国外省(他自己的故乡)"沙漠"的过程中,作者所表达的一种温柔。重要的是要理解作品的标题——"回归",也就是说这是一个返回由于各种原因而离开的老地方的旅程。在这里,这是关于玛蒂尔德回到她的原生家庭、回到老家的故事,那里的所有缺陷依然存在,这些缺陷使这个空间变得难以生活。而且,BMK选择这个主题创作该作品,也正是因为他对自己花费毕生来逃离的世界的回归。正如我上文所述:不仅是一个单纯的家庭世界,也是一个外省小镇的小资产阶级家庭所看不到的未来可能的世界。剧中的"沙漠"正是玛蒂尔德很长一段时间以来所理解的一种空无、什么都不会生长、也不会有任何好的事情出现的地方。

我们很快了解到这一家人被打散的原因:玛蒂尔德在第二次世界大战快结束时被惩罚了——可能因她与德国人有染,家庭财产开始由哥哥管理,因此妹妹玛蒂尔德被发配到了阿尔及利亚。我们也很快知道,玛蒂尔德的回归彻底打乱了一个家庭空间,包括属于她的房子和工厂的空间,还有城市中舒适生活的小圈子。更重要的是,玛蒂尔德在长期远走后,归来时带来了两个没有父亲且起了外国名字的孩子。在阿尔及利亚战争的最后几年的大背景下,这是不可能的,这之前也是不可能的,而且即使在今天，也很难成为一件正常的事情。

后来，兄妹之间不断的争吵又重新开始了，再后来就变成了一篇文章，不是在剧本里头，而是附录《塞尔佩诺瓦兹家族百年史》。作为对遗忘过去的纵容，他们抛开了孩子，最终一起离开，去到世界的尽头。

最后，对于《黑人与狗之战》，我们乍一看可能认为家庭缺席了，好像它不存在。在白人方面，是的，毫无疑问，好像并没有一个家庭存在。似乎很久以前，这三个剧中人到了非洲，这段时间对于郝恩来说最久，也许对于卡尔来说短了一点，对于莱奥娜来说则是最近的事。每个人都抛弃了一些东西，比如一个远在欧洲的家。但家庭的主要戏份不是在这里，而是在黑人阿布里的独白里——他来寻找他兄弟的尸体时说的。这段文字是科尔泰斯写得最美的文字之一，其有意义的原因有多个。

首先，它突出显示了两个相反的实体在一个封闭空间的较量（这是戏剧的基本主题之一）：意志坚强的阿布里与他的弟兄、母亲等。这是非洲将会有一个未来的正面隐喻。因为，家庭，尤其是生育，是未来的要素，预示着未来发展的可能性。我们可以说这三名白人性无能，他们的无能为力导致他们逐渐消亡，这是对欧洲和整个北方国家的隐喻。

其次，作者诗意的表达方式让我们联想到一个由科尔泰斯创作的家庭：一个兄弟，一帮兄弟，一个母亲，一群母亲，妇女、儿童和一群人，他们都聚集在一起，聚集在一个核心周围，形成一个越来越大的、不可计量的、占有所有空间的家庭。

关于《黑人与狗之战》的文本有很多东西可以讨论，但今天无法展开这个话题。无论如何，对于科尔泰斯来说，显然是不能将家庭搁置一边不谈的。这是一个他自己的家庭，这个他一生中创造出来的家庭，首先是血缘关系，后来很多广义的“兄弟”也变成了他自己的兄弟。这些弟兄们被他带进了自己的宇宙，那就是他的文学和电影世界。要进入其中，“兄弟们”必须接受他的整个世界，就像那些封闭俱乐部的会员卡一样，这体现了一种旧式的骑士精神。

在科尔泰斯构想的家庭中，最基础的是母亲。母亲的形象以各种形式绝对地存在着，作为家庭的基础，作为证据。为了理解科尔泰斯与母亲的关系，阅读他给她写的信很有用。它们不仅揭示了他对她的依恋，还揭示了她在他的世界和作品中所处的重要地位。

我还要为此回到高尔基，是他最先引发科尔泰斯进行戏剧写作的。那么，我们可以回想起这位俄罗斯作家在《童年》中的一段话，当时他想起了祖母。对他来说，祖母是他的真正的母亲："她出现了，叫醒了我，将我引向光明。她用一条长长的线将我周围的所有事物穿起来，编织成了一张彩色的刺绣；她立即成为我一辈子的朋友，我心中最亲密、最无间、最珍贵的存在。"

科尔泰斯戏剧美学思想初探①

A Preliminary Study on the Aesthetics of Koltès' plays

宫宝荣②

Gong Baorong

摘要：科尔泰斯作为20世纪法国最重要的剧作家之一，其独特的戏剧风格早已引起各国戏剧界和学术界的广泛重视。本文结合科氏的主要剧作及其在《我生命的一部分》中阐述的戏剧观点，分析科氏戏剧呈现出的主要审美特征，指出"无用论"的戏剧观乃是其艺术特征形成的基础。这些艺术特征主要包括："去政治化"的主题、"英雄化"的人物、字斟句酌的语言以及完美的剧本……正是这些风格特征使之获得了世界各国观众的欣赏。

关键词：科尔泰斯；戏剧观；审美特征

Abstract: As one of the most important French playwrights in the 20th century, Koltès' unique theatrical style has long attracted the attention of theatrical and academic circles in various countries. This paper analyzes the main aesthetic characteristics of Koltès' plays in the context of his major plays and the theatrical views he expressed in *Une Part de ma vie*, and points out that the "uselessness" view of theater is the basis for the formation of his artistic characteristics. These artistic characteristics include: "depoliticized" themes, "heroic" characters, carefully crafted

① 本文发表于《戏剧》2020年第4期。

② 法国巴黎第三大学博士、上海戏剧学院教授兼外国戏剧研究中心主任，主要从事欧美现当代戏剧研究等工作。国家社科基金重大项目首席专家，先后承担国家社科基金、文化部、教育部、上海市哲学社会科学办公室等的多个科研项目。曾担任《中国大百科全书·戏剧卷》第三版副主编。著有《法国戏剧百年》《梨园飘香塞纳河——20世纪法国戏剧流派研究》等，译有理论著作《戏剧符号学》、剧本《艺术》《杀戮之神》等，还是"法国当代经典戏剧名作·科尔泰斯专辑"（剧本7部及该论文集）的主编和主要译者。

language, and perfect scripts...It is these stylistic characteristics that have won the appreciation of audiences around the world.

Keywords:Koltès, theatrical view, aesthetic features

科尔泰斯(Bernard-Marie Koltès, 1948—1989)已经离开人世 30 年,其作为法国当代戏剧标志性人物之一的历史定位已经不可撼动,其在整个世界的影响也是与日俱增。然而,毋庸讳言,这位如今在世界剧坛上堪称声名显赫的剧作家在中国的影响依然十分有限。早在 20 世纪 90 年代,笔者已经将其介绍过来,并翻译了其代表作之一《黑人与狗之战》(1979,以下简称《黑人》)的片段,进入 21 世纪之后又在《戏剧》和《戏剧艺术》等杂志上发表了针对其剧作特点的论文,上戏研究生甚至在几年前上演了全本《黑人》剧,而 2005 年在北京由法籍华人宁春艳教授翻译、法国导演迪迪姆执导的《森林正前夜》(1977,以下简称《森林》)等作品正式在中国登台上演。虽然如此,由于种种原因科尔泰斯及其戏剧在中国的知晓率依然不高,与其在国际上的崇高地位极不相称。可喜的是,经过多年努力,在其逝世 30 年后的今天,中文版科尔泰斯戏剧全集终于问世。此举不仅填补了一项国内空白,而且必然有利于科尔泰斯戏剧在中国的传播,尤其有利于学界的研究和艺术界的借鉴。借着这一东风,笔者不揣浅陋,结合自己的相关翻译和阅读经验,尤其是科尔泰斯的访谈录——《我生命的一部分》,试图对其戏剧美学思想做一初步探讨。

一、"无用论"的戏剧观

众所周知,西方戏剧自诞生以来,除了其与生俱来的审美功能,还担负着不少社会功能,如教育功能、宣传功能等。在某种程度上,剧院就是一座学校,它是向民众传播社会与时代主流价值观的场所,既是培养观众的摇篮,更是教育公民的学校。这也是古希腊雅典城邦舍得花费巨大人力、物力,年年都要组织戏剧比赛,还要发放观剧津贴,动员公民多进剧场的原因。这一传统到了 18 世纪启蒙时期更是得到了发扬光大,无论是在法国还是在德国,都有人不遗余力地宣扬以剧院取代监狱的观点。随着 19 世纪中叶易卜生推出社会问题剧,戏剧的社会功能被发挥到了极致。然而,自此之后尤其是20世纪西方戏剧与社会一样跨入现代以来，人们对戏剧的认识日益多元，传统观念不断受到质疑，戏剧的社会功能日趋瓦解。早在1896年，法国现代戏剧鼻祖雅里(Alfred Jarry，1873—1907)便在《法兰西水星》杂志上撰文，提出与传统主张截然不同的论点。在这篇题为《论剧院里的戏剧无用论》的文章中，雅里认为戏剧只有一种功能，即为观众带来一种"创造和预见的快乐"功能。显而易见的是，在过了将近90年之后，雅里的这一戏剧观又在科尔泰斯这里得到了延续和发展。

和雅里一样，科尔泰斯认为戏剧并不具有任何实际的社会功能。他在接受别人的采访时曾经反复多次强调自己的这一观点，即"戏剧就是一场游戏，戏剧就是一种快乐"①。他自称在读了伽利略之后(时间约在1978年)，人变得乐观豁达了，对生活、对戏剧的看法都发生了很大变化。他如此评价这次阅读的感受："这是一种根本性的启示，它应该是学校里必须教的。人在时间、在空间中的位置，也就是人的虚无性。这就把人类所有的问题都相对化了。唯一值得人们严肃对待的问题，是人的生理痛苦、第三世界的痛苦，这些可是根本的。至于其余……其余的都是毫无意义的琐事，有时间就做，是一种奢侈。……剧作家这一职业中令我高兴的一点，便是无功利性。"②科尔泰斯正是从这一戏剧观出发，在创作中只追求快乐、"唯美是图"，而努力排除任何功利性。他尤其反对涉及政治，认为戏剧不是剧作家发表政治观点的论坛，更不能指望通过戏剧去解决任何社会问题。1988年，他在回答德国《镜报》记者就其作品是否蕴含任何哲理信条的提问时表示："人类完全做不成任何大事。是的，我从来不会产生设计一些信条的想法。我既不是哲学家，也不是思想家。我没有在剧本中注入任何政治企图。对我来说，戏剧不是政治思想的论坛。"③

在去掉了戏剧的政治功能之后，科尔泰斯追求的又是什么样的戏剧呢？他接着说道："除了写戏这一行为本身，我没有任何其他理由写剧本。不过，我开启剧本写作是因为受到某种触动，或许是因为主题，或许是因为演员。"④确实如此，他之所以写戏，或是因为旅行途中所见所闻使之产生了某种想法，或是因为观看了某个演员的表演与之"一见钟情"，或是因为深受某一则社会新闻的触动。譬如，《黑人》和《西岸》(1983)无不与其多次前往非洲和纽约访问有关。在非洲，科氏对前法属殖民地的当地人与西

① KOLTÈS B-M.Une Part de ma vie[M].Paris：les Editions de Minuit，2010:105.
② KOLTÈS B-M.Une Part de ma vie[M].Paris：les Editions de Minuit，2010:119.
③ KOLTÈS B-M.Une Part de ma vie[M].Paris：les Editions de Minuit，2010:105.
④ KOLTÈS B-M.Une Part de ma vie[M].Paris：les Editions de Minuit，2010:138.

方人之间的文明冲突深有感触；在纽约，他在西岸码头流连忘返，对聚集在那里的边缘人物了如指掌。《回归沙漠》(1988，以下简称《回归》)一剧诞生的直接原因是其看戏时深为主演玛杨的演技所折服而萌发了为其写戏的欲望，最后一部《罗贝托·祖科》(1988，以下简称《祖科》)更是因为他为当时曾经占据欧洲各大媒体的意大利逃犯的"英雄"形象所折服。

当然，仅仅是为主题或人物或演员写戏并不能够保证其能创作出令读者和观众欣赏、热爱的作品。除此之外，科氏戏剧的成功秘诀还应有更加深刻和重要的因素。在笔者看来，这便是科尔泰斯在创作中对美、对快乐的追求。如前所述，科尔泰斯否定戏剧的社会功能，认为戏剧不能解决任何社会的实际问题，认为它是一种"无用的"艺术。也正是由此出发，他追求一种类似写作"游戏"所带来的"快乐"。然而，他毕竟是个戏剧家，因而在追求写作快乐的同时，还要顾及观众的感受。他曾推己及人地表示，自己看戏时并不愿意中途退场以免影响其他观众，但有些糟糕的戏让他厌烦透顶，并因此失去了看戏的兴致。为了避免自己的戏让观众因讨厌而离席，他便努力写好每一部戏。如何让观众不退场？那便是上演"美"的作品。他将契诃夫的戏与卢浮宫里的宝藏相提并论，认为人们需要这些"可以让人发现美"的作品。哪怕对美感兴趣的人越来越少，人们还是得去创作美。他表示："我认为，唯一留存下来的教益，便是美的教益。给我们留存下来的唯一美是语言的美、本原的美。没有美，生活便没有意义。……而我恰恰认为除美之外，不存在其他的教益。"①正是因为科尔泰斯极其强调为观众带去愉悦就要追求剧本之美，这也是一种极致之美，再加上他遇到了一位同样追求舞台上的极致之美的导演谢侯，所以其剧作才为法国观众所喜爱，才获得了广泛的认同与高度的评价。

二、"去政治化"的主题

如前所述，科尔泰斯的戏剧观是"无用论"的戏剧观，亦即忽视社会功能而注重审美功能的戏剧观。1988 年，也就是其去世前一年，他在答德国记者问时谈到，不仅在《回归》中没有任何政治想法，而且在自己的戏剧创作中历来都是如此。他表示："我不

① KOLTÈS B-M.Une Part de ma vie[M].Paris：les Editions de Minuit，2010：113.

以思想写戏，而是以人物写戏。如果需要的话，我完全可以写一本政治小册子，但我不会在剧本中去写政治手册。”①从这段话可以看出，科尔泰斯写戏的目的与萨特、加缪等前辈迥然相异。只不过，无论在任何时代还是在任何国度，无论艺术家的个人主观态度为何，包括剧本在内的任何文学作品都不可避免地要遭遇政治。这是因为，作为人类社会的一分子，任何人都难以逃离政治这张巨网的控制，剧作家也不例外。科尔泰斯虽然不热衷表现政治，但由于他的剧作表现的是具体的社会中具体的人与事，因而政治就不可避免地渗入其中。更何况他还一度加入过法国共产党，其政治倾向性不言而喻。虽然他之后脱离了法共，但这种政治倾向应该不会改变许多，也会通过剧作的主题与人物等自然流露出来。

事实也正是如此。在科尔泰斯为数不多的剧本中，不同文明之间、不同肤色之间、不同阶层之间的矛盾冲突已然成为其戏剧的中心主题，如《森林》中北非“老外”与怀有种族偏见的巴黎白人之间、《黑人》中欧洲承包商与非洲土著之间、《回归》中一无所有的姐姐与拥有一切的企业主弟弟之间等，无论这些矛盾冲突的起因为何，其中社会与政治因素都占据着首要的位置。如果换成一位热衷于政治的剧作家的话，这些作品很容易写成作者思想的传声筒，而这样的例子也是举不胜举。然而，科尔泰斯却有着十分清醒的头脑，通过其独特的创作技巧加以避免，成功地做到“去政治化”并因此在法国剧坛上独树一帜。

科尔泰斯的主要剧作包括《森林》、《萨蓝热》(1977)、《孤寂在棉田》(1986，以下简称《孤寂》)、《黑人》、《西岸》、《回归》、《祖科》等。撇开系友人委约并根据美国小说家塞林格作品改编的《萨蓝热》不说，其余几部作品都在不同程度上进行了“去政治化”的处理。独白剧《森林》中，主人公是一个生长在法国的无名外国血统人士。从其肤色、对家乡的描述及有关“抓耗子”等台词中可以猜到，其祖籍很可能是原法属北非殖民地中的某个国家。这个“老外”逮住一个并不出场的人向其倾诉了长达近2万字的独白，除了介绍其在巴黎的生活和工作，还多次声称要创建一个世界范围内的工会。《孤寂》表现的是发生在商贩和顾客两个人之间的交易谈判。商贩和顾客在城市某处进行着显然不能公开的“交易”，双方围绕着这件始终没有交代清楚的东西你来我往地来回交锋。《黑人》的故事性更强一些：在西非某一由白人承包的桥梁工地上，黑人阿布里受全村人委托来到白人居住区，向工地承包商郝恩索要一名死于非命的同胞的尸体。

① KOLTÈS B-M. Une Part de ma vie[M]. Paris: les Editions de Minuit, 2010:138.

《西岸》一剧发生在纽约西部港口某一废弃仓库，活腻了的富人寇弛驱车来到岸边欲寻短见，却遇到了生活在此的底层贫民罗道大 家。剧作在表现寇弛自尽受阻的同时，还展示了这些边缘人之间的矛盾以及他们各自对生活的渴望。《回归》的剧情相对比较集中，讲述的是一对姐弟的矛盾，离开法国多年的姐姐玛蒂尔德拖儿带女地回到了家乡，欲向当年为了独吞家产不惜勾结狐朋狗友嫁祸自己的弟弟讨回公道，却发现弟弟依旧是那么薄情寡义，而最糟糕的是自己的女儿竟然莫名怀孕，他们不得不再次背井离乡，返回远比家乡温暖的北非“沙漠”。《祖科》一剧更为简单，主要描述杀人犯祖科的故事。该犯越狱之后回到家中，再次犯下弑母之罪，逃亡途中一发不可收拾，最终被女人出卖由警方缉拿归案，并在再次越狱时被击毙。

从这些非常概括的介绍之中不难发现，除了《森林》《黑人》《回归》等剧隐约具有一定的政治性，其余几部——《孤寂》《西岸》《祖科》等基本上都被剧作家做了“去政治化”的处理。如果我们再认真地分析一下前三部戏的话，便会发现科尔泰斯其实从创作伊始就在努力“去政治化”。《森林》是其第一部剧作，剧作家当时不仅年轻气盛，而且还是法共党员。正因如此，他才会让主人公提出要建立世界性的“工会”。这位主人公祖籍并非法国，且处于社会底层，因而对自己所处的巴黎社会颇感不适，除了找不到工作，还很容易成为种族主义分子排斥的对象。由他提议建立这样一个旨在捍卫工人利益的组织，其政治意义可谓不言而喻，科尔泰斯完全可以借题发挥，来控诉种族主义、抨击当局的歧视性政策等。然而，作者几乎立马就笔锋一转，让主人公说了这么一段台词：“……那些现有的政治、政党，以及工会，还有警察、部队等，这一切都是政治，这不是我想要的，这一切，对我的头脑来说太杂乱了，……”[①]既然这位主动提议建立世界工会的并不想卷入政治，那在其后的台词中几乎只涉及主人公的种种个人遭遇，尤其是其在“妓女街”上的所见所闻，以及莫名其妙的尼加拉瓜老将军的故事等，政治话题完全被丢入九霄云外！同样的手法在《黑人》和《回归》中也是十分明显。两部剧作的内容都包含了很明显的政治因素，《黑人》剧一方面表现的是西方白人与非洲黑人之间的文明冲突，另一方面也描写了不同等级白人之间的矛盾，但剧作家都没有在这些方面往政治方向操弄，而是注重表现个人在其中的表现及其后果。而《回归》剧中，姐弟矛盾无疑也有着巨大的政治背景，即北非殖民地的独立运动及其对法国本土的影响，法国政府的相关政策无疑是姐姐不幸的主要根源之一。然而，科尔泰斯只是将焦

① 科尔泰斯.森林正前夜[M].宁春艳，译.北京：中国传媒大学出版社，2019：11-12.

点集中在姐弟俩的具体的财产纠纷以及子女不睦等方面，实质性地回避了政治这一重大话题。

科尔泰斯的这些剧作各自的表层故事原本各不相同，但经过其大刀阔斧地“去政治化”之后，它们共同的深层主题反而得以凸现。而共同的深层主题不是别的，正是他所强调的“人的孤独与焦虑”。确实，在科氏的所有剧目中，孤独和焦虑可谓萦绕始终的主旋律。限于篇幅，在此仅举几例来解释科尔泰斯的剧中人物是何等的孤独。在《森林》里，无名无姓的主人公竟然连个说话的人都没有，即使硬逮着一个，对方也始终沉默不语，这个“老外”也就这样自言自语地说了整整一场。而其谈的又是什么呢？恰恰就是这个土生土长的法国人因肤色的不同而被视为“老外”，成为白种人喊打的“大耗子”，整个故事让人听来唏嘘不已。《孤寂》多了一个人物，人物也有了身份，然而还是没有姓名的人物。两个不知对方为何人的角色围绕着一种谁也不知道的“货品”大段大段地对话，说的确实不少，可却是各说各话，简直就是鸡同鸭讲。《黑人》中，白人因为惧怕黑人而住在一个自我封闭的隔离区内，哪怕来的只是赤手空拳的黑人阿布里，白人从上到下无不怕得要命。然而，他与同类同样是格格不入，无论是在其手下干了多年的卡尔，还是他从巴黎街头带来的女人，都无法与之实现真正的沟通。《祖科》更是一个孤独“英雄”的标本，这名青年不仅跟外部世界难以交流，就是跟父母也是形同陌路，竟然像对待马路上的任何人一样施以重手，犯下滔天之罪！于是我们看到的画面是，他从一个现场逃到另一个现场，看似还遇上了红颜知己，但令他重新被逮捕归案的就是这名当代版的“达莉拉”①！这又是多么具有讽刺意味，人的孤独在此可谓被揭示得无以复加。

三、“后现代”的古典美

科尔泰斯所经历的时代，恰是法国社会发生激烈变化的时代。无论是戴高乐创立第五共和国，还是北非殖民地人民争取独立解放运动，都对法国的政治和文化生态产生了深刻影响。而进入20世纪60年代之后，一方面是阿尔及利亚等国人民的斗争如

① 参见《圣经·旧约》：希伯来英雄参孙被腓力斯丁人使用美人计，向腓力斯丁少女达莉拉说出了自己战无不胜的秘密，最终被腓力斯丁人解除神力并不幸牺牲。

火如荼，另一方面则是美国发动侵略越南战争激起了包括法国在内的全世界人民的激烈抗议，再加上法国国内各种社会矛盾日益激化，最终在1968年爆发了“五月风暴”。这场风暴虽然历时不长，但它对法国社会、政治、文化和艺术等各个领域的影响却是既深且远。就戏剧而言，随着以姆努什金、布鲁克等人为代表的新一代导演的崛起，无论是剧本写作还是舞台演出都发生了根本性的变化，进入了所谓“后现代”阶段。科尔泰斯恰巧在这一“导演至上、文本衰落”时期开始其戏剧生涯，要想获取成功必须另辟蹊径，其困难之巨大可想而知。幸运的是，这位原先最爱的艺术是电影的剧作家，凭借自己的天赋与努力，很快便以独树一帜的艺术风格成为众人瞩目的一颗冉冉上升的明星。

何为科尔泰斯的戏剧风格？凡是读过他的剧作的人都会对其从情节到结构、从人物到语言、从节奏到空间等各个方面的与众不同留下深刻的印象。科尔泰斯虽然生命短暂，其创作主要集中于20世纪70年代下半期和20世纪80年代，但他的创作风格还是随着时代的变化和个人阅历的增加而不断丰富与变化的。在这些丰富与变化当中，有一条是永恒的定律，那便是对语言的崇敬和对文本的信仰。也正是因为这两点，他才能够在强手如林的法国剧作家队伍中以数量有限的剧本脱颖而出，成为20世纪法国最伟大的剧作家之一。

说来令人难以置信，科尔泰斯最初并不喜欢戏剧，22岁之前甚至没有进过剧院。然而，当他在斯特拉斯堡剧院看了一部由当时的戏剧明星玛丽娅·卡萨莱斯主演的《美狄亚》之后，竟然与这门艺术一见钟情，结下了终生之缘。有趣的是，也正是这次观摩，决定了科尔泰斯日后戏剧创作的特点之一，即从演员或人物出发来写戏。其作品《遗产》(1972)便是为卡萨莱斯量身定制的，且由她本人在法国国家文化电台亲自录制。《森林》(1977)和《萨蓝热》(1977)为其好友布鲁诺·伯格兰主演，后者实际上是应伯格兰之邀约而作。而标志着其剧作风格之重要转变的《回归》则是为另一位令其大为感动的女演员雅克琳娜·玛杨(Jacqueline Maillan)而创作的。

一般而言，凡为演员创作的戏，其中的语言往往会占据重要地位。莎士比亚、莫里哀戏剧都是如此。而在极其强调美对生活、对戏剧的重要性的科尔泰斯看来，戏剧的美便是语言之美：“语言作为戏剧工具，是其唯一的手段，因而必须最大限度地予以利用。”①如此，他在创作时会字斟句酌，反复推敲。可以说，科尔泰斯戏剧之美在很大程

① KOLTÈS B-M.Une Part de ma vie[M].Paris:les Editions de Minuit,2010:132.

度上来自其语言。必须强调的是,科尔泰斯的语言观与传统的性格化语言迥然相异,亦即他并不追求通过语言来刻画人物性格,而是更加讲究语言自身的美。他认为,语言本身并没有意义,当剧作家在创作中根据其节奏性、音乐性针对一大串语言进行排列时,意义便自然而然地产生了。令德国《镜报》记者不解的是,他的人物往往围绕某件东西不断兜着圈子,可这样东西却始终都没说清楚。针对这一提问,科尔泰斯如此答道:"这是一个难以说清的话题,因为它涉及文字意思这个问题。自然,一个词本身是不产生意思的。要使它的意思显示出来,就必须把一堆词组合起来,要有一种节奏,一种音乐;音乐创造意思,可是一个词,孤立无援,独木难支……人们需要许许多多的词来试图圈住一个意思,来更精准地定义它。"①由此,我们便能理解为何在科尔泰斯的剧本中人物并不多,但每个人物的台词都很长,且富有节奏感和音乐性。从一开始,他就十分注重台词,注重挖掘、突出每一个词的节奏与音乐。其第一个剧本《森林》干脆就是一个人长达40多分钟的独白,这对演员的台词功夫提出了重大挑战。《孤寂》一剧中商贩和买家两个人围绕着始终没有说明白的"禁物",竟然花了所有的时间你来我往地交锋不停。全剧与其说是展现人物性格之间的矛盾冲突,不如说是围绕着"禁物"所展开的语言冲突。同样,《黑人》一剧中无论是郝恩跟阿布里还是郝恩跟卡尔,或者是莱奥娜跟阿布里,他们共同的特征也是有大段的台词。对演员来讲,要想演得好首先得说好台词,将其中的音乐美、节奏美充分体现出来才是。而对观众来说,只有学会认真聆听、细心体会,方能真正领略到科氏剧作之美。

当然,作为剧作家,追求语言之美可谓天经地义。但如果只是停留在语言之美上,恐怕也是难以维系长久的。事实上,正如前文所述,科尔泰斯戏剧的出发点除了主题还包括人物或演员。当然,为演员而写更多是个幌子,因为从演员出发势必归结于人物。科尔泰斯的剧中人物最大的特征是为社会所边缘化,即无法融入主流社会的底层人、不为都市接纳的外地人、不被法国认可的外来移民或其后裔,或与西方文明格格不入的第三世界。如《森林》的主人公显然是一个难以被巴黎人接受的"老外",虽然他出生在此,理应是这个社会的一分子。《孤寂》中的商贩和顾客不仅没有姓名,而且进行的交易显然是为社会所不容的,否则没有必要来到这一连警察都不敢轻易踏足的荒郊野外。《黑人》中敢于不依不饶地向白人讨要正义、索取不幸丧命的兄弟尸首的主角之一阿布里,是一个无权无势的土著。《祖科》的主角更是一个背负弑亲之罪的犯人,越

① KOLTÈS B-M. Une Part de ma vie[M]. Paris: les Editions de Minuit, 2010: 107.

狱之后也还是接二连三地犯下重罪，可谓恶贯满盈。科尔泰斯之所以对边缘人情有独钟，与其出生在一个外省普通军官家庭有关，也与其周游世界，尤其是非洲和拉美等第三世界有关，因而他始终对社会底层人、边缘人的生活极其了解且充满同情。因此，这些边缘人在他的笔下非但不是不登大雅之堂之辈，反而是值得大书特书的英雄。这一点可以从他对祖科的推崇中窥见一斑，当然科氏所谓的英雄并非当代意义上的，而是超越时代的、跳出了道德框架的、原始意义上的英雄。他表示，祖科之所以是位英雄，那是因为他的杀人是无目的的，与神话中的英雄相一致。"神话人物不在于使命，而在于他人的目光，罗贝托·祖科便是这样的人物。"除此之外，祖科敢于反抗权力也让科尔泰斯十分赞赏。当然，反抗权力、吸引人眼球只是边缘人"英雄"的一个方面。其实，在科尔泰斯的思想深处，边缘人也好、陌生人也好，其实都是正常人，更严格地说，生活中"人人都是外乡人"、陌生人。由此，人们可以十分清楚地理解为什么边缘人在其剧作中占据着主要地位。

人物、语言之外，戏剧文本本身的构建便成为重中之重。无疑，对科尔泰斯来说，戏剧写作与小说有着根本的不同，那便是创作小说有着比较大的自由，而戏剧的限制多多，要求更高。为了能够达到他为自己设定的不让观众因厌倦而退场的目标，他在写作剧本时十分用心，一部戏的完成往往要花一两年的时间。不仅如此，科尔泰斯在其短暂的创作生涯中从不墨守成规，而是不断地探索与创新。在早期，他更多地遵循古典主义的创作原则，努力做到符合其时间、地点与情节等一致的要求，尤其是明确人物行动的动机等。在一次接受记者采访时，他如此回顾："有一段艰难的阶段，因为我将一些愚蠢的规则、一些古典主义的规则强加给自己。您知道，就是那些理论家们教给你的一切：上场要有动机、下场要有动机，要遵守时间的延展。所有这一切，都是错误的、愚蠢的。"①当然，这篇访谈是在科尔泰斯逝世之前不久所做，其真正的根本性转变应该发生在1988年之后。这一年，他受旅法瑞士导演吕克·蓬蒂的委约，为其翻译了莎士比亚的《冬天的故事》。这次译剧经验在科尔泰斯身上产生了极大的影响，他表示："在翻译莎士比亚的时候，我意识到他对时间毫不在乎，他愿意的话就跳过十五年，他轻描淡写地解释说跳过了十五年。他不停地更换地点，他的人物有话说时就上场，说完之后就下去。"②

① KOLTÈS B-M.Une Part de ma vie[M]. Paris：les Editions de Minuit，2010：151.

② KOLTÈS B-M.Une Part de ma vie[M]. Paris：les Editions de Minuit，2010：151.

按照剧作家自己的说法,他是在《西岸》之后才挣脱了传统剧作法的束缚,开始真正找到了创作的自由与乐趣。然而,在笔者看来,他对剧本创作的探索其实贯穿于短短的十几年。他最早的《森林》一剧其实就不怎么符合古典主义的原则:一是没有任何情节或故事,二是连人物的姓名都没有,甚至连剧名都那么地莫名其妙①,可以说他一起步就已经脱离了古典主义而进入后现代戏剧的范畴。按照剧作家自己的说法,之后的《孤寂》《黑人》《西岸》均为按照古典主义原则写就,但只要认真研读的话便会发现,其实三部剧作并不完全相同。也许《黑人》在某种程度上最接近古典主义②——打开其剧本就会发现,它不仅有规整的人物表及介绍,甚至还是五幕形式,台词更是大段地来回,与高乃依、拉辛的剧本如出一辙。然而,《孤寂》并不如此,剧情的发生地点付之阙如不算,就连贩子和买手究竟在从事何种交易都语焉不详,甚至人物的姓名都干脆予以省略。同样,曾经令人十分痛苦的《西岸》也并非名副其实的古典主义剧作。正如该剧的译者在《导读》中所说:"从结构上看,剧本尊崇古典戏剧的三一律基本规则(同一时间、同一地点、同一事件),但又融入了很大的叙事文学的自由,包括许多人物的大段内心独白,以及几段主要人物叙述自己身世经历的内心独白。"③当然,古典主义戏剧中大段独白并不罕见,然而《西岸》中的这些内心独白却不用作演出,更多地是为了方便读者的理解。这种文学性还体现在其剧情的结构编排上:不再用文字分幕分场,29 场戏竟然都没用数字标示。因此,人们也不难看出,其对古典主义原则的遵守实际上并不彻底,带有明显的后现代特征。

标志着科尔泰斯剧本创作发生转折的是其在 1988 年创作的《回归》。确实,在莎士比亚的启发下,他开始彻底摆脱法国古典主义编剧法的限制,进入了一个极其自由的状态,结果便是其剧作显得更加灵活。评论界的一致看法是:无论是《回归》还是最后一部《祖科》,它们都在很大程度上借鉴了电影。此言不虚,科尔泰斯明确表示,他在走上戏剧道路之前,看电影是最大的爱好,有时甚至成天都在电影院里度过。毫无疑问的是,这种对电影的嗜好无形之中会对其戏剧创作产生影响,正如他因为喜爱文学尤其是以福克纳、塞林格等人为代表的美国文学,所以作品中的文学性也不由自主地

① 法文剧名为 *La Nuit just avant les forêts*,现中文译名为《森林正前夜》,无疑两者都令人费解。如果严格推敲的话,似应译成《正于森林前之夜》,但同样地不合语法且晦涩难懂。类似的难题还有《孤寂在棉田》(*Dans la solitude des champs de coton*)等。

② 宫宝荣."后现代"的古典美:《黑人与狗之战》[J].戏剧艺术,2002(2):46-55.

③ 科尔泰斯.西岸[M].宁春艳,译.北京:中国传媒大学出版社,2019:导读 8.

流露一样。事实上，即使在《西岸》这样一部他自以为最为“古典”的剧作里，场景的变化之多之快也很容易让人跟电影联系在一起。只不过，在翻译了《冬天的故事》之后，科尔泰斯终于挣脱了自幼戴上的古典主义枷锁，开始无拘无束地创作，电影的技巧于是堂而皇之地占据着显著位置。戏剧评论家安娜·甘丹写道：“他在电影艺术里找到了多得多的自由、针对同一人物的多种视角的可能性、正反打、蒙太奇。而且他十分乐意用电影语言来谈论他的剧本。如在谈及《西岸》时他说过，‘从悬崖的这一侧到那一侧的一个跟踪追拍’。”①

四、文本至上的演剧观

科尔泰斯的文本至上、语言为先的戏剧美学不仅体现在其剧本写作上，同时还体现在其对舞台艺术本身的认识方面。表面看来，他从事戏剧创作具有一定的偶然性，那便是遇到了斯特拉斯堡国立剧院老院长兼附属戏剧学院院长的于贝尔·吉努(Hubert Gignoux，1915—2008)。只是在被吉努介绍进入戏剧学院成为导演专业学生之后，他才正式走上戏剧这条道路。说来有趣，原本学习导演的科尔泰斯竟然很快放弃了导演这条道路，转向了剧本创作。更加不可思议的是，这位正是靠著名导演谢侯的出色执导才闻名遐迩的剧作家，竟然在出名之后否定起导演艺术。笔者认为，这与科尔泰斯的职业生涯起步于文学而剧本创作依然属于文学范畴有关。如前所述，22岁之前他从来没有走进剧院，更热衷于读小说、看电影，因而最初创作的也是小说。在谢侯于1983年首次执导《黑人》并大获成功之前，他的早期剧作不是置于案头便是由他自己或朋友搬上舞台(如《森林》和《萨蓝热》)。一方面这些剧作本身还不怎么成熟，另一方面导演也是初出茅庐之辈，演出自然不可能获得多大成功。这些不甚愉快的经历甚至使他后来也不再愿意把早期作品搬上舞台。《黑人》的一炮打响，开启了他和谢侯两人的合作，后者几乎成了其唯一的指定导演。当然，科尔泰斯并非不希望其他导演也能接受挑战，但事实却是谢侯的巨大身影使得其他导演望而生畏，因而在谢侯离世之前，基本上没有第二位法国导演勇于问津。应该说，科谢两人的合作虽说并非亲

① QUENTIN A. Territoires koltésiens in Bernard Koltés. les Nouveaux Cahiers de la comédie-française[M]. Paris: La Comédie-Française—L'avant-scène théâtre, 2007:49.

密无间，但富有成效却是不争的事实，因而直到逝世，科尔泰斯都对谢侯的导演极其满意。人们完全可以说，如果没有谢侯的执导，科尔泰斯的剧作恐怕会是另外一番景象。

既然如此，科尔泰斯又怎么会对导演艺术产生怀疑，甚至说出一些极端的话呢？表面看来，这与德国汉堡塔利亚剧院上演的《回归》一剧有着直接的关联。在这出由德国名导A.朗执导的演出中，并没有按照科尔泰斯的要求，由黑人来演伞兵、由阿拉伯人来演阿齐兹等人。更过分的是，这些白人扮演的阿拉伯人头上竟然缠着土耳其人的包布！如此违背剧情，尤其是作者意愿的做法，在优秀剧作乏善可陈且盛行“戏剧构作”的德国可谓司空见惯，可对有着几百年悠久戏剧传统尤其是名剧辈出的法国戏剧来说简直如遭遇了强暴一般，而对坚信戏剧首先是文学创作的科尔泰斯来说，更是不能接受。

应该承认，科尔泰斯的导演观还是比较传统甚至有些保守的，他认为导演应该尊重剧作家，按照剧本的原样来演出。为此，他质问：“为什么在德国就不能放在法国背景之下来上演我的法国剧本？观众又不是傻瓜：他们理解这样的事情。我的人物应该穿得像1960年的法国人。我写戏不是为了解决这个世界的问题。如果有人在德国搬演我的戏，不要突然之间利用它来解决德国的问题。否则的话，不如作罢。”①而熟悉德国当代戏剧的人都知道，利用古代剧作、外国剧作来为当代服务正是其一大特色，科尔泰斯所遭遇的其实在德国属于再正常不过的事。然而，科尔泰斯向往的是导演为剧作家服务的时代，如斯坦尼斯拉夫斯基之于契诃夫，又如谢侯之于他自己。然而，在他眼里，像谢侯或斯坦因这样的导演实在太少：“他们的存在是为了更好地服务剧本，且猛然之间会有崇高的想法。这些人为作家服务，并且帮助他写剧本。”②A.朗的做法令其十分愤怒，以至于他立即中断了版权合同。他愤愤不平地表示：“如果导演想要叙述故事，那么就让他们自己去写剧本，不要利用别人的剧本来讲自己的故事。”③不过，如果我们将科尔泰斯的这些话放在当时的欧美戏剧背景中去分析的话，不难发现其后更为深层的原因。进入20世纪70年代以来，随着布莱希特和阿尔托戏剧理论的影响日甚一日，以布鲁克、姆努什金等人为代表的“导演戏剧”逐渐“称霸天下”，剧作家及其剧作的“一剧之本”地位一去不复返，戏剧文学进入了严冬。不仅法国如此，欧洲其他各

① KOLTÈS B-M. Une Part de ma vie[M].Paris：les Editions de Minuit，2010：103.
② KOLTÈS B-M. Une Part de ma vie[M].Paris：les Editions de Minuit，2010：153.
③ KOLTÈS B-M. Une Part de ma vie[M].Paris：les Editions de Minuit，2010：103.

国也如此。而科尔泰斯除了在德国遭遇了A.朗这样的随意"解构重构",在瑞典、芬兰等国也有类似的经验。面对这些在他看来属于随意糟蹋剧本的现象,他已经忍无可忍,认为导演这种行业实在没有必要存在,即使有像谢侯这样的好导演,它"依然是某种寄生在戏剧之上的蟹,好几百年都没什么用处,因此到了某个时候也将一无用处。戏剧需要的是剧作家和演员,仅此而已。"①他甚至肯定地表示:"导演不应称霸剧坛,历史上它出现得很晚,且50年后应该就会消失。"②这一切表明,与其说科尔泰斯的怨气针对个别德国导演,不如说它指向的是当时包括法国在内的整个欧洲的"导演至上"这一普遍现象。归根结底,科尔泰斯的戏剧观是一种文本至上的戏剧观:"要让一部剧作存在,唯一不可或缺的是演员、作家和优秀技术人员。其他的,在大多数时间,都是寄生虫。"

结　语

科尔泰斯英年早逝,留存于世的剧作为数有限。然而,每一部剧作都是其呕心沥血而成,因而无不闪耀着独特的艺术光芒,并汇聚起来形成一道道美丽的风景,予读者和观众以深刻的审美体验。要真正理解科氏的剧作艺术及其审美特征,毫无疑问必须研究他的戏剧观与美学思想。我们从戏剧功能、剧作主题、人物与语言、剧本与导演等几个方面略做探讨,初步揭示了科尔泰斯戏剧的若干审美特征。不过,限于资料和能力等因素,本文必然是粗浅鄙陋的,只是抛砖引玉,希望方家能够予以指正,同时期待未来有更多的成果能够问世。

---

① KOLTÈS B-M. Une Part de ma vie[M].Paris:les Editions de Minuit,2010:143.

② KOLTÈS B-M. Une Part de ma vie[M].Paris:les Editions de Minuit,2010:103.

畸零者破碎荒芜的心

——科尔泰斯剧作综论

The Broken and Barren Heart of the Marginal Man：

An Overview of Koltès’ Plays

蔡兴水[①]

Cai Xingshui

摘要：科尔泰斯的剧作复杂难懂，变幻纷纭。他的作品不明确表现单一主题，大多咏叹孤独不幸的悲歌，捕捉蹩脚落魄、浪荡无望的人生，凸显陷于困境、饱经歧视的无助人物及其悲催的境遇，着力探究阴暗、颓败的心理世界，映现无处安身、无地自由的文化隔阂和异族冲突。科尔泰斯还是一位颇具世界意识的剧作者，总是站在文明与愚昧、现代与落后、善与恶等思想意识对抗交锋的美学高度，表现多元文化并存、多民族群聚杂处的地域色彩及生存图景。其创作技法同样表现出认识和理解方面的双重难度：喜用多人称视角变换，时而主客观互相映照，时而第一人称、第二人称合体为一，具有荒谬怪诞等复杂意味，难有雷同套路可循。

关键词：科尔泰斯剧作；精神互虐；畸零者；多元文化；反套路；视角切换

Abstract：Koltès’ plays are complex，incomprehensible and varied. Most of his works do not explicitly express a single theme，but mostly chant lonely and unfortunate lament，capture the lame and hopeless life，highlight the helpless characters and their miserable situation who are trapped in

① 复旦大学文学博士、新闻传播学博士后，现为上海视觉艺术学院广播电视编导、文化创意产业管理专业教授，上海戏剧学院戏剧与影视学方向硕士生导师。主讲戏剧与电影剧本解析、影视剧理论、中国文化史等课程，发表戏剧、影视、文学论文数十篇，出版影视剧理论、文学研究论著多部，有《世事如烟：大哥大与煤气罐》《戏剧的轮和翼》《新时期中国电影简史》《巴金与〈收获〉研究》《学问西东》。目前主要研究方向为戏剧影视理论、创意文化与艺术理论等。

difficulties and suffer from discrimination, explore the dark and decadent psychological world, and reflect the cultural barriers and interracial conflicts where there is no place to live and no freedom. Koltès is also a world-conscious playwright, always standing at the height of the aesthetic confrontation between civilization and ignorance, modernity and backwardness, good and evil, etc., and expressing the regional colors and survival scenes of multicultural coexistence and multi-ethnic clusters. Their creative techniques also show the duality of perception and understanding, with the guest using multiple perspectives, sometimes reflecting the subject and object, and sometimes combining the first and second person into one, giving people a complex meaning of absurdity and grotesqueness, which is difficult to follow.

Keywords: Koltès' plays, mental abuse, marginalized people, multiculturalism, anti-canon, perspective switching

笔者不太了解西方戏剧,对法国戏剧没有专门研究,对科尔泰斯剧作是第一次接触和阅读。对于科尔泰斯这样的颇具异质化的创作者,随意选取一部剧作,或者信手翻阅某一剧作的某些场次,就想窥一斑而见全豹是困难的。所以,以下见解虽是苦心研读科尔泰斯剧作所获,但仍难免挂一漏万、顾此失彼,恳请学界方家批评赐教。

一

科尔泰斯剧作之晦涩复杂和难以理喻,表现在几乎每一部作品都不明确地表达单一的主题,或者不以单一的方式来呈示主题,而是信息散落、观点杂陈,让人难辨偏正主次,它们相互缠绕且不断消解,多音齐鸣,此消彼长,充满变化,甚至每每读完都不免怅然若失,不知从何说起①。

① 科尔泰斯对戏剧创作的探索总在不断地推进发展,包括对主题的表达一直在变换。到创作《西岸》时,他按照生活中经常转换视点、转换问题的做法,尝试"从一个'主题'开始"而"在另一个'主题'结束"的可能性。参阅:西岸的一个仓库(注释)[M]//西岸.宁春艳,译.北京:中国传媒大学出版社,2019:179.原载于《欧洲戏剧》1986年1月,取自与阿兰·普里克的访谈。

《森林正前夜》[1]通篇是一个流落异国的漂泊者[2]的自怜自艾的絮叨和掺杂着多疑揣测的自述独白或旁白[3]。人物如惊弓之鸟，又如没有去处的浪人，带有几分神经质，虚弱而困惑，充满独上高楼、愁肠百结的浮夸态势，勾勒出多少有些病态的神情。剧作家把一个置身在孤独旅程中的浪游者的恍惚、惊乍，以及草木皆兵般的无助，濒临崩溃的焦虑恐惧放大和暴露无遗。《萨蓝热》[4]写的是无爱、无家、无归宿、无法遁逃的生存现象及生命形式。无论是生者，还是死者，无论是一家人，还是外人、外来者，概莫能外，一切皆然。《黑人与狗之战》[5]勾画出一群不幸的人：赚足了金钱、以为连哄带骗找来的年轻女服务员会与自己结婚以结束自己孤单无家生活的60岁包工头；年轻粗暴恶俗、不顾异国习惯枪杀了非洲黑人工人以至于最终也死在当地岗哨（黑人）的枪下的法国工程师；怀持讨回死去兄弟尸体执念、满心隔阂地面对痴恋他的白人女人，天天与白人阶层缠斗交涉，对白人始终抱有敌意，强硬好战，无法和平共处的黑人；陷入无望的爱情之中难以自拔最后自毁形象的简单纯粹的女服务员。《西岸》[6]写了一个不想活的有产者闯入废弃的仓库区，即踏入贫民窟代表的绝望之地。他的进入即宣告了他的必死无疑，因为他点燃了本就蛰伏着的多重矛盾，而且泥淖般的困境使他无法脱身：一是贫困绝望者像抓住救命稻草一样地困住他，企图压榨和攫取他；二是本地渴望实现向上攀爬提升境遇的不法青年与甘于沉溺底层固有生活的外族者的冲突；三是家人之间困兽一般的挣扎与极力寻求挣脱的做法产生了强烈对抗，恶劣本性的肆意膨胀与回归单纯宁静的想法有力碰撞，激烈的纯爱与世俗的欲望不能协调。终了，死的死，散的散，留下碎落一地的家园。《孤寂在棉田》[7]写的是顾客遭逢商贩的两人对话。我把该剧看作一个孤寂者的臆想产物。或许是独自远游，形单影只，所以幻想着有人记挂、惦念，哪怕是与自己发生口角、拌嘴，纠缠不休，也是一件求之不得的幸事。剧中孤

① 写于1977年，宁春艳翻译，中国传媒大学出版社2019年9月第1版。

② 著名法国戏剧研究专家宫宝荣认为，该剧主人公本就出生在本地，却被视为不被接受的"老外"。另一法国戏剧研究专家、《森林正前夜》的译者宁春艳从剧中推导出这个人祖籍在北非，不是土生土长的法国人，因此才会被当作生活在巴黎的"老外"。本文对这一剧中人的理解接近宁春艳的说法。

③ 科尔泰斯曾经谈到《森林正前夜》是"一个男人"的"独自诉说"，参阅：西岸的一个仓库（注释）[M].西岸.宁春艳，译.北京：中国传媒大学出版社，2019：179.

④ 写于1977—1978年，宁春艳翻译，中国传媒大学出版社2019年9月第1版。

⑤ 写于1979年，宫宝荣翻译，中国传媒大学出版社2019年10月第1版。

⑥ 写于1982年年初至1983年11月，宁春艳翻译，中国传媒大学出版社2019年9月第1版。

⑦ 写于1985—1986年，宁春艳翻译，中国传媒大学出版社2019年9月第1版。

身出行的顾客,在必经之路上,偶然遭逢早已等候在此的商贩向他兜售物品欲做见不得阳光的买卖。剧作东拉西扯,言语颠三倒四。时而谈及人与兽的交战僭越,欲望的膨胀与自我和解,时而说到关于顾客与商贩贵贱阶层的互啧,对不怀好意的交易的不能自拔的讥讽。最高频的词语是关于"孤寂"[①]的感受的,对它的描述让人过目难忘,顾客向商贩倾诉"无边的孤寂",还说一起去找伴儿,"因为孤寂令我们疲惫不堪"。最莫名的细节,也是能说得清道得明的情节,是商贩把手搭在顾客的胳膊上,并给顾客盖上衣服。这些隐晦的暗示恰是缺失关爱的孤寂者的心理补偿,是异乡之旅人渴望获得温热的有意流露。《回归沙漠》[②]表现的是家如沙漠,回家如同回归无爱的荒漠。剧中充满无家可归之感,因为家里只有亲人间的相互攻讦、相互陷害和相互摧残。家里没有温暖温情,家人之间以最极端的恶意互相中伤、不留余地,如同撕裂旧日的伤口然后再往血肉上撒盐。身为亲人,相互撕咬,构陷罪名,无情不义,何其不幸!何其悲哀!《罗贝托·祖科》[③]一反以声讨控诉谴责的形式来写一个十恶不赦的恶棍,而是改用游戏、恶作剧的,甚至带有闹剧色彩的荒诞手法,表现连父母都可以眼不眨心不跳地加害,把另一家人特别是兄姐拼命守护、保藏着的少女童贞都可以毫不怜惜地蹂躏毁损,连街上遭逢的无辜陌生人都可以毫无底线随意杀害的越狱惯犯。

根据上述概说并结合科尔泰斯剧作,我们大致可获取作者传递的某些重要信息:孤旅者的空虚寂寞冷,百无聊赖,神经质,精神临近崩溃的病态;社群、族群的相互倾轧与对抗;外人之间、异族之间交融相处的困难;家人之间的重重矛盾,至亲之间锥心剜肉般的血淋淋的连环折磨与相互煎熬;家人之间缺失关爱,外人之间同样无爱可言;爱情根本无法寻获,无论在生前还是在死后;危险与死亡近在咫尺,就在寻常的平日生活中随意发生着,不可避免;每个人都没有归宿,难以解脱,无论是生者还是死者,同样都是命运悲惨。

科尔泰斯所展示的图景的共同之处是充满痛苦、不幸,是孤独、抑郁和悲愤。他的剧作大多聚焦于蹩脚的,不光鲜的,偏向落魄的,浪荡的,陷于挣扎或者呼告无望的人生。剧作家凸显人物陷于困境、流落异地、受到追捕或饱经歧视的现实境遇,让人眼热心酸,其对阴暗、灰败及颓废的挖掘深度值得我们驻足探究。《孤寂在棉田》中两个人

① 参阅《孤寂在棉田》第 24 页、第 40 页、第 42 页、第 44—45 页、第 49 页。

② 写于 1988 年,宫宝荣翻译,中国传媒大学出版社 2019 年 10 月第 1 版。

③ 写于 1988 年秋,蔡燕翻译,中国传媒大学出版社 2019 年 10 月第 1 版。

撕扯不清的言语，方向莫辨、结果不详、目的不明的漫无边际的对答与辩驳，充满对孤独的迷思，顾客与商贩希望抱团取暖，却又相互抗争。《森林正前夜》中从北非来到法国的落单者，长期寄寓客栈，被视为同志，连交往的妓女也离他而死，更是遭受了法国佬的凌辱、搜捕和痛打等，他与当地文化格格不入，作品表达出外乡人沁入骨髓的孤冷无助，“在这乱糟糟的浊世中找到一片草坪，和平鸽在森林上空飞翔，然而士兵们却冲着它们开枪”①的格格不入、触目惊心、具有极大反差的画面，映现了无处安身、无地自由的孤独与不和谐。不堪的现实处境，文化的隔阂和差异，灵与肉被撕裂后的决绝与痛彻心扉，近乎崩溃的渴望宣泄和爆发却只能喑哑无语！作品表现的是一种无处落脚、不被周围认同与接纳的孤立无援，一种落寞、被凌辱的生活状态，一种憋屈内敛饱受束缚的近乎绝望的精神本质，一种渴望干净、纯粹的内在吁请与无言心声。《黑人与狗之战》的背景在非洲法属工地，白人头领爱着的巴黎女子却爱上了来工地索要被害兄弟尸体的黑人，黑人全身心地投入族群的抱团取暖并向女人吐痰②，头领的下属工程师却垂涎着巴黎来的女人。在这些日常的生命习见中，每个人都爱无所得却又宿命般牵扯在一起，构成扯不断理还乱的生死爱恨烦心状态，向背受困，若即若离，无一幸免，没有安全感与幸福感可言。

科尔泰斯的剧作让我们见识到，没有一个人的人生是圆满的。然而，最刺痛我们的是他笔下没有一个家庭是幸福的，没有一个个体是开心满足的。他的剧作一再演绎着亲人不和，辱骂撕咬、混战成一团是家常便饭，亲人如敌人，对亲人间的互虐、相恨相煎的无死角呈现，让人不忍直视，又不能不面对。虽然我们偶或在科尔泰斯笔下看到对家的怀念，如《西岸》里在地狱般的贫民窟里讨生活的塞西琳怀念自己的南美祖国，又如《萨蓝热》里的卡洛莉并不喜欢去世男友的家乡——繁华的纽约，而直言自己的老家挺好的，还有《回归沙漠》里虽然回到法国某外省，但生活并非安宁祥和的，于是姐姐的女儿怀念起她曾经居住过的北非的阿尔及利亚，但剧作家更多、更直接揭示的，充斥于作品中的是大量家庭抗争、精神暴力，家庭成员间的各种纠葛困扰比比皆是，亲人间相互折磨的惨状笼罩弥漫，显现出人类的丑陋与恶劣、人生的无奈与缺憾。不论是孤身一人前往陌生之地的浪游者，还是陷于不同族群、不同团体而被困境重重裹挟着的

① 参阅《森林正前夜》第 59 页。

② “吐痰”在剧中语境里是侮辱他人的极端行为，工程师卡尔曾说过“黑鬼的痰对我们是威胁”，参阅《黑人与狗之战》第 113 页。

图1 《森林正前夜》中译本封面

© 风得信设计·阿东

个体，都让人感觉到他们无家可归，缺乏家庭撑持，被迫或不得已被抛掷在外，而其中的恶贯满盈重犯甚至弑父杀母，与家庭毫无甜蜜交集或温馨可言。其实在科尔泰斯的剧作中，不仅流落在外活得凄惶，纵然在家里也同样没有欢愉、没有温情，基本上是一种相互摧残、相互耗损的轮番比拼。

对亲人、亲情的无情解剖是科尔泰斯剧作的重点，相当频繁地出现在《西岸》《罗贝托·祖科》《萨蓝热》《回归沙漠》等多部作品之中。《西岸》中，作为一家之长的罗道夫一直感到家里好像有什么东西在控制他、卡着他，让他透不过气。儿子夏尔却认为父亲在跟踪他，愤而骂父亲老傻帽。父亲平白无故受冤枉，却说夏尔的母亲以扭曲的方式和儿子说话。这些撕扯不清、循环不已的责怨让一家人彼此缺少好感，没有爱意，毫无信任，只剩下怀疑、仇恨和积怨。罗道夫说起妻子时动辄连讽带刺尽情挖苦，在儿子面前鄙夷他母亲祖宗三代都是来路不明的野妞。《罗贝托·祖科》中，哥哥貌似倾尽心力地守护幼小的妹妹，但姐姐颇为自私地希望妹妹一直陪伴自己，而哥哥对妹妹的猝然失贞竟感到从此可以松口气，还报复式地带她到妓院去出卖肉体。剧中不时表现出一家人的相互指责和怨怼，父亲时常出来骂骂咧咧，责备母亲把他的啤酒藏起来。而母亲则埋怨女儿任父母在酒精里面毁灭。父母想的不是给予儿女成长的关爱、创造幸福的家庭生活，而是念着要是孩子还小，要是他们尚有气力，一定狠揍她们姐妹俩。在剧中另外一个家庭，祖科杀死父母，禽兽不如，人性尽丧。《萨蓝热》里亲情、恋情一团混乱。勒胡金的女友卡洛莉对他的离世充满不舍与怀想，勒胡金穿越阴阳阻隔竟与女友重逢并对话，让人看得云里雾里的。勒胡金一家性情各异，如陌路之人，勒胡金的父亲是个老兵，因参加战争双腿落下残疾，行为古怪，勒胡金的母亲说着没人听得懂的话语，勒胡金的弟弟与妹妹厮混在一起，无头的勒胡金像幽灵一般不时出现并与弟弟交流。卡洛莉不知来自何处，她闯入纽约勒胡金的家中，引起了勒胡金弟妹们的不满与嫌弃，亲情荡然无存。《回归沙漠》中的姐弟关系完全到了水火不容的地步，姐弟至亲间的残忍互虐简直让人不忍阅读。他们不是简单地看不惯对方，或者只有言语上的龃龉，而是点燃仇恨、相互敌视，把家里闹腾得像是人间地狱一般。剧作从姐弟分开15年后姐姐携儿女归来结束平静生活开始，两人从一见面就唇枪舌剑，甚至到了拳脚相加的地步。姐弟互相言语相激，以讥讽彼此为乐。姐姐挖苦弟弟不懂美只认丑，美丽、脆弱、高贵的太太死后，竟择娶死去太太的终日酗酒的妹妹为妻，还讥讽弟弟的儿子就是废物的翻版。弟弟则撕开姐姐的隐痛伤口，回击姐姐没有老公生下两个不知父亲是谁的野孩子。亲人间情爱匮乏，非但没有相依为命，反而只知相杀互虐。从每一个故事中，我们读到的每一个家庭几乎都是人心涣散、想法各异、四分五裂的，只有与生俱来的折磨与煎熬相伴。

图2 《萨蓝热》中译本封面
© 风得信设计 · 阿东

科尔泰斯表现了以经济增长为轴心的工业社会下现代生存状态中的命运悲剧。源于物质贫困或精神差异的家人争执，缺乏情爱的彼此伤害，源于促狭格局的相互虐待，无休无止的相互折磨，其痛楚深入骨髓，令人无处逃遁、苦不堪言。有时是夫妻，有时是父母子女，有时是姐妹兄弟，有时则是一家人的互掐混战，没完没了、无始无终，这种精神虐待如影随形、难以摆脱。

科尔泰斯剧作的深刻力量在于，他毫不吝笔地以最坏的恶意来揭示人世间的孤独无依之苦、亲人之间纠缠不清的互虐之痛，不仅传达出出门在外的受欺凌者、畸零人无处皈依、无处栖息、无人收留、不得善终的现实，而且大篇幅地以零零碎碎的家庭日常生活场面，表现令人揪心的亲人之间的精神暴力创痛，叫人无法释然。

此外，科尔泰斯在创作中还传递出许多比较松散、零碎的信息，他的许多思想隐藏在不同剧作中却一闪而过，令人难以捉摸，以致他的剧作很容易让人生出完全不同的看法，很难描述剧作的整体风貌。

他笔下的人物或事件总会与“非洲”有着千丝万缕的关联。“非洲”在科尔泰斯剧作中出现得相当频繁，十分特殊，有时是作为一个地域的概念，有时则作为文化的符号。对科尔泰斯而言，非洲很是纠结，不是非恨即爱，爱恨交加许是更接近作者本意。《森林正前夜》的独语者从非洲来到法国，备受歧视、搜捕之苦，遭遇因文化隔阂而产生的思想冲突等。《黑人与狗之战》中法国人在非洲建设工程，法国头领平时扮演各种身份（市长、警察等）与非洲黑人打交道，口头表示对白人与黑人一视同仁，还劝说手下工程师要喜爱非洲，幻想在法国造高楼集中住黑人以同舟共济建设自由非洲[①]，但白人对非洲所做的各种以榨取与占有为前提的交融注定不会成功。头领最后不得不接受偏私狭隘的法国人要明白、理解非洲是困难的。还有来自法国的女服务员沉溺于热恋黑人最终自我毁容远离非洲，更是留下永不消逝的悲怆画面。而阿布里提到非洲的年轻人并没有从欧洲带回什么好的，对情欲、疯狂飙车及各种玩乐充满鄙薄，可见欧洲文明与非洲文明的冲突[②]事实上是难以消弭的。《回归沙漠》里姐弟的不共戴天的仇怨，导致他们的下一代竟有对非洲的怀念与向往，姐姐的女儿怀念幼时北非生活残留的美好记忆，弟弟的儿子希望挣脱父亲的囚禁般管束，宁可前往非洲去服役，哪怕像英雄一样悲壮流血也在所不惜。在《罗贝托·祖科》中，祖科声称去过非洲，临死时有些神志

① 参阅《黑人与狗之战》第45页。

② 宫宝荣.“后现代”的古典美:《黑人与狗之战》[J].戏剧艺术,2002(2):46-55.

不清，觉得城市太热，认为城市里“谁对谁都不关心”，没有爱，说下辈子他要做一只满身是癣的黄狗扒垃圾桶，而且想要去下雪的非洲。① 非洲在剧中的寓意不是单一的，而是五味杂陈、意味深长的。

图 3 《黑人与狗之战》中译本封面
© 风得信设计 · 阿东

非洲给人不置可否的印象，也包含着许多不确定的危险因素。科尔泰斯对缺乏安全感的提示，不仅附着在漂泊非洲异地的游子身上，而且也显示在众多居家小人物的日常生活恐惧中，比如各种外力的压迫、牵制及极端的反弹。最令人惊悚不安的是《回归沙漠》中的姐姐及其女儿两代人无辜地被人凌辱，未婚先孕。姐姐先后两次被身份不明的人强暴，导致诞下了经常被她弟弟用来攻击她的一双儿女。如果我们从剧中有意抹黑她衣着暴露地出现在法国外省的阳台上而遭到诟病的情节推测，这可能为她被不明身份者强暴失身埋下伏笔，而她的女儿在自家的院子里竟然被从空中降落的黑人伞兵强暴并生下黑皮肤的双胞胎婴儿则使人凝噎无语。姐姐曾劝女儿不要独自一人在花园里蹓跶，尽管是自家的院子，但城市花园是危险的，有兵营，军人会翻墙送给她不想要的礼物，还说自己年轻时就是在花园里多蹓跶了一个晚上结果就生下了弟弟。姐姐的女儿的重蹈覆辙在我们面前画出一道滑稽可笑的诡异曲线，留给我们为多少女

① 参阅《罗贝托 · 祖科》第 52 页。

人横遭不幸却还要承受莫须有骂名鸣不平的谈资。这种光天化日之下遭受霸凌的非法行径，除《西岸》中小混混想方设法骗取14岁少女的童贞之外，还有《罗贝托·祖科》里的小处女被全家人看得很紧，哥哥更是“守了她那么多年”[①]，但她还是“被夺去不应该被提前夺去的东西”[②]。正如她姐姐所说的：“不幸不需要时间。它想来就来，一瞬间就变了脸。它在一瞬间就能毁掉我们保护了那么多年的珍宝。”[③]生存的危险和不安全已经不仅关涉肉体了，每一刻都有生命受到威胁或丧失。《回归沙漠》中的弟弟，虽然在当地是可与省长、警察局长等权贵来往的人物，却还迫于对周围的恐慌囚禁般限制自己年幼的儿子的活动，他甚至给自家砌围墙，希望把一切不可知的危害隔离在外。他还希望自己做进攻性强、粗暴的猴子，却期望儿子做被关进笼子里有好看守的猴子。其他小人物，说不定什么时候便会身首异处。我们不再惊讶于《黑人与狗之战》中被工程师射杀的黑人，以及工程师最终也死于黑人岗哨的枪口下。我们对《罗贝托·祖科》中死于祖科之手的亲父母和路边妇人家的少年并不陌生。还有《西岸》里的父亲是因参加美国南北战争而带着一身伤残回家的又丑又老的老兵，他从战败的战场上私带回家的武器，最终却被他交给曾被他儿子救助的黑人，而这个黑人反过来却杀死了要脱逃的他的儿子。还有《萨蓝热》里，一家父子两代人都参与过战争，父亲在战场上断送了两条腿，长子勒胡金经历过朝鲜战争等战事或许导致精神崩溃并开枪自杀，小儿子到最后也面临着要踏上战场的处境，小儿子的知己亨利还以跳桥之死来表达反战厌战的心声。

读科尔泰斯的这些剧作可以发现，他提供的大多是远离现代文明、远离先进发达的偏远地区的人与事。即使触及了现代化大都市、中心城区，他选择与偏爱的也是现代文明略显疏离的街角，如野蛮落后的法国外省，如城市的贫民区、流浪者关照的小客栈，其他的更多是直接分布在蛮荒的、文明有待提升的沙漠地带、非洲工场，等等。通过落后偏远的地域空间，展示一系列颓败、失意的人生与日常悲惨的命运，表现各种不欢的场面和情境，使得人物事理匹配，这成为一种显见的创作现象。他还时常借笔下人物之口贬损美国，讥讽自我感觉过于良好的美国人，轻侮自以为是的法国佬，非洲的人事也不令人省心，总要落到一塌糊涂的境地。他所描绘的剧中世界完全是场面失控

---

① 参阅《罗贝托·祖科》第21页。

② 参阅《罗贝托·祖科》第18—19页。

③ 参阅《罗贝托·祖科》第21页。

图 4 《西岸》中译本封面
© 风得信设计 · 阿东

的境地，失败定局终见分晓。他如此沉稳地叙说着一个个悲剧，如此多样化地撕扯着一处处命运脓疮，狡诈与混乱争宠，肮脏与黑暗为伍，深入灵魂的颤栗挥之不去。假如我们从科尔泰斯剧作中时常产生歧义百出的看法，假如我们对他的剧作总会有偏差很大的摇摆，不能以开启其一之钥推而广之地打开他所有的创作之秘、概括他所有的作品，那是因为他总是在变换关注的焦点，不断在触及不同的审视领域，他不执着于某一点，而是不断地扩大探触和问询的天地。

科尔泰斯再三咏叹着生之不易与爱之艰难，充满浓烈的悲观主义情怀，这映照出他对生存与生命的悲剧意识，使他的剧作涂染了深重的悲剧色彩。文中所涉 7 部剧作，是科尔泰斯成熟期的重要作品，总体上能代表他的创作面貌及艺术水准，从中可见剧作家堪称善于开掘不幸悲情的“负面之王”，是展示沉痛命运之能事的戏剧大师。阅读科尔泰斯的这些剧作时，扑面而来的是颓“丧”的人生，是无望、挣扎并且注定失败的悲剧命运，是不得善终和毫无希望前景的飘渺未来。这么说并不想过于明确地限定他的创作意涵或思想进路，因为科尔泰斯是位很难被轻易贴上标签的作者。他不像有些剧作家那样容易被辨认和归类，或者一眼就让人读出是以家庭题材为主的剧作家，或者被认为是以揭示女性生活为主的，又或者可被归为着力于挖掘小市民或者公务员的生活题材的。科尔泰斯的剧作，从创作取材上无法看出鲜明的类型，其情节相似度也不高，剧作彼此间从不沾亲带故。他并不侧重聚焦某些固化的剧情或者编织明确显见

图 5 《孤寂在棉田》中译本封面

© 风得信设计·阿东

的情节套路。通过接触科尔泰斯的 7 部剧作，我们可以说其编剧创作思绪散漫、零落，其剧情关涉路向随意挥洒，以至于每读不同的剧作乃至同一剧作的每一次阅读，都可能浮现吉光片羽的新想法，我们很难从题材、从剧情上快捷抓获第一印象并找到破解这些剧作的交集的核心。事实上，科尔泰斯的剧作大多难以被捕捉到贯穿始终的事件，更没有习以为常的情节延伸指向，很难简要概括全剧的主旨和提炼出精要论点，这是他的剧作令人费解和难以解读的重要原因之一。

二

科尔泰斯是一位具有国际视野、世界意识的剧作者，他没有囿于自己法籍作者身份而偏狭地粉饰法国人文品格，而是站在文明与愚昧、现代与落后、善与恶等思想意识对抗交锋的美学高度，表现多元文化并存、多民族群聚的地域色彩及人物特征。科尔泰斯的剧作世界中，既游走着地道的法国白人，也涵盖了法国多元文化构成中的黑人，还有其他不同地域的其他族裔，如美国人、非洲黑人、亚裔阿拉伯人（另有被单独提及的亚洲人伐克[1])、南美墨西哥山地印第安土著人等,几乎遍及世界各大洲[2]。如果从科尔泰斯重点打造的以颓"丧"文化为主的剧作王国里观察,其中有暗中交易的商贩,有酒店服务员,有赋闲在家的无业演员,有朝不保夕的妓女,有同性恋者,有杀人犯,有退伍的败军兵士,还有从事非法勾当的外来移民。

这些人基本上都以孤独者和无爱者的形象示人。

我们在科尔泰斯创造的人物图谱中最常遭逢的或许是这样几组(个)形象:外乡人/本土人,父母/儿女(含兄/妹或姐/弟),男人/女人。值得我们聚焦的还有作者唯一用于同名剧作的男性角色,以及陷入无爱中的三名特殊女性。通过辨析,我们或能把握科尔泰斯的创作理念以及某些思绪与情怀。

创造开放格局的人物生存图,科尔泰斯不免要促使人物远离家乡、跨出国门,置身于陌生的国际环境,使自己成为一个不折不扣的外国人、异乡人,面临着不同国度、不同族别、不同肤色、不同习俗、不同语言、不同宗教,乃至不同政治经济背景的各色人等,而其中尤其重要的是与原住民或土著民打交道。作者的 7 部剧作竟然都牵涉外来人与本地人的关系,由此可见这是科尔泰斯反映文化世界的重要写作策略。通过外来与本土的碰撞,剧作家着重揭示文化在交融中的冲突与对抗,其中醒目而又明晰地凸显了差异性冲撞的警示。《黑人与狗之战》中的法国头领希望对黑人一视同仁、和平相处,但他手下的法国人对待非洲工人总是心意难平,终于酿成苦果、不可收拾。而非洲土著对于白人女子的表白无动于衷,其根本是文化的深度裂痕与隔阂导致的无感。法国头领的天下一家、建立统一自由的非洲的乌托邦思想可谓遥遥无期。其他几部剧作虽只是偶或触及与非洲土著的关系,主要从表现不同国度、不同文化的交往入手,但也表现了跨文化、国际化的往来交集,如《西岸》中有法国人、有亚裔、有黑人、有南美墨西哥族裔等等,是个复杂的"国际社会",其中人物的关系也显得错综复杂,彼此之间的冲突明暗不定,生死莫测,让人生出凛冬之寒。《萨蓝热》中反映的人物在美国纽约,人物的出身没有明确提及,但人物并不向往美国,而且对纽约带有发自真心的鄙夷。死去的勒胡金的弟弟莱斯里的知己亨利对强势、好战的美国人也没有好感,颇有微词。我

① 伐克身份比较特殊,剧作《西岸》的正文里其实没有明确他的肤色、族裔以及来历。但在《西岸》篇后附录的导演提示里讲到:"真正的孬种"伐克最好是个"亚洲人"。参阅《西岸》第 170 页。

② 某种程度上,我们可以说科尔泰斯的创作兼有自传/自叙色彩、写实风格。他的创作一定是他亲历、亲为的,或者必须是他亲自感受、亲自游历、亲自体验过的,又或者是耳闻目睹的,总之一定是他深思熟虑并能驾驭的。正如他所说的,我们"只能讲述自己熟悉的事情",而不会在陌生的、平日少见的素材上冒险。参阅《西岸》第 181—182 页。

们从剧作家的其他剧作中，可见他对现代化大都市，对浮夸炫丽、自诩强势的文明颇不认同，倒是时常对淳朴如初的本土文化、原生民族更具好感。我们没有从作者的笔下感受到任何一点对法式浪漫，以及其他现代化文明如纽约时尚的丝毫赞许，也许这不是作者关注的，但是一直回避，乃至缺席对现代文明、对摩登都市的注视，已经透露了作者的内心。我们从作者更多地塑造底层民众，从弱势群体的视角来探询世界，又可见剧作家源于观照普通人、平凡人生的本性流露。

图6 《回归沙漠》中译本封面
© 风得信设计·阿东

我们从作者表现的父母/子女这对关系中，可以探寻家庭不睦的重要原因。从科尔泰斯的剧中我们可以读出为人父母者大多过得心烦、失落、郁闷而且颓废、失败，他们大多带有从前失利的消极阴影，或借酒浇愁逃避现实、麻木自己，或严厉管控他们的子女，不仅言语上进行伤害，更在精神上形成压制，根本无从引导儿女的人生。而《回归沙漠》中弟弟的孩子常年被父亲限制行动，动辄得咎，已致使儿子几乎成为一个毫无灵魂、丧失思想和行动能力的废物。像《西岸》里的夏尔竭力要跳出沉溺多时的非法勾当圈子，想趁着年轻去对岸赚钱拥有金钱、女人和豪车等一切，不得不说这也与挣脱父母对他的钳制有关，但他未能在离开之前得到他特别渴望的父亲的祝福，最后死于曾被他救活的黑人之手。夏尔极力想遗忘自己的民族和语言，拼命想要融入当地文化，而母亲却时常提醒他追念南美的祖国，阻止并妨碍他思考人生，连唤他的名字时都偏偏要用西班牙语夹杂戈舒洼母语称呼，这让他很不耐烦、懒得接受。类似的母语与当地语言的冲突和分歧，还曾出现在《黑人与狗之战》中，从巴黎来的白人女子对黑人的语言从陌生到读懂唇语到最后竟然理解了，掌握语言是理解他族文化的有力进阶，但宗教的隔阂依旧把他们截然分开。像《罗贝托·祖科》里小女孩的父母及《萨蓝热》里的父亲，都是酗酒成性的，像《西岸》里的退伍老兵，身心留下太多过去的失败、失落阴影，对年轻子女的进退苦乐非但不闻不问，还时常把自己对人生失意、对社会不满的积怨全撒在儿女身上，成为年轻人成长的阻力和压力。历数科尔泰斯的剧作，丝毫感受不到一家人其乐融融的亲情诗画，有的只是家门不幸的别样写照。不仅父母与子女关系不好，而且连带着姐弟或兄妹也关系欠佳，典型代表是《回归沙漠》中宿敌一般的姐弟俩，他们互相绝不妥协，互相撕扯旧伤口，倾泻心中的恶气。从小事到大事，从家里到家外，都被阴郁覆盖和遮蔽。正如该剧中的片段，女佣抱怨弟弟不喜欢姐姐的穿着，姐姐看不顺眼弟弟光着脚走路的癖好，两人怎么都是互相看不惯。我们遍览科尔泰斯的剧作，竟然无从发现有哪个家庭中的亲情关系是可圈可点的，除了噩梦般的恐怖记忆，只有无尽的伤痛、戾气。

男人/女人这组关系，在科尔泰斯剧作中表现得复杂多样且与众不同。一般而言，男女关系发展到一定程度便是瓜熟蒂落的爱情，双方缔结连理并组成家庭，生儿育女。通常意义上，科尔泰斯也是这样对待和处理的，但又不尽然。在科尔泰斯剧作中，男女之间本质上爱情匮乏。成熟的成年关系、组成夫妻的中年男女常出现在科尔泰斯剧作中，如《萨蓝热》中勒胡金的父母，他们是相对温和的一对，剧作中没有恩爱的流露，父亲嗜酒，母亲一副悲愁的样子，两人没有太大的冲突，但也罕见温馨画面。《西岸》中底层的夫妻则互相埋怨、互相嫌弃，可以说肉体上和精神上都已经貌合神离。另一对闯入的有产者男女，两人关系貌似非同一般①，男人为了避免受审的难堪执意赴死，对他来说人生没有值得留恋的，女人也无法阻挡他的离去，男女间的私情还不足以动摇他离去的脚步。《回归沙漠》里弟弟娶了死去的前妻的妹妹，那是一个被姐姐嫌弃的很没有品位的女人，天天酗酒，昏头昏脑的，与弟弟徒有夫妻之名。《罗贝托·祖科》里被祖

① 参阅《西岸》中的《导读——译者的话》第16页，宁春艳解释莫妮克是寇弛的秘书，两人不是夫妻关系。我一度理解两人是未到夫妻份上的恋人、情人，后来总算看到作者表达的意思也是“莫妮克喜欢寇弛”，参阅《西岸》第184页。

科杀死的父亲，似乎在母亲心目中留下的难忘记忆还算不坏，这似乎是个例。奇怪的是，同样死去的勒胡金也赢得了女友的无法磨灭的印象，以致她从自己的家乡追寻到埋葬男友的纽约的公墓陵园探望。生前没有深情爱恋，只有阴阳阻隔时才唤起美好回忆，这是多么奇怪的讥讽，也是多么令人遗憾啊。已经结合的夫妻没有感情，现实中未结合的男女同样没有情感爱意可言。科尔泰斯剧作中的孤男以及寡女角色也从来都没有得到过常态的异性爱情，即使是《黑人与狗之战》中已经60岁的孤身一人的工地主管，好不容易从巴黎连哄带骗找到一个酒店女服务员，却也没有等来两人完成结婚仪式，因为巴黎女人爱上了不该爱的非洲黑人，然而她的毫无自尊并没有为她赢得爱情，黑人根本没把她放在眼里。其他的孤男多去嫖妓，如《森林正前夜》中的男子，或者如《回归沙漠》中的姐弟的儿子们，去低级妓院买醉，发泄残剩的力比多。《西岸》里一个小混混骗即将成年的14岁女孩做爱，像是正常的一对，却也难现怜香惜玉的画面，因为他占有她之后不仅打了她而且还撇下她离去。在科尔泰斯剧作中，更多的还是非正常的男女关系，除《黑人与狗之战》中巴黎女人爱上不该爱的黑人之外，还有一些兄妹之间出现了比较隐晦暧昧的男女关系，如《西岸》中被骗走处女贞操的14岁少女只想要哥哥跟她在一起，她愿意为哥哥付出一切，愿意为他做任何事情①，这种情感几乎可以说与爱上黑人的巴黎女人那样深情，两种不同的男女关系，其情感表达竟如出一辙。还有《萨蓝热》中的勒胡金的妹妹黏腻比她年长的二哥，两人早已成年，但不改小时候两小无猜的状态，妹妹对哥哥的依恋简直不亚于男女情人关系。还有《罗贝托·祖科》中保护小妹的哥哥，一直守护着小妹的处女贞操，直到有一天突然失去了，这对兄妹的感情似乎比较正常一些，而类似《萨蓝热》中的那种妹妹与哥哥不太正常的关系，却也出现在失去贞操的小妹和她的姐姐之间，姐姐是个从来没有人爱上的老处女，依恋妹妹简直到了变态的程度，她希望妹妹一直陪在她身边，长相厮守长相伴，也许正是她这种不太正常的苛求与约束才导致小妹趁着哥哥等家人不备时偷偷把少女贞操给了杀人犯祖科，并最终跑出去进了妓院。女子孤独、无爱，或爱上不该爱的人，或被诱发扭曲的爱，这是剧作中显而易见的。男子的无爱，乃至渴望、追求扭曲的爱、非常态的情爱，在科尔泰斯的剧作中也不时浮现，他的剧作中的男子，要么如同《森林正前

① 《塔巴塔巴》是科尔泰斯的一部短剧，附录在《罗贝托·祖科》一书里，剧中亲姐弟之间也体现出“内心隐秘情感”的超乎寻常。姐弟俩相依为命，为了促使弟弟成长，姐姐还指导弟弟如何性爱。老大不小了，姐弟都放弃寻觅男女之情，终日厮守在家。

夜》里的男子那样被当成同性恋，或者正在成为同性恋，又或者在成为同性恋的路上，《萨蓝热》里莱斯里的大段话语就是这些带有颓废性情的青年的真实告白，他说："我只是一个可怜的演员，从来都不是自己，总处在两个布景之间，挺蹩脚的，挺没底的，挺爱恋的。我只是被风吹着的一片纸，除此之外什么都不是，谁都可以皱着眉头瞅一眼捡起来。我是一个被人皱着眉头瞅的爱恋者……我可是个没实际意见的人，我怎么着都行，比如成个家、装修个房子等……我不明白怎么才能让我对这一切感兴趣。人们倒是给我一个爱慕男人的人啊，只要有个爱人就行，随便戳在哪儿，挺结实、挺厚重，一个可触碰的爱人，一个有脉动的、能抓住的、流动在我指间的人。我呢，就是需要触碰，我有特深的体感和触摸控，您明白我的意思吧。"①这个常年赋闲在家的蹩脚演员，天天猫在家里，不知是主动还是被动地与亲妹妹混着，没有生活目标，卑贱无为，心中只剩下模糊的抽象的不确定的爱。在科尔泰斯的剧中，不乏无爱的孤男寡女，男女同样没有能力也得不到正常的感情，祖科的话有一定代表性："男人需要女人，女人需要男人。但是爱呢？没有。对于女人，我是因为同情才有反应。"②男女之间情感的匮乏、爱情的缺失，才导致了剧中的人物产生异常的情感需求，或者如上文中提到的《回归沙漠》中的姐弟的下一代去逛妓院，或者如《森林正前夜》中的男主角去结识妓女，还以为这是天使，而后来却连妓女也吞吃泥土死了。要不然就是从同性之间去突破情感的壁垒，《萨蓝热》中勒胡金的弟弟莱斯里除了被妹妹暧昧地纠缠着，还另有一个男性知己，两个人的行为也十分亲昵，近乎亲密情人。《西岸》中的阿巴德因爱生恨，最后杀死了要离他而去的夏尔③。而男人寻求男人情感的最隐晦的表达，就存在于《孤寂在棉田》，我认为这部作品是一个男人独自漂泊异乡的情感臆想，他幻想在自己必经之路上遭遇一个与他纠缠、厮磨、辩驳，形成顾客与商贩的若即若离的亲昵关系的人，这个人必须也只能是个男人，这个男人竟然摸了他还给他盖上衣服，这种近乎悉心照料的温馨画面是科尔泰斯要表达的最理想的情感境界，他不可能来自异性，而只能是没有吵闹、没有分歧的比异性更加贴心的同性知己。似乎科尔泰斯笔下的异性难以正常相吸，只要在一起就没有幸福感可言，有的只能是去往冥界阴间后的追忆与思念，有的只能是嫖客与妓女的消费关系，有的只能是单方面狂热的不该爱的关系，有的只能是扭

① 参阅《萨蓝热》第61—62页。

② 参阅《罗贝托·祖科》第52页。

③ 科尔泰斯认为，或许"夏尔喜欢阿巴德"，参阅《西岸》第184页。

曲的兄妹关系。在作者表现的现实的世界上，异性无法相吸，以上的多个例证已经足以说明问题。

图 7 《罗贝托·祖科》中译本封面
© 风得信设计·阿东

科尔泰斯 7 部剧作中唯一以主要人物为剧名的作品是《罗贝托·祖科》，可见这部剧作的独特价值和重要意义。作者围绕罗贝托·祖科编织人物关系、结构全篇剧情，也说明这个作者创作后期的重要剧作及其角色的塑造不容小觑。如果说《孤寂在棉田》描绘恍惚迷离的人生遭际，《森林正前夜》表现漂泊无依的游走状态，《回归沙漠》散发着无家可归的宿命灼痛，《萨蓝热》直面死亡、拷问现实与虚无，《黑人与狗之战》是对走进非洲的文化反思，《西岸》充满对生无可恋、死何足惜的无奈和超然，那么《罗贝托·祖科》便是对卑贱而荒谬的人生的质疑。剧作围绕主人公祖科所做的三起案件——一是掐死亲生母亲，二是夺走女孩贞操，三是挟持路人、杀死无辜少年[①]，完成了对一个为非作歹的杀人魔王危害人间、肆意作恶的罪恶速写。祖科杀人如儿戏，嘴上说着“反正谁对谁都不关心”[②]，感受到狗都不正眼瞧他，会读雨果、但丁的诗歌，他不想死却又求死而不能，把越狱当成与警察玩着猫耍老鼠的游戏，又或者是跟自己在赌在玩的游戏，你弄不清他是清醒还是糊涂地活着。这个杀人犯、越狱惯犯，像阴霾一

① 祖科还杀死了警探，但此事没有作为主要情节点串接内容，故没有专门列出。
② 参阅《罗贝托·祖科》第 52 页。

样漂浮着，像幽灵一样出没着，谁被他碰上谁就倒了大霉。祖科这一人物在以往他人的剧作中不太常见，他长着一副漂亮脸蛋，妓女迷上他的脸，优雅太太夸他是漂亮的孩子，他可谓黑色电影里的天使脸蛋魔鬼心肠的“蛇蝎女人”的男性翻版。像祖科一样被写得很美很帅的，还有《萨蓝热》里的勒胡金，他们都有些不太正常。除了用十恶不赦来形容祖科，简直难以界定他。作者塑造了一个毫无人性、冷血无情、游戏人生的类似多余人的形象，他像老电影里越狱的逃犯，无所事事，无聊，厌倦生活，逃亡，被捕，又逃亡。他严重的毁坏欲和极端的破坏欲，被作者以冷静克制的诙谐笔法表现，让我们在强烈的反差中思考，冷漠、空虚、无聊、荒诞对世界的侵蚀与危害要远胜于低贱生命的消解和灭亡。

如果《回归沙漠》中的姐弟是亲人间同根相煎最痛的代表，那么《西岸》里被“丢在黑暗里，在悲惨的没水没钱的黑暗里，只能四脚着地爬行，去舔路边的狗尿、喝垃圾桶里的雨水、在下水道井喷时被淹死”①是夏尔及其同类叫人胆寒心惊的卑贱人生的真实书写，让我们领会到科尔泰斯沉重到锥心、冷酷到骨髓的极致悲观。然而，至少还有三位善良女性叫人还能体会到生命的一抹亮色，滋生出生命微光，因为至少还有她们，还有相信爱情的她们，可见作者还没有完全绝望，可是她们爱而不得，爱得如此艰辛却又依然无法拥有爱情，最终还是让人感到再度缺失的遗憾。三位女性都是全心全意不可救药地奉献至爱。《萨蓝热》中卡洛莉对勒胡金的爱表现生者对死者至死不渝的爱情，卡洛莉无法忘记已死的勒胡金，她对女友说：“只要我一闭上眼睛，珠妮，我就能感受到他的腿搭在我身上的力量，他熟睡的手，摊在夜晚的床上”②，类似电影《人鬼情未了》。还有，《西岸》中克莱尔爱夏尔，表达了妹妹对哥哥不求回报的扭曲爱恋③，她说：“我可以爱你，无论白天黑夜，不管春夏秋冬，无论怎样、哪管何地、此处他方。如果我跟你说我这么地爱你，夏尔理，你的好处就是我这般爱你，而我可以继续也能继续爱下去，夏尔理，就像别人从来不可能爱你那样呢?”④《黑人与狗之战》中的白人女子莱奥娜对黑人阿布里的毫无尊严的痴爱达到了无以复加的程度，她为他愿意做穷人，愿意

---

① 参阅《西岸》第 51—52 页。

② 参阅《萨蓝热》第 12 页。

③ 科尔泰斯不得不承认，在《西岸》一剧中，或许“克莱尔喜欢夏尔”，掩藏或者回避是不对的，参阅《西岸》第 184 页。《塔巴塔巴》里的亲姐弟之间或许也是心意相属的例证。

④ 参阅《西岸》第 161 页，克莱尔爱哥哥，连称呼都是充满亲切疼爱的，亲昵地喊他“夏尔理”。母亲塞西琳则喊儿子“卡尔娄”，这是按祖国的西班牙语的习惯称呼的，而急于融入当地文化的夏尔很厌烦这一称呼，屡次拒绝这个名字，参阅该书第 51 页。

一无所有地生活，愿意抛弃天生的白肤色，而视黑色为"爱情颜色"，并对黑人发誓："当你回家的时候，我会跟你回家；当我看到你说：'我的家。'我会说：'我的家。'对你的兄弟，我会说：'兄弟。'对你的母亲，我会说：'母亲！'你的村庄就是我的村庄，你的语言就是我的语言，你的土地就是我的土地，直到你的睡意深处，我发誓，直到你死，我都要跟着你。"①作者择取的生者爱死者、妹妹爱哥哥（或姐弟的相爱）、白人爱黑人的感情都是无望难成的爱情，他似一位多愁善感的东方古典诗人，充满对痴爱者、绝恋者的忧思。

三

科尔泰斯的作品散漫地延展着，没有聚焦的主题，没有确定的思想，闪光的亮点和流动的思绪随意萌发在剧作的点滴里，在人物的片言只语中，不仅剧情、情节上找不到近似的蛛丝马迹，并且每一部剧作的技法也难有雷同的套路，具有认识和理解的双重困难，这是又一难点。

他的剧作费解难懂，难以把握与概括，读其一，未必知其二；简单地判断与评价，不免言不及义。老老实实、诚诚恳恳地接触与阅读他的每一部作品，并把这些面目很不一样、内涵十分丰富的作品进行详细比照和揣摩，才有可能较为全面和准确地领悟了他的思想。也许难以辨识、无法界定、无章可循恰是科尔泰斯的特征。他的写作打破了很多惯有套路，没有线性的要抵达的终点，始于恍惚、惶惑、突兀，结束得有些不着边际、莫名其妙、不情不愿，总让人有些不习惯。他的写作难以学习，无法遵循，不可复制。他的剧作就算读者反复咀嚼，仍不能顺畅了解，像是掺杂着沙粒似的，难以消化。

科尔泰斯的剧作考验我们的知识储备、阅历积累和接纳理解不同文化品性的胸怀。他并不揭示宏大主题或人生要义，也不拷问灵魂或给出指导建议，只是展现文化差异共存语境下的一些特殊族群，像是为人们提供一道道不同口感的别致西餐，任由食客独自去品赏与回味。有时又觉得他的剧作像他笔下表现的非洲一隅，借此展示特殊风貌中存活着的文化标本，像是他的偏于冷僻的行旅游历中采撷的一个个斑驳的画面或场景，他远离时尚浪漫之都，漠视现代化高楼，选取的剧作背景只能是法国巴黎的外省、法国驻非洲将要关闭的工地、繁华都市中心对岸废弃的仓库、街区歧路、黑暗中

① 参阅《黑人与狗之战》第136—137页。

关闭的陵园等等。他不取悦大众，不引发群体阅读共鸣，是难以亲近和被理解的。他只为有心人、知情人写作，是写给知音读的。看不进去的人，可能直接被拒之门外；喜欢的人呢，也并不会一下就喜欢，总要反反复复地揣摩领会，浸淫日久，才会渐入佳境。孤独的旅者，闯入陌生文化的外来人，或在交流、融汇中体会语言摩擦与文化冲突的人，方能较深领悟。他是写给真懂法国历史、理解非洲文化、喜欢孤旅漫游的知己阅读的。

我们先简略梳理科尔泰斯在7个剧作中使用的主要手法。《森林正前夜》是一个人的自言自语，絮叨，零散，琐碎。多人称的视角变换，从主观视角看他人时是“我”，从成为他人的客观视角观我时变成了“你”，而“我”与“你”竟然还可以合体为“我们”一起观看。科尔泰斯剧作的译者曾解释这一手法带有幽默讽刺感及尊重的态度①。在我看来，这也是为了避免过于单调的一“我”到底。通过人称的变换带动了视角的转化，带动了更多身份的加入，亦显更加立体、丰富。这还由于主角孤寂清冷渴望安慰，以及人物作为一个外来的单身漫旅者，提心吊胆，多疑多虑，心态产生了病态异变，带有神经质的状态。多人称的变换还有可能让人感受到在习俗碰撞、文化差异的不适中，在长期羁旅生涯中，人物无法融入他族文化，被孤立、受歧视、受到追捕等复杂心理。《孤寂在棉田》中顾客与商贩的你一言我一语，有辩驳，有交锋，有争执，有抬杠，等等。该商贩进行的不是大庭广众下的正常交易，而是见不得人的非常规兜售，是所谓的来历不明。顾客既然是在钻正常交易的空子，那么他要么是贪图捡漏，要么也不是什么正经来路的人，正在担心或害怕着什么。两个人的交谈有时也显得混杂不清，难以理喻。而且，此二人在笔者看来，或许是孤寂的旅人杜撰出的一个他者，莫名地在自己必经或偶然遭遇的并且要吸引住他或缠绕住他的人，这就令人生疑，难不成是一人分身两个角色呢。这种设置使内省与旁观交错，突出多疑与警戒的内心世界。《黑人与狗之战》采取双线并举的方式：一条是被杀死的黑人的兄弟来索要尸体，与主管及工程师纠缠；另外一条是主管的女人从巴黎到来要结婚，结果竟然爱上黑人，但不幸失败了。除双线之外，四个人物彼此间还有一种循环关系，主管要和女人结婚，女人爱上黑人，黑人来找主管要尸体，与工程师产生冲突，工程师垂涎女人。《西岸》以闯入者的方式来编织剧情，由于外来的上层有产阶级的进入，导致贫民窟里的潜伏矛盾一一被勾起，并引

① 参阅《萨蓝热》第7页，译者指出这种法语第三人称的转换用法，表达特殊的敬畏、评判、旁观语气。

发一系列新的矛盾。外来者有同伴、有帮手,他想完成的死亡在最后莫名地实现了。《罗贝托·祖科》也表现了一个闭合式的结构,从他的越狱开始,回家杀死母亲,闯入陌生人家里夺走少女的贞操,然后逛妓院在外面继续干坏事,挟持上层女士为人质并杀死14岁的未成年少年,被抓捕之后不久又越狱逃出来了。《萨蓝热》中的卡洛莉其实也是以外来者的身份介入的,但不同于《西岸》中外来者激起了潜伏的矛盾,生者与死者的对话以及生者之间的矛盾叠合到一起,成为两条线,但这不同于《黑人与狗之战》。《回归沙漠》中的姐姐也是外来者,但是又不完全是外来者,其实是归来者,所以不同于《黑人与狗之战》《西岸》《萨蓝热》。

简而言之,以上7部剧作传达出困窘生存、病态生活、分裂人格及多舛命运遭际,选用了一些值得我们注意的写法,时有一人分饰多角,多重角色转化,视角游移不定,充满神经质的焦虑、恍惚、迷离,亦有濒临崩溃的绝望,凸显了扭曲异样心态,充满悖论、诘问,剧中疑团重重,迷雾不散,双线交汇连环相扣,结构闭合,循环不已。闯入者、外来人"搅局",旁观与内省交错,爆发与呜咽同在。

科尔泰斯的剧作,有许多剧作家的痕迹,起码有斯特林堡、易卜生、莎士比亚,还有布莱希特、贝克特等①。《回归沙漠》里姐姐不自量力地挑战世界、挑战所有体面人士的行为,还有姐弟二人针尖对麦芒的相互攻击、互相回击,使笔者想起斯特林堡的《父亲》中的上校与上校夫人的火星撞地球的对抗,正是因为双方互不认输、彼此不甘下风的性格和对攻,使得火药味越来越足,随着一轮轮对抗的级别逐渐上升,彼此伤害力度不断加大,直到完全失控的总爆发。不过科尔泰斯好像无意去完成鱼死网破推向高潮的习惯性收尾,而是在最后关头见好就收之前就淡化处理了。他总是冲到悬崖,然后扬起四蹄就及时收住缰绳,没有眼看着车马堕入万丈深渊。与其说这是草草收尾,致使结束得不够硬气,毋宁说这是有意避开戏剧化,追求生活化的写作态度。受斯特林堡影响的有力佐证,还有《西岸》里作为父亲的罗道夫曾对儿子夏尔说的,"你怎么那么肯定我就是你父亲,嗯?而我自己都不肯定。不管怎样,母亲都是同时当爹妈的;一个父亲,就像是在海面上洒了一小点雨,都来不及看清那破雨点跑到哪儿了"②,这段话与斯特林堡的《父亲》里上校疑惑孩子是否亲生时的对白简直毫无二致。科尔泰斯对

① 或许还应该加上最伟大的剧作家契诃夫、马里沃等,因为科尔泰斯表示过他最崇拜前两者,还有莎士比亚,并从他们那里获得教诲。参阅《西岸》第191页。

② 参阅《西岸》第148页。

女性的塑造，则让人看到一些易卜生的影响，不过科尔泰斯没有如易卜生那般对女性成长的过程进行勾划和铺垫，而是直接让她们冲向情绪的高峰或性格发展的最高点，也可能在科尔泰斯的剧作中不以完成对这些女性的塑造为最高任务或终极目标，他的剧作中的女性似乎基本上都是陪衬、辅助。我们看到《萨蓝热》里去陵园探望勒胡金的卡洛莉时，她已经疯疯癫癫的，神志似乎已经不太清醒，她不计个人得失，前往纽约追寻逝去的男友，却还在惦记着要找作家来为自己写传记；她留恋着勒胡金曾经的缱绻温存，却又不忘报复男友的一家人。她对勒胡金的深情夹杂着太多个人的虚荣私心，没有易卜生笔下的女性那么决绝、彻底和不留痕迹，因而力度上还是有所衰减。他致敬易卜生的更明显之处在于《罗贝托·祖科》中被夺走处女贞操的妹妹被姐姐唤作小燕子、小鸽子等，还有妹妹要挣脱家庭牢笼执意走出去的做法。但也仅仅是妹妹的性情和行为与娜拉有些类似，关于这对姐妹的更多描绘则要复杂得多。妹妹觉得自己经历过很多，已经是一个有阅历、比姐姐大的女人了。而喊她小雀儿、小燕子、小鸽子、小斑鸠的姐姐则搬出大道理来说教她。妹妹反而可怜从未经历过什么、从未被男人爱过的姐姐，看不起她是个老处女。妹妹觉得自己被强奸老了完了，嘲笑姐姐是什么都不知道的老姑娘。姐姐教训妹妹要忘记不幸，记住与亲人在一起的幸福经历才有意义。妹妹要摆脱和忘记的正是父母兄姐施加的爱，嘲弄姐姐没有男人碰、没有被爱过，生活中一直是一个人太不幸了。妹妹要到“小芝加哥”去找回强奸她的男人。姐姐反而恳求妹妹不要离开她，她不愿意与哥哥父母待在一起，认为没有妹妹的生活就没有意义，她讨厌哥哥、父母、房子。娜拉面临的是走出去之后怎么办，而姐妹俩还在如何走出去时的问题上打转①。姐妹都有反抗囚笼般的家的折磨的愿望，但两个人的想法和做法很不相同。姐姐是不敢走出去，但又想要挣脱家庭和父母的束缚，只希望姐妹相依为命地部分改变生活。妹妹是如何面对刚走出去时的强烈冲激导致恍惚，以及如何回顾因旧有的家庭及生存模式产生的含糊认识。她们都还只是停留在身体本能的欲望满足阶段，而这属于低层次的目标，仅有朦胧的对自我存在的争取，根本谈不上如娜拉对女性的独立自主人生的精神追求。对姐妹关于身体的认识、关于生存需求的刻画，相伴着物质与精神、落后与开化、愚昧与进步的矛盾揭示。她们无意识要挣脱的是命运，认命般地跌跌撞撞地走向成长，默认了生命的毁损就是成长的必然经历。妹妹说过：

① 《塔巴塔巴》里姐姐连同她的弟弟面对的也是走出去的问题，科尔泰斯剧作表现的年代虽然更靠近我们，但人物所属境况似乎更复杂严峻，面临的现实也更加可怖和危险。

"我不幸，同时我也很幸福。我受了很多苦，但是我在苦中获得了很多乐。"[①]笔者不想简单地从这句话中推导出这是麻木或必须觉醒的心灵提示，只是感到悲哀，为女性的身体、女性的命运所施予她们的伤害、带给她们成长的苦痛，要远远大于男人。还有科尔泰斯笔下人物奋激陈词时、长篇大论时，会令人想起古希腊戏剧的原始力量，想起西方古典戏剧的整饬，也有些莎士比亚的雄浑气势和节奏乐感，也有些西方现代派戏剧的颓废气、荒谬感。此外，《罗贝托·祖科》里小女孩被哥哥劝说去警局举报祖科，去了之后无礼的警长、警探与小女孩的对话，很像布莱希特的《大胆妈妈和她的孩子们》中大胆妈妈的儿子与征兵士官的对话。《萨蓝热》里母亲时常讲着让人听不懂的怪诞话语，莱斯里和知己亨利探讨了一番关于握手的理论，很是无聊透顶，却煞有介事，有荒诞、诙谐效果。《西岸》里伐克与克莱尔关于洗涮的辩驳，翻来覆去，又似狡辩，充满吊诡的悖论，有些机巧和异乎寻常的痞子气，简直要把人绕晕，但又貌似有理，颇有约瑟夫·海勒《第二十二条军规》的黑色幽默及荒诞派的神韵。科尔泰斯剧作的人物身份多重转化的惯例，客观视角与主观审视反复切换，让一切模糊却都在情理之中，带来了理解的偏差和阅读的障碍。科尔泰斯的"入乎其内，出乎其外"的创作做派，带给读者疏离、悖论、解构的艺术效果，给人陌生化的间离效果。他的剧作总体上体现出西方现代主义的特色和个性化，偶或裹挟着荒诞意识、魔幻色彩、抽象哲理、辩驳悖论，这个都体现出多方吸纳艺术的融合与混杂。[②] 从科尔泰斯的剧本中我们可以看到其受诸多艺术流派及创作思潮的复杂、综合的全方位影响，无法判定他属于哪一家，可是又能感受到其他剧作家对他的有形或无形的影响。

如果一定要说科尔泰斯的剧作风格，似乎有的偏于写实、具体，如《回归沙漠》《西岸》《罗贝托·祖科》[③]；有的偏于玄奇、抽象，如《森林正前夜》《孤寂在棉田》；有的偏于魔幻、荒诞，如《黑人与狗之战》《萨蓝热》。但写实的也时常带有抽象、梦幻或荒诞的元素或细节等。如《西岸》讲述的故事相对清晰，可里面却有个像动物一般的外来人阿巴德，他会自问"我是谁"，自称遇见了魔鬼，偶遇一个斑驳的粉红皮肤蓝眼睛的人，结果

---

① 参阅《罗贝托·祖科》第 47 页。

② 可参阅宫宝荣的《现代中的"后现代"——简析科尔泰斯〈罗贝托·祖科〉一剧中的若干"后现代"特征》一文，《戏剧》杂志 2005 年第 1 期。他认为，《罗贝托·祖科》具有"后现代"美学特征，即主题多义交叉、结构杂乱无序、人物模糊不清以及语言风格杂然相呈等。

③ 《罗贝托·祖科》取材于真实的意大利连环杀手案件，参阅该剧作《译者导读——诗意的暴力》第 7 页。

晚上他的兄弟们咳嗽、发烧、浑身颤抖，而他不咳嗽也不发烧，父亲就把他和垃圾放在一起抛入河里。他还是天生五色的孩子，无法面对白天的太阳，天生白发、苍白皮肤、五色眼珠。这个带有离奇、魔幻色彩的异物在一个寒冬里快被冻死了，被贫民窟的夏尔救下，最后他使阴招背后射杀了夏尔。同样写实明晰的《回归沙漠》里面也有弟弟死去的前妻的灵魂出没，她撞上了玛蒂尔德的神经质女儿，还有弟弟现在的女人梦游，夜半出没，让人不得安宁等超现实主义的因素①。

科尔泰斯的剧作不仅总体掌控娴熟，闲来之笔也绝非等闲，只可意会，难以言传。科尔泰斯的剧作虽然不以直面现实为主，也基本上不涉及政治意识形态，但他对上层人士、对权贵、对大人物的不恭是不设防的，乃至对国家政权如警察机构的嘲弄与蔑视，看似漫不经心，却用得极为妥帖。如《森林正前夜》《罗贝托·祖科》里对警察"不经意间"的"黑一笔"，如《黑人与狗之战》中对上层人士的腐败②导致工程不得已废弃并且即将关闭的弦外之音，如《回归沙漠》中对省长、对警察局长的臭名昭著、劣迹斑斑都不忘讥讽。这样的冷凝处理，使得他偏于疏离、冷峻、严肃和孤僻的剧作显出些许人间烟火气。他的剧作也会挖掘一些特殊细节，添加人物的怪异行为，穿插神话传说，不忘冷幽默、小讽刺，进行调侃，或者恶作剧、恶搞一把，闹点无厘头行为，带来文化习俗碰撞，激发出矛盾冲突的戏剧张力，不时使读者增加阅读的兴味，给人持续加深印象的惊喜。

写于2019年10月26日至2020年8月29日

① 宫宝荣也谈到《回归沙漠》的超现实主义色彩，不仅有半夜三更弟弟阿德里安老婆的梦游，还有黑人伞兵从天而降，以及姐姐女儿神秘受孕等场景。宫宝荣.贝-纳·科尔代斯：法国当代剧坛一巨匠[J].戏剧，2001(1)：25.

② 这里更深层的是对欧洲腐朽文明的失望与不满。宫宝荣."后现代"的古典美：《黑人与狗之战》[J].戏剧艺术，2002(2)：46-55.

日常生活政治与微观生命体悟

——帕特里斯·谢侯导演艺术中的科尔泰斯戏剧[①]

The Politics of Everyday Life and Microscopic Life Embodiment:

Koltès' Plays in Patrice Chéreau's Directorial Art

徐 枫[②]

Xu Feng

摘要:法国戏剧与电影大师帕特里斯·谢侯,将布莱希特的政治介入意识和陌生化效果,纳入自然主义的戏剧传统之中。20世纪70年代的《尼伯龙根的指环》具有舞台空间设计的陌生化效果和自然主义表演的对位关系。20世纪80年代后受科尔泰斯日常戏剧影响,作品中自然主义和诗意成分增加,并产生了日常生活政治和微观生命体悟两种不同的表达倾向。《黑人与狗之战》集中体现了日常生活政治的特征,而他十年中多次导演并主演的《孤寂在棉田》则成为微观生命体悟这一创作倾向的代表作,并显示出谢侯后期纯戏

① 2014年,为筹备帕特里斯·谢侯回顾展暨研讨会,笔者发表了论文《从政治介入到生命体悟——初读帕特里斯·谢侯的艺术主题与风格》(《当代电影》2014年第10期)。该文成为笔者的谢侯研究的基础,其中的第二节正是本文论述的起点。本文完成时,笔者身在法国,因疫情无法去图书馆查阅资料,帕斯卡尔·格利高里(Pascal Greggory)先生给我借阅了相关法文书刊;一些中文文献也查阅不便,上海视觉艺术学院宁春艳教授、中央戏剧学院赵志勇教授、中央戏剧学院毕业生马雅欣女士帮我确认了几个相关中文文献的出处,特此感谢。本文涉及的外文原文引文为笔者所译,感谢中央戏剧学院戴淑君老师和毕业生张越先生在编译中的协助。另外,该论文属中央戏剧学院重点课题"舞台剧与电影大师帕特里斯·谢侯导演艺术研究"(YNZD1714)的阶段性成果。

② 中央戏剧学院电影电视系教授、博士生导师,电影史论研究者、电影制片人与影展策展人。参与撰写了《东方视野中的世界电影》《中国电影:描述与阐释》《中国独立电影访谈录》等专著,发表了《临界:阿尔诺·德帕拉欣影片中的记忆与存在》《从政治介入到生命体悟——初读帕特里斯·谢侯的艺术主题与风格》《在好莱坞与法国电影体系之间:支持艺术电影制作和发行的必要性》等30篇论文。目前负责中央戏剧学院重点课题"舞台剧与电影大师帕特里斯·谢侯导演艺术研究"。作为影展策展人与制片人,监制的影片有松太加的《太阳总在左边》、竹原青的《星溪的三次奇遇》等。

剧的创作走向。

关键词：布莱希特；政治介入；陌生化效果；自然主义；日常戏剧；抒情戏剧；日常生活政治；微观生命体悟；纯戏剧

Abstract: French theater and film master Patrice Chéreau incorporated Brecht's sense of political intervention and the effect of strangeness into the naturalistic theater tradition. *Der Ring des Nibelungen* which he directed in the 1970s, formed a counterpoint between the effect of strangeness in the design of stage space and naturalistic performance. After the 1980s, influenced by Koltès' "everyday life" plays, the naturalistic and poetic elements of the works of Chéreau increased, and two different tendencies of expression emerged: the politics of everyday life and microcosmic life perception. While *Combat de nègre et de chiens* concentrates on the politics of everyday life, and *Dans la solitude des champs de coton*, which he directed and starred in several times during the decade, becomes the representative work of the creative tendency of micro-life perception, and shows the direction of Chéreau's late pure theater.

Keywords: Brecht, Political commitment, Alienation Effect, Naturalism, Theatre of the Everyday Life, Lyric Theatre, Quotidian politic, Micro existential revelation, Pure Theatre

贝尔纳-玛丽·科尔泰斯(Bernard-Marie Koltès，1948—1989)的剧作，通过舞台剧与电影艺术大师帕特里斯·谢侯(Patrice Chéreau，1944—2013)导演的戏剧而闻名于世。但谢侯从不认为自己导演的版本是科尔泰斯剧作的最佳阐释，而是他与剧作家贝尔纳-玛丽·科尔泰斯艺术对话的结晶。

虽然科尔泰斯对自己剧作的政治性维度通常持否认态度，但他与谢侯的艺术对话，却很难将这一维度剔除在外。在二人相识之前，一些明确的呼应关系就已然存在，例如：对马克思主义的认同，曾让科尔泰斯在1975年至1978年之间参加法国共产党；而谢侯青年时代对马克思主义哲学和布莱希特戏剧的热衷，对他的终生创作影响深远。此外，科尔泰斯多次前往非洲和拉丁美洲，他对前殖民地地区长期的热爱交织着对殖民主义的深度批判；而谢侯 20 世纪 50 年代末在路易·勒格朗中学(Lycée Louis-le-Grand)时就义无反顾地支持阿尔及利亚的独立与和平。二人不约而同的左翼知识分子立场，是他们得以建立长期合作不言自明的基础。

但这种政治思考的类同，的确要通过美学和“人学”的探索，才能发生真实的艺术对话、碰撞与交融。本文试图通过梳理谢侯导演的创作轨迹，对两位大师的艺术对话进行初步探究。

一、布莱希特与自然主义

谢侯 2008 年荣获欧洲戏剧大奖，颁奖词中包含了一系列评价，但下面的观点格外醒目并互有联系：

> 作为一个天生的艺术家，帕特里斯·谢侯有着清晰的创作欲望。他是为数寥寥的能在几乎所有表现艺术中都取得成功的艺术家之一。……谢侯将他对布莱希特的解析引向恰当的自然主义(naturalism)，发现并复活了许多被历史忽略的优秀作品……在南岱尔杏林剧院的许多年里，他达到了职业生涯的一个高峰。在这里，他探索出一种新的表达模式，发现并开掘了我们这一时代中的一位伟大的剧作家——贝尔纳-玛丽·科尔泰斯。谢侯导演了他的主要作品，包括《黑人与狗之战》和《孤寂在棉田》。……谢侯最终转向了电影，在这里他发现，他如此珍视的生活真实能得到更有力的表现。①

在笔者看来，颁奖词认为布莱希特体系与自然主义戏剧这两种看似矛盾的戏剧形态在谢侯的创作中获得了独特的统一，并且简洁地概括了这一融合的基本方式。而这一融合的全面升华，恰恰是以他导演的几部科尔泰斯戏剧为代表的。

谢侯从青少年时代起就醉心于布莱希特戏剧，他在巴黎的柏林剧团巡演中深受启迪，并穿越东、西柏林遍观布莱希特作品的演出。但如此向慕布莱希特的谢侯，却从未导演过任何一部布莱希特的剧作。可以说，谢侯更看重的是布莱希特体系的“本质”，

① https://en.wikipedia.org/wiki/Patrice_Chéreau.

他就此进行了深入的思索，以自己的理解提取了布莱希特戏剧的精髓："针对戏剧的政治性、戏剧的责任，我发现了一种认知方式，也就是打破幻象、清晰地投映出左派的思考，对此我是始终坚守的。"①

可以看到，打破幻象、投映左派思考是谢侯对布莱希特戏剧思想的"解析"和提纯，堪称深得三昧。布莱希特体系在戏剧史上以"间离效果"闻名，谢侯却将左派政治思考的表达视为布莱希特戏剧观的动机与目的，这是极为准确的。谢侯的左派政治立场包含了经典马克思主义、新马克思主义（马克思主义和弗洛伊德精神分析的结合）和后殖民主义先驱弗兰克·法农的思想源泉。从青春时代支持阿尔及利亚独立开始，②他就确定了一生反霸权、反殖民、反资本主义拜金文化的左翼艺术家的思想底色。而他的艺术表达，从未完全脱离政治介入与政治思考。

谢侯所谓的"打破幻象"涉及的则是"间离效果"，布莱希特戏剧思想的形式面，与布莱希特的马克思主义政治意识具有共生关系，它是对自然主义戏剧艺术模式的解构，更是唤醒观众现实政治意识，使其进行主动政治思考的一种方案。笔者更倾向于"间离效果"概念的另一种译法——"陌生化效果"（Verfremdungseffekt）。

对一个事件或一个人物进行陌生化，首先要把事件或人物那些不言自明的、为人所熟知的和一目了然的东西剥去，使人对其产生惊讶和好奇心。③

陌生化的反映是这样一种反映：它能使人认识对象，但同时又使它产生陌生之感。④

通过陌生化效果，演员不再以认同与融合人物的方式表演，不再以形成演员即人物的幻觉为目标，而是将人物看作一个认知对象，创造一种形式（甚至程式）来表现人物；舞台不以常规现实主义的方式制作布景，以营造现实的幻觉与心理气氛；第四堵墙的幻觉被彻底废除，演员随时都可能与观众进行直接交流……在陌生化戏剧效果中，观众对人物与事件的常识被破坏了，失去了依靠常识"自然地"认识对象的可能性，随着舞台封闭性情节和人物心理幻觉被打破，观众不得不对舞台上的人物与事件进行分析和再认识。

① GODARD C，CHÉREAU P. Patrice Chéreau，Le trajet[M]. Monaco-Paris：Le Rocher，2007：19.

② *L'imaginaire historique*：*Patrice Chéreau / La Fabrique de l'Histoire*，France Culture，2 mars 2008，http://www.fabriquedesens.net/L-imaginaire-historique-Patrice.

③ 布莱希特.戏剧小工具篇[M].张黎，丁扬忠，译.北京：北京师范大学出版社，2015：106.

④ 丁扬忠.论布莱希特戏剧学派[M]//布莱希特.戏剧小工具篇.北京：北京师范大学出版社，2015：12.

在谢侯那里，布莱希特方法代表了艺术家之于世界的双重介入方式——美学革命与政治参与。“陌生化效果”绝不是一种理性的“冷处理”方式，而是充满乌托邦冲动、辩证思想火花、形式创造激情、生机勃勃的舞台艺术形态。“陌生化效果”的实现方式是多种多样的，在必要的时候，甚至布莱希特自己也不拒绝“采用引起共鸣的手段”①，最重要的是要打破演员和观众不可自拔的心理幻觉状态；对戏剧的人物与事件，演员的演绎基于清晰的历史认识，舞台场面调度出于对戏剧事件与戏剧创作双重的历史性分析，而观众得出的是积极而理性的历史思考。这种“历史化”的创作与接受，是布莱希特方法充满发展性的灵感源泉，原始事件、戏剧创作、舞台行动、场面调度、观众接受都会被置放到具体的“历史性”当下来认识、创造和思考。

只有在这个维度上，我们才能了解谢侯舞台导演艺术。自1964年开始直到整个20世纪70年代，尤其在他导演的马里沃的《争执》(1973/1976)和拜罗伊特百年版《尼伯龙根的指环》(1976—1980)中，他对布莱希特的独特思考大放异彩。

而谢侯版《尼伯龙根的指环》(以下简称《指环》)，作为整个歌剧导演艺术史上的划时代作品，具有布莱希特方法(陌生化效果/历史化思想)和自然主义风格异质并存的特征：舞台与人物造型设计以高度的陌生化效果，体现出导演与舞美设计师的历史化思考和政治介入意识；表演指导则以异乎寻常的自然主义色彩，使该歌剧表现出惊人的戏剧能量和身体力度。

百年版《指环》(1976—1980)，是1968年“五月风暴”后谢侯反资本主义激进政治倾向在艺术创作中的总结性体现。谢侯的当代化与政治化思考，使其与舞台美术师佩杜齐的合作焕发异彩。他们将瓦格纳歌剧中北欧史前神话的造型设计置放在19世纪中叶与20世纪20年代之间，以凸显瓦格纳创作这部“乐剧”时的历史语境：莱茵河被展现为高耸的水电站大坝，三女神成了在大坝上招摇的妓女，众神穿着19世纪上流社会的华服，西格菲尔德在蒸汽发动机带动的冶炼熔炉里炼制他的宝剑……资本主义对自然与人类本性的侵蚀，以一种极其凝练的造型语汇得以表现。而最后一部《诸神的黄昏》，其舞台与人物造型被界定在20世纪20年代的纽约，诸神的黄昏成为资本主义黄金与权力之梦的终结。

与此同时，他的版本又被认为是歌剧导演史上最人性的一部《指环》。从接受百年版《指环》计划伊始，谢侯即从歌剧脚本入手，并发现了其中人物强烈的戏剧行动性。

① 布莱希特.布莱希特论戏剧[M].丁扬忠，等译.北京：中国戏剧出版社，1990：209.

他说："我 1975 年看《指环》时发现，瓦格纳始终是戏剧的而非歌剧的。"[①]他的工作方式与人们将音乐视为主导的歌剧常规认识大相径庭，在歌剧演出中，人们往往关注歌者的演唱，却忘了他们可以用自己的整个身体去表达戏剧的张力。而在谢侯导演的歌剧中，歌剧文本变得与戏剧文本一样重要，演员的歌唱成为整体舞台行动的组成部分。谢侯版《指环》推出了与文本中预设的人物形象极为接近的歌剧演员群体，这在歌剧舞台上极为鲜见；进而，他使演员们的舞台行动与人物的欲望原动力达成一致，并爆发出几乎比戏剧舞台更为强劲有力的身体行动。谢侯执导了歌剧中的表演，因此这些表演具备被布莱希特通常拒绝的"认同"与"融合"特征，并且存在某种自然主义戏剧特点。如果考虑到"自然主义"在"现实主义"基础上对欲望驱动的强调，那么这种对谢侯艺术风格的指认就更值得重视。

我们看到，谢侯的确将对布莱希特的认知（陌生化效果、历史化思考、当代政治介入意识）引进了一个自然主义戏剧（强调演员与人物在外部行动与内部冲动上的认同与融合）的场域。

在这两种异质戏剧方式熔铸所产生的电光火花中，对于阿尔托"残酷戏剧"的欲望能量和梦想特征以及格罗托夫斯基贫困戏剧对演员肢体的全面调动，谢侯在创作实践中融会贯通，逐渐形成了擅长舞台空间表现但以演员身体为核心的独特风格。

如果没有这种独特的异质碰撞与异质交融，科尔泰斯的剧作将没有进入谢侯艺术世界的契机。而科尔泰斯剧作进一步推动了谢侯戏剧的自然主义进程、内省戏剧进程、纯戏剧进程。

二、日常生活政治与自然主义诗情戏剧

谢侯自己认为，在他的创作中有一条潜在的分界线，那就是 1983 年开始和科尔泰斯的合作。这一分界线之前，谢侯的创作中布莱希特叙述剧的特征更为清晰；而在这之后，一种内省而诗意的自然主义风格得到更充分的发展，并逐步走向一种倾向于极简主义的纯戏剧形态。

① 引自电视纪录片 *The Making of the Ring*，1980，导演 Peter Weinberg。

（我面对戏剧的方式）被一个人改变了，被一个闯入我职业生涯的核心人物改变了，那就是贝尔纳-玛丽·科尔泰斯。贝尔纳写的剧作是绝对的政治戏剧，但又是间接的。他尽可能不直接触及任何具体的政治问题。但在不着痕迹的情况下，他绝对在城市、城区、社会问题的中心。那是太壮丽的虚构作品，太绚烂的冒险。……所以，我发生了根本的变化，我的工作，有科尔泰斯前和科尔泰斯后之别。①

科尔泰斯在法国当代戏剧中有其难以归类的独特性，他被一些戏剧史学家看作“日常戏剧”②的剧作家，又被另一些论者归为法国当代“抒情戏剧”③的代表。从谢侯对科尔泰斯的追忆中我们可以看到，这两种被指认的风格更像是其作品的一体两面。

日常戏剧出现于20世纪70年代，堪称“五月风暴”的遗产。1968年的“五月风暴”致力于全方位颠覆资本主义经济、政治、文化体制，这一青年与群众反体制运动在消退的过程中，转入了日常生活领域，对资本主义日常生活意识形态进行批判、消解与重构，这就形成了西方左翼知识分子的“日常生活政治”。这种反体制特征，在日常戏剧中非常鲜明。其代表人物维纳威尔（Michel Vinaver）指出，日常戏剧要“侵犯那些在保护我们的同时又压迫我们、窒息我们的东西，侵犯那大写的体制”，“强行打开通向真实的道路”。④

日常戏剧对法国市民剧和自然主义戏剧的传承是清晰的，但变革也是醒目的。它一方面融入了布莱希特陌生化效果、观众参与、政治介入的戏剧观，另一方面受阿尔托“残酷戏剧”影响，后者主张“在观众和演出、演员和观众之间建立直接交流”⑤，在剧烈行动中释放人们最黑暗的本能，从而最终使观众经历坍塌、彻底蜕变。日常戏剧强调对“此时此地”即时经验的把握，从日常平庸事物的混沌状态开始创作，不刻意寻找日常事物的先在意义，而是以“非意识形态”“非社会”和“非心理”的方式，让观众突破

---

① *L'imaginaire historique : Patrice Chéreau / La Fabrique de l'Histoire*, France Culture, 2 mars 2008, http://www.fabriquedesens.net/L-imaginaire-historique-Patrice.

② 宫宝荣.后现代的古典美:《黑人与狗之战》[J].戏剧艺术，2002(2):54.

③ 芒什尔.关于当代法国戏剧写作中的若干尝试[J].宫宝荣，译.戏剧艺术，2003(5):5-6.

④ 维纳威尔语，引自:宫宝荣.从荒芜之地到厨房浴室:“五月风暴”之后的法国戏剧[M].上海:上海远东出版社，2011:39.

⑤ 阿尔托.残酷戏剧:戏剧及其重影[M].桂裕芳，译.北京:中国戏剧出版社，1993:93.

意识形态的规范，重新认识日常生活的本来面目。①

从上述角度来看，“绝对在城市、城区、社会问题的中心”的科尔泰斯剧作带有鲜明的日常戏剧特征。与此同时，科尔泰斯剧作的绚烂很大程度上来自他的语言。他充满诗情、带有清晰独白色彩的戏剧对白，形成其文本压倒一切的抒情色彩，这给谢侯留下了至深印象，甚至在最初给谢侯带来了困扰。

《森林正前夜》(*La Nuit juste avant les forêts*)与《黑人与狗之战》(*Combat de nègre et de chiens*)是谢侯最早阅读的两个科尔泰斯剧本。前者从头至尾是一个人物的独白，这种极端去戏剧性的纯抒情文本完全不能被20世纪80年代初的谢侯理解与接纳，他直到2010年才首次导演了这个剧目。后者的情节在谢侯看来也已被剧作家减弱到了最低程度，却立刻受到了谢侯的青睐，这是发人深思的。

谢侯极少导演当代剧作家的作品，因此，1983年他选择《黑人与狗之战》(以下简称《黑人》)作为自己指导南岱尔杏林剧院的开山之作，具有里程碑意义。

《黑人》的戏剧事件发生在西非由欧洲人承建的一座“烂尾桥梁”工地上，工地主任郝恩建立了由黑人哨兵日夜守卫的白人社区。黑人首领阿布里来工地索要被白人工程师卡尔打死的同族兄弟努菲亚的尸体，但卡尔早已毁尸灭迹。郝恩一方面试图利诱阿布里放弃索尸，一方面又对卡尔施压，从命令卡尔寻找尸体发展到授意卡尔杀死阿布里。最终，卡尔在和阿布里对峙时被黑人哨兵击毙，而一直热恋阿布里的郝恩情人莱奥娜，无力改变深入骨髓的种族隔阂，最终离开了这个伤心之地。

虽然科尔泰斯拒绝给自己的作品贴上政治性标签，但其作品的政治性意味却清晰可辨。《黑人》的标题将对黑人的殖民主义称谓“黑奴”(nègre)和黑人对白人的反抗性戏称(Toubab，狗的名字)对立起来，它不仅仅是有关文明冲突的故事，更是当代艺术对弗兰克·法农的非洲民族革命宣言的强劲回应，是科尔泰斯未加命名的后殖民主义戏剧。欧洲殖民主义终而未结，并在对非洲的长期经济盘剥和人文侵蚀中延续。但在物质主义和人性疏离中陷入深度“人文贫困”的欧洲与欧洲人，就如同《尼伯龙根的指环》中长日将尽的神族，处在挣扎与绝望的痛苦循环中。而非洲黑人兄弟最终觉醒，从阿布里的孤军奋战，发展为白人社区的黑人哨兵(“黑奴”)的群体反抗。与此同时，白人与黑人之间种族和解的最后一线微光，也随着莱奥娜与阿布里之间爱与交流的彻底

① 宫宝荣.从荒芜之地到厨房浴室：“五月风暴”之后的法国戏剧[M].上海：上海远东出版社，2011：40-41.

失败而熄灭。在暴力与死亡之外，科尔泰斯没有提供其他可行的方案，他的剧作因而是决绝的，也是灰暗的。

由此可知，谢侯以此剧作开始自己导演艺术的转型绝非偶然。《黑人》堪称当代版的《指环》，成为他 20 世纪 70 年代激进戏剧实践的自然延续：强烈而准确的政治介入意识，带有陌生化效果的具有挑战性的舞台形态，将诗意语言(甚至歌剧中的唱词)引入身体综合行动的形体戏剧特征。

谢侯对科尔泰斯文本的认同具有鲜明的政治性，对非洲反殖民主义觉醒的革命性表现、对当代欧洲物质主义不无绝望的批判性描述，体现了两位艺术家之间的心有灵犀。

而这一次，谢侯所做的陌生化处理，与《指环》呈现出同中有异、异中有同的复杂互文关系。其共同之处是，都改变了文本本身描述的空间环境，强化了文本与产生语境之间的关系，以及导演对作品意义的读解和演绎。《指环》之《莱茵的黄金》将北欧神话中的莱茵河变为 19 世纪河流上高耸的水坝；《黑人》则将原作中西非某国的桥梁工程变为法国本土的景观：谢侯与理查·佩杜齐受到巴黎大省南岱尔地区入口处一座立交桥的启发设计了布景，并让观众在布景两边入座观看，观众似乎完全进入了现场，这明显体现了实景戏剧的特征。而这恰恰又是《黑人》与《指环》的差异所在：《指环》的舞美设计与场面调度凸显了瓦格纳的写作是在工业革命和拜金主义的胁迫下产生的；而《黑人》则将剧作家所写的西非环境移置到了 20 世纪 80 年代的巴黎郊区，甚至是导演工作的南岱尔现场，从而强化了作品意义的当下性——殖民主义不仅在彼处，而且也在此处。谢侯对《黑人》的导演，以一种场景与表演的“超级现实主义”(super-realism)风格，打破了观众观看常规现实主义戏剧时由于“第四堵墙”的保护而产生的安全的真实幻觉，进而让观众在极为迫近的空间距离之下，直击了这个当下的后殖民事件。同时，文本中独白化的对白，又以其诗一样的调性，形成了与常规现实主义的另一种间离感，让人物在观众眼前赤裸地内心剖析，呈现出浓厚的内省特征和诗情。

通过科尔泰斯的剧作，谢侯艺术中布莱希特的陌生化效果和政治介入意识并未消失，但自然主义的、内省的、诗意的风格开始占据其导演艺术的核心位置。而在笔者看来，其中还存在着日常生活政治和微观生命体悟这两个相互交叉又不同的主导艺术倾向。

三、微观生命体悟:走向纯戏剧

对于自己的导演艺术与科尔泰斯的剧作创作之间的关系,谢侯直接对照斯坦尼斯拉夫斯基与契诃夫的持续合作。20 世纪 80 年代,谢侯连续导演了四部科尔泰斯的剧作,按时间先后依次为《黑人与狗之战》(1983)、《西岸》(1986)、《孤寂在棉田》(1987)和《回归沙漠》(1988)。2010 年,他又导演了搁置多年的《森林正前夜》。这些作品以极度日常化的方式,深度触及了社会现实,其中不同阶级、种族、文化身份、性别与性向的人物,呈现出错综复杂又无法解决的矛盾。

笔者认为,在科尔泰斯这一系列剧作中,存在着"日常生活政治"与"微观生命体悟"这两个有所重合又具差异性的维度:科尔泰斯聚焦于日常生活,以非政治的方式接触政治,虽然是间接的方式,但社会批判的锋芒不减;与此同时,他聚焦于人的内在生活自身,探入了所有社会改革(包括 20 世纪 80 年代社会党改革、建立针对同性恋等边缘人群的社会保护体系等)都无法真正治愈的生命之苦——在个体与集体无意识自我中心的坚硬外壳下,对爱与自由的渴望与无望。谢侯同样深入演绎了这两个维度。在开始阶段,科尔泰斯作品中的"日常生活政治"对他影响尤巨,而随着他在导演科尔泰斯剧作的过程中的不断探索,"微观生命体悟"的倾向日益加强。

《回归沙漠》是谢侯 20 世纪 80 年代导演的最后一部科尔泰斯戏剧。科尔泰斯在构思这部剧作时说:"我要写一段独白,在其中她说,法兰西不是她的祖国,她不知道哪里是她的祖国。"①谢侯为此热泪盈眶:在日益物质化、日益疏离的当代文化中,对祖国(家或安身之所)的认同已经不再,而他深知科尔泰斯所说的"沙漠"正是法国自身。如果我们视 20 世纪 80 年代弗朗索瓦·密特朗执政、雅克·朗文化改革时期为法国当代政治(尤其是文化保护政治)的黄金时代,那么剧作家与导演几乎共同产生的对黄金时代的荒漠感,或许可以被视为其"微观生命体悟"日益深刻的一个征候。在科尔泰斯去

① CHEREAU P. Patrice Chéreau, retour *à* Koltès. Entretiens réalisés par Samra Bonvoisin[J]. Théâtre Aujourd'hui-Koltès:Combat avec la scène,1996(5):48.

世之后，这一倾向逐渐成为谢侯艺术创作的主旨。①

谢侯于 2010 年导演了由罗曼·杜里斯(Romain Duris)主演的朗诵剧《森林正前夜》，这部由一个人物的独白构成的作品，如同充满欲望、幻想与痛楚的呓语，是"微观生命体悟"的直接呈现。而谢侯从 1987 年至 1995 年数度执导的《孤寂在棉田》，则更为清晰地显现出由"日常生活政治"向"微观生命体悟"转化的轨迹。与此同时，导演艺术方法在八年中的转变，也体现了他后期创作的"纯戏剧"理想。

《孤寂在棉田》(以下简称《孤寂》)是科尔泰斯的代表作之一，创作于 1985—1986 年，灵感来自他在纽约旅行的经历。此剧只有两个人物——一个黑人商贩和一个白人顾客，文本由二者酷似独白的长篇对白构成。两位主人公互有欲求却没有信任，心存爱意却唇枪舌剑，形成巨大的情感张力和孤独感。谢侯酷爱此剧，曾导演过两个版本(1987/1995)，两度巡演(1987—1990 年法国与欧洲，1995—1996 年法国、欧洲与美国)，并亲自扮演商贩一角。但笔者认为，谢侯 1987 年 1 月初创此剧，同年度 9 月后复排，虽然布景与场面调度基本相同，但他本人在 9 月复排中的亲自出演实质上改变了作品的视觉呈现和部分核心表述，因此不可视它们为同一版本。② 因此，我们按 1987 年初创版、1987 年复排版、1995 年版的划分方式，对谢侯导演此剧的演变过程做一个基本梳理。

1.1987 年初创版

1987 年 1 月 27 日，谢侯导演的《孤寂》在南岱尔杏林剧院小剧场首演，演出延续至 2 月 2 日，继而在 3 月 5 日至 17 日，继续在南岱尔上演。理查·佩杜齐将自己为 1986 年《西岸》设计的部分布景(集装箱)用于《孤寂》，极为简洁地暗示了科尔泰斯剧作的灵感来源——纽约贫瘠而动荡的非洲与拉美移民聚居区布朗克斯(The Bronx)；而谢侯在《黑人与狗之战》的首次尝试之后，再次使用两面观众的演出空间格局。饰演商贩的伊扎·德班科莱(Isaach de Bankolé)出生于科特迪瓦，1986 年在法国电影与戏

① 谢侯的电影创作，以及埃尔维·吉贝尔(Hervé Guibert，1955—1991，著名作家，谢侯的《受伤的男人》的联合编剧)的影响，是谢侯"微观生命体悟"创作维度发展的另一重要助推，笔者将写专文论述。

② 谢侯 1987 年至 1990 年导演《孤寂在棉田》的相关信息，根据两个演出日程记录校正：DE NUSSAC S. Nanterre amandiers ：les années chéreau，1982-1990［M］. Paris：Imprimerie nationale，1990：159. 以及网页 https://lesarchivesduspectacle.net/s/4264-Dans-la-solitude-des-champs-de-coton.

剧领域脱颖而出，因主演托玛·吉鲁（Thomas Gilou）的影片《黑色密克马克族人》（*Black Mic-Mac*）而获得恺撒奖最佳男新人奖，且在谢侯导演的科尔泰斯剧作《西岸》中出演主角，在法国文化中代表着充满活力的黑人形象。饰演顾客的洛朗·马雷（Laurent Malet）是20世纪70年代中期活跃于法国银幕的青春偶像，因出演过法斯宾德的《水手奎莱尔》（*Querelle*，1982）而与同性恋文化有着互文关系。

在谢侯导演的《孤寂》中，初创版堪称最忠实于科尔泰斯原意。科尔泰斯试图在两个角色之间创造一种陌生感，他将此剧视为“猫与狗的相遇”：“如果两个男人，两个属性截然相反的人，没有共同的历史，没有亲近的语言，只是因宿命而处于面面相觑的境遇……他们之间只存在敌意——不是一种感情，而是一种行动，一种敌对行动，一种没有动机的战争行动。”①商贩是一个黑人，顾客是一个白人朋克，两个人物之间的文化与种族差异及矛盾跃然纸上。虽然二人独白式的争锋不涉及任何政治命题，却具有很强的身份政治特征。

但初创版的演出面临了巨大的困难，谢侯在其后回忆道：

> 也许是太新了，印象中我们的人物没有任何故事。实际上有一个（故事），非常真实，却又隐藏在文本清晰的伪饰之中。一个交易的故事，关于欲望与欲望的缺失。在南岱尔的困境中，我只安排了15天的演出。②

谢侯对于剧作中故事主线和剧作宗旨的解读，与科尔泰斯的创意密切相关，但又显现出自身的特征。剧作及其主题方向开始向更为内在的维度漂移，亦即欲望在表陈与抑制之间挣扎，甚至是做困兽之斗。

这种解读的差异性，是我们必须将复排版视为另一个版本的根源。在预定9月重演之后，出演商贩的邦克勒接演了著名导演夏布洛尔的影片。从6月起，谢侯不得不重选演员，他没有再寻找一个黑人演员，而是出人意料地自己出演了商贩一角。这一决定导致了他与科尔泰斯之间的分歧，又构成了他们更富张力的对话。而在笔者看来，这一独特解读和对话显露出谢侯创作从“日常生活政治”向“微观生命体悟”的逐步迁移。

---

① DE NUSSAC S. Nanterre amandiers ：les années chéreau，1982-1990［M］. Paris：Imprimerie nationale，1990：162.

② GODARD C，CHEREAU P. Patrice chéreau，le trajet［M］. Monaco-Paris：Le Rocher，2007：184.

2.1987 年复排版

《孤寂》开始真正具备影响力始于谢侯主演的版本。

图 1 《孤寂在棉田》谢侯导演 1987 年复排版
© 摄影 Guy Delahaye

1987 年 9 月至 1990 年之间,《孤寂》从南岱尔、布鲁塞尔到 1988 年阿维尼翁戏剧节直至欧洲多国巡演,虽然舞台设计和场面调度变化无几,但谢侯主演的商贩却改变了一切。在这个版本中,谢侯主演的商贩戴着鸭舌帽、留着络腮胡、大腹便便、形同酒鬼,是他塑造的与自身差异最大的舞台形象。谢侯自称这一形象以法斯宾德为原型,很多人则认为他看起来像"米歇尔·西蒙扮演的老流氓"。① 与此同时,虽然谢侯着意渲染人物的底层色彩,但不可避免地将其种族身份变成了白人。

科尔泰斯对这一变化怒不可遏,他特别强调,剧中商贩必须是黑人。商贩与顾客,类似于黑人布鲁斯歌手遇到白人朋克歌手,他们是完全不可沟通的两个人。针对谢侯的演出,科尔泰斯明确指出:"在两人之间的关系,在他们之间的鸿沟决不会勾起情感、欲望,以及这一类东西。"②

但谢侯却决意把两个人物都处理成白人,使观众清晰地感到舞台上的两个人物之间对立中的类同,彼此隔绝中的相互理解。进一步说,洛朗·马雷曾在《水手奎莱尔》

① GODARD C, CHEREAU P. Patrice chéreau, le trajet[M].Monaco-Paris: Le Rocher, 2007:185.
② GODARD C, CHEREAU P. Patrice chéreau, le trajet[M].Monaco-Paris: Le Rocher, 2007:185.

中饰演同性恋角色，而谢侯的商贩造型直接取自法斯宾德的形象，这一互文关系使两个人物之间的爱欲指向更为明了。对此谢侯从未掩饰，“顿时，这个外部形式托出了剧本创作之初的真实情境，其中有贝尔纳所处理的敏感关系：两个男人之间相互勾引的故事变得更清晰了，我估计正是这让他感到不适”①。

科尔泰斯最终接受了谢侯的版本，在观众热烈的反响和会心的笑声中，他认可了存在于自己剧作中的这个“欲望和欲望缺失”的维度，并意识到这一维度的深度。正如剧评家埃尔·拜伊斯所写：“只有这种极端的孤独感，这种不设防的动物们的痛苦感，这些动物赤裸裸地面对着他们的对手，上演着绝无可能的同志之情的游戏，对这种同志之情他们完全心知肚明。”②

3.1995 年版

谢侯对科尔泰斯剧作的独特演绎，进一步减弱了原作的政治语义，突出了爱的欲求和爱的不可能性（甚至交流的不可能性），这二者的张力不被用于对社会种族与文化秩序的批判，而成为对爱欲的体验、对自我壁垒的省视、对人的疏离情境的理解。这种对“微观生命体悟”的深入探索，在 1995 年版《孤寂》中得以全面更新与绽放。

与 1987 年的两个《孤寂》版本相比，1995 年版变化如此巨大，堪称谢侯戏剧导演艺术新的里程碑，谢侯因此剧第二次获得莫里哀奖最佳导演奖（第一次是 1988 年导演的《哈姆雷特》）。而 1987 年复排版与 1995 版的比较研究，可以视为研究谢侯导演艺术演进的核心内容。

谢侯给我们留下了两部舞台艺术片《孤寂》，这在他的导演生涯中是绝无仅有的。1990 年，为了纪念去世的科尔泰斯，谢侯在南岱尔重演《孤寂》，并邀请另一位法国著名电影与戏剧双栖导演伯努瓦·雅克（Benoît Jacquot）拍摄了影片。1995 年，谢侯与帕斯卡尔·格利高里（Pascal Greggory）准备新版《孤寂》伊始，电视导演斯蒂芬·梅琪（Stéphane Metge）跟拍了整个导演与排练过程，完成了纪录片《另一种孤独》（*Une autre solitude*）。1996 年，他受谢侯委托拍摄了《孤寂》的新版舞台艺术片。这两部舞台艺术片和一部纪录片，成为研究谢侯表导演艺术、科尔泰斯剧作艺术以及二者创造

① CHEREAU P. Patrice Chéreau, retour *à* Koltès. Entretiens réalisés par Samra Bonvoisin[J]. Théâtre Aujourd'hui-Koltès, combat avec la scène, 1996(5):48.

② GODARD C, CHEREAU P. Patrice chéreau, le trajet[M]. Monaco-Paris: Le Rocher, 2007:185.

性对话关系的经典资料。

图 2 《孤寂在棉田》谢侯导演 1995 年版
© 摄影 Marc Enguérand

1995 年版,也被称为"潜行者版",在风格上受到电影大师安德烈·塔尔科夫斯基《潜行者》(*Stalker*,1979)的启迪。与以往版本充满喧嚣的荒诞喜剧特征不同,"潜行者版"充满忧伤与内省的气质。谢侯保留了两面观众席的剧场形式,同时和设计师理查·佩杜齐一起对舞台做了极简化处理。他们尽可能不在经典剧场演出,而寻找废弃的工厂旧址构建剧场。1995 年版的舞台设计中,彻底去除了以往版本中的集装箱,只剩下工厂原有构架和墙面,舞台几乎空空如也,只有顶上的灯光凸显出幽暗的空间和人物时隐时现的面孔、彼此摸索的行动。

而最大的反差,是演员造型和表演形态的变化,我们需要对 1990 年与 1996 年两部舞台艺术片做比较研究。

如果说 1990 年伯努瓦·雅克拍摄的影片是 1987 年复排版的最后呈现,那么谢侯对自己和洛朗·马雷的造型设计与表演指导,则越来越极端化,甚至有了扭曲的形态。马雷本是 20 世纪 80 年代的偶像明星,而谢侯的外形则有口皆碑,但二人在《孤寂》中的舞台形象却在消解其形貌之"美",这种消解特征从二人 1987 年首演开始一直在发展,到 1990 年则完全带有审丑色彩。谢侯主演的商贩,浑然是体态臃肿、行动笨拙的醉鬼;马雷主演的顾客,是一个似乎因吸毒过度而消瘦、暴躁、邋遢的朋克歌手。观众确实能从外形中"看到"这两个人物生命中的伤痛、潦倒与残缺。谢侯所强调的身体戏剧(也称“形体戏剧”)在这个作品中表现得非常突出,谢侯和马雷用极度夸张的人物造型和形体动作来表现人的动物性,其效果是极强的,进而是高度陌生化的。与此同时,如果导演用这种外形的扭曲以至丑化来体现欲望的不可能性,是不是有些表面化呢?

谢侯自身明确回答了这个问题。在1995年重新导演此剧时,他说:“在第一版中,我们的演绎超载了,在整个演出过程中,表演变得重浊而有攻击性。”①而1995年重演商贩时,他完全改变了造型与舞台行动的方案,放弃了乔装改扮、“丑角登场”,相反“作为演员第一次决定以我真实的存在来展示自己”②。

但1995年版的表演,也并不能用简单的本色表演来归纳,如果说本色表演,也仅限于谢侯自身。1995年版的创作基于对文本的深入读解和舞台行动尝试,其中的核心问题在于对科尔泰斯剧作甚至生命观的再认识。在开始阅读剧本时,饰演顾客的帕斯卡尔·格利高里首先发现的是顾客的攻击性、战斗性,但谢侯随即提示他,科尔泰斯认为最美好的词是“兄弟”(frère),而这种对兄弟深情的向往实为剧作的基础。格利高里读出“战斗”(combat)之后,谢侯却告诉他这其中隐藏着对“情感”(sentiment)的极度恐惧以及对“情感”的极度欲求。③

在最后的舞台呈现中,谢侯的新版商贩以自身阳刚干练的形象出现,表现出对爱迂回婉转、痛苦不已的渴望。而经过长期的探索,格利高里从一个富于艺术气质的知性男子变成了新版的“顾客”——一个巴黎马莱区的青年,他外形硬朗、言行激进却潜伏着自己都意识不到的交流恐惧/如火激情。

作为二人张力的转折点,谢侯在演出中安排了两次停顿暗场。第一次暗场在49分50秒,在和观众进行调侃性的交流之后,二人激情共舞[舞蹈时间1分30秒,克里斯托弗·贝尔纳(Christophe Bernard)编舞]。受皮娜·鲍什启发的谢侯将舞蹈剧场的元素融入了自己的戏剧,在一定的陌生化效果中,用这段堪称同气相求的舞蹈表达了在戏剧文本中缺席的“爱欲行动”。

第二次停顿出现在1小时9分,戏剧就此转入冲突的高潮。顾客在商贩欲语还休又锲而不舍的追求中道出了“没有爱,没有爱”的断言。这终于逼出了商贩明白无误的

① CHEREAU P. Patrice Chéreau, retour *à* Koltès. Entretiens réalisés par Samra Bonvoisin[J]. Théâtre Aujourd'hui-Koltès, combat avec la scène, 1996(5): 52, 54.

② GODARD C, CHEREAU P. Patrice chéreau, le trajet[M]. Monaco-Paris: Le Rocher, 2007: 231.

③ 参见纪录片 *Patrice Chéreau, Pascal Greggory, une autre solitude*,由 Stéphane Metge 导演,在 Arté 电视台于1995年播放。

示爱,“对不起,在这夜晚的嘈杂声中,您没说什么您渴望我听到,而我却没有听到的吧?”[①]如果以更为直白的方式,这句对话也可以翻译为“您完全没说您想要我,而我却没有听到吧?”(N'avez vous rien dit que vous désiriez de moi, et que je n'aurai pas entendu ?)

一切都如此明白了然,如美国批评家大卫·埃伦斯泰因所说:“尽管科尔泰斯在剧本中一直未明言他们买卖的究竟是什么东西,但如果理解了谢侯,我们就能轻松地猜到答案:那就是爱情自身。”[②]

很难说这个答案是科尔泰斯的原意,但经过谢侯近十年的创作,这个维度却脱颖而出。1995 年版《孤寂》取消了剧作和谢侯初创版中种族与文化身份的对立,消除了 1987 年复排版中夸张的肢体行动和扭曲的造型形象。这一次,《孤寂》中的人物几乎没有任何外部的种族、文化乃至外形条件来阻碍其爱的实现。社会话语并未完全消失,但早已沉淀到人的意识乃至无意识深处。相反,即使具备最完美的社会体系,生命的痛苦仍不可避免、无从治愈。爱的欲求、爱的恐惧、爱的对抗、爱的绝望在自我中心的壁垒中周而复始、永无出路。

然而谢侯依然坚持爱,并把这种爱作为他对科尔泰斯的礼赞。他饰演的商贩,在欲望中是爱的富豪,在情境中是爱的赤贫者。临近结尾,作为舞台效果,逆光中的商贩在阴影中表白了自己的爱,甚至是对爱的乞求。而格利高里饰演的顾客询问:“那么,什么武器?”并将即将转身的商贩一把掀倒在地——舞台行动不像是敌对的争斗,而更像一场积压已久的爱的最终爆发。作为笔者对这一舞台行动意义读解的参照,格利高里在《孤寂》的圆桌讨论中,说出了他对“没有爱,没有爱”的个人理解,即“只有爱,只有爱”。[③]

1995 年版《孤寂》充分展现了谢侯艺术创作中后期“微观生命体悟”这一情感与主题方向,并同步推动了谢侯戏剧艺术的转型,笔者将其称为“走向纯戏剧”。谢侯在回顾《孤寂》时,总结了这一大道至简的形态,“这一次,戏剧演出只涉及演员的表演、空间的组构——以及两人身体和空间组合产生的激增效果——还有音乐、灯光、两次停顿,

---

① 科尔泰斯.孤寂在棉田[M].宁春艳,译.北京:中国传媒大学出版社,2019:53.

② 埃伦斯泰因.运作之身:帕特里斯·谢侯的“身体电影”[J].张越,译,徐枫,校.北京电影学院学报,2014(3):56-57.

③ 参见法国电视二台的电视专题节目《午夜之圈》(*Le Cercle de Minuit - Koltès*, France 2,1995)。

其他一无所有。”①

谢侯特别强调电影艺术对他重新理解戏剧的反向推动力。1995 年版《孤寂》，是在谢侯的著名影片《玛戈王后》之后创作的。电影媒介的纪录性使在戏剧创作中也极度追求真实质感、物质密度的谢侯获得了满足，从而使他在戏剧创作中不再以此为目标。同时，电影丰富的叙事性与叙事语汇使喜欢讲故事的谢侯得到了充分发挥，重回戏剧领域则让他更清楚戏剧独有的艺术载体：舞台空间和演员行动。谢侯的纯戏剧由此诞生，它同时也直接向文本延伸。

> 电影之后，我回归戏剧，发现了我们只能在戏剧中把握的，只有通过戏剧才能达到的，通过其他任何艺术形式都无法诉说的。这可以用特别简单的东西来总结——两个演员和一个文本——我用了三十年才发现(但没关系!)。演员传送作者的话语……我理解了，这并不意味着导演的特权被剥夺了，恰恰相反。②

对谢侯戏剧这一纯戏剧走向，存在不同看法。谢侯的终身合作伙伴、舞台美术设计大师佩杜齐强调，谢侯是从生活到艺术全方位地走向赤裸的本质的。相对而言，谢侯的衣钵传人、法兰西喜剧院导演兼演员克莱蒙-埃尔韦厄·莱热则极为看重文本乃至文学性对这一转型的意义。

对他来说，时间的意义不再是为了寻找壮丽景观，而是为了寻找与舞台之间更形而上的关联。帕特里斯·谢侯处于一个新的人生阶段，他放弃了同戏剧之间的图像关系，转向了更为文学的关系。③

而科尔泰斯剧作艺术，毫无疑问推动了谢侯纯戏剧的发展：文本走向更内在的密语，成为形体戏剧的驱动……

---

① CHEREAU P. Patrice Chéreau, retour *à* Koltès. Entretiens réalisés par Samra Bonvoisin[J]. Théâtre Aujourd'hui-Koltès, combat avec la scène, 1996(5): 54.

② CHEREAU P, BANU G. J'y arriverai un jour, dialogue avec Georges Banu[M] //BANU G, HERVIEU-LEGER C. J'y arriverai un jour. Arles: Actes sud, 2009: 36-37.

③ HERVIEU-LEGER C. Un enfant de la dispute[M] //BANU G, HERVIEU-LEGER C. J'y arriverai un jour. Arles: Actes sud, 2009: 179.

科尔泰斯戏剧

——一个内行观众的见证与回忆

The Plays of Koltès:

A Well-informed Audience's Testimony and Recollection

让-皮埃尔·沃尔兹(Jean-Pierre Wurtz)[①]
翻译:赵英晖[②] 校译:宁春艳

摘要:我的发言不是一位科尔泰斯作品研究专家的发言,而是一个内行观众的发言。我作为戏剧从业人员(法国文化部戏剧总监察员)并出于个人的热爱,观看过数千场演出,包括科尔泰斯6部戏剧的约20场演出,其中又包括5部科尔泰斯戏剧的法国首演。我因而得以深入了解两位杰出艺术家——科尔泰斯和谢侯——的关系,两人间超凡的合作硕果累累。戏剧是一门转瞬即逝的艺术,而一些珍贵的辉煌时刻将永远印刻在记忆中,在此我将呈现给大家我的见证和回忆。

关键词:法国戏剧;科尔泰斯剧作;法国当代戏剧演出

Abstract: My speech is not that of a specialist in the study of Koltès'

① 毕生致力于戏剧事业。年轻时在法国斯特拉斯堡大学哲学与社会学系求学,其间曾创立“大学戏剧团”,后在标致汽车集团总部组织工人剧社,任米卢斯市(Mulhouse)文化中心主任。连续30年任法国文化部戏剧总监察员,负责法国国立剧院、戏剧中心、剧团和戏剧节的评估工作,主要负责与欧洲其他国家、非洲和亚洲的国际交流,并借此初识中国戏剧。现主要从事国际舞台艺术咨询工作。曾任意大利纳普勒斯戏剧节顾问、斯洛文尼亚“马里博尔2012,世界文化之都”策划团队的顾问,与西班牙、俄罗斯等国的团队也有合作,与中国的联系尤为密切——任巴黎中国文化中心顾问、巴黎中国传统戏剧节联合主席及评审团主席、巴黎曲艺节评审团主席、巴黎城市剧院(Théâtre de la Ville)对华交流顾问,组织中国艺术家赴法及赴欧巡回演出。主要与上海戏剧学院、上海话剧艺术中心和中国国家京剧院、浙江婺剧研究中心(金华)合作。

② 本译文为译者主持的国家社科基金一般项目“当代法国戏剧理论焦点问题研究”(项目编号:22BWW059)的阶段性成果。

works, but rather that of a well-informed audience. As a theatre practitioner (General Inspector of Theatre at the French Ministry of Culture) and out of personal passion, I have seen thousands of performances, including some twenty performances of six plays by Koltès, among them the French premieres of five more of his plays. I was thus able to gain an insight into the relationship between two outstanding artists, Koltès and Chéreau, whose extraordinary collaboration was very fruitful. Theatre is a fleeting art, and some precious moments will remain forever etched in memory, and here I will present my testimony and recollection.
Keywords: French theatre, Koltès' plays, contemporary French theatre performance

我想简单地介绍一下自己：我曾任一家剧院(某文化中心)的院长，而后长期担任法国文化部戏剧总监察员，我的工作是对演员职业生涯进行长期追踪、对公共财政支持的艺术机构的活动进行评估、向法国文化部提供意见和建议。这份工作很难，但我满怀着对艺术和对艺术家的深切热爱担负起了这份工作。

作为工作的一部分，我经常(几乎每天)出入剧院，与艺术家打交道。因而多年来，在不同的演出季，我出于职业需要也出于个人爱好，观看了五六千场演出。

也就是说，我从未专门研究科尔泰斯的作品，在这里我向科尔泰斯研究专家们致以敬意。我还要向弗朗索瓦·科尔泰斯(François Koltès)和弗朗洛斯·杜布蕾(Florence Doublet)致意，(弟弟)科尔泰斯英年早逝，但他们要让他的作品流传，他们肩负着这份激动人心的重任。更确切地说，我是一名我所说的专业观众，或者说内行观众。我今天以这样的身份发言，特别地调动起我的回忆(回忆是戏剧这门短暂的艺术留下的轻微却不可替代的痕迹)，我对科尔泰斯作品的回忆。我因职务之便，曾有幸观看了在法国排演的5部科尔泰斯的戏剧(其中3部是跨国合作、2部歌剧版，还有其他多个演出版本，非常多样化，个个引人入胜)。

我先讲一则轶闻，发生在1969年的斯特拉斯堡，科尔泰斯那时寓居于此。《欧洲》(*Europe*)杂志刊登了戏剧评论家让-皮埃尔·汉(Jean-Pierre Han)对他的采访，其中提道："我第一次去剧院时已经22岁了。那部戏给我留下了深刻印象……伟大的玛丽亚·卡萨莱斯(Maria Casarès)出演。她给我的印象很深,我随后立即开始写作。"①这部戏是古罗马剧作家塞内加的《美狄亚》,比欧里庇得斯的同名作更难,由让·沃杰尔(Jean Vauthier)改编,乔治·拉维里(Jorge Lavelli)导演,于1969年1月在斯特拉斯堡国立剧院(Théâtre National de Strasbourg)演出。我要讲的轶闻就是,我那时也住在斯特拉斯堡,我是大学生,我参与了大学剧团的创立,我们与20世纪下半叶的另一位伟大诗人阿尔芒·嘎蒂(Armand Gatti)合作。我当时经常出入"东部戏剧中心",即后来的斯特拉斯堡国立剧院,"东部戏剧中心"那时由贝尔·吉努(Hubert Gignoux)领导。我也观看了一场那个版本的《美狄亚》,确实令人难以忘怀。也许我和科尔泰斯有同样的感受、同样的震惊,或者也许是在同一个晚上观看了演出……几个月后,我离开了斯特拉斯堡。我未曾目睹科尔泰斯戏剧在另一座剧院的首演,那座剧院我也很熟悉,是圣马丁桥剧院(Théâtre du Pont Saint-Martin),现在是斯特拉斯堡戏剧中心(Strasbourg Dramatic Center)/青年剧院(Théâtre Jeune Public)。是不是本来可以有一次相遇?一场错失交臂之约?

接下来很长时间,我未能观看科尔泰斯的作品。很不幸我没有看到1977年创作的《萨蓝热》(*Sallinger*),其灵感来自美国作家塞林格的作品,该作品是科尔泰斯受布鲁诺·伯格兰(Bruno Boeglin)委托创作的,并由伯格兰在里昂执导演出。我也未能观看《森林正前夜》的演出。根据科尔泰斯本人的说法,这部作品标志着一种断裂。(他在我们上文已引用过的与让-皮埃尔·汉的访谈中说:"以前的戏,我不喜欢了,我再不想看到它们演出。")这一段长长的独白——或按照安娜·于贝斯菲尔德(Anne Ubersfeld)的术语来说是"准独白"——构成了他创作的真正起点,由他亲自执导,在阿维尼翁首演,伊芙·费里(Yves Ferry)饰演主角。该剧后来由莫尼·格莱戈(Moni Grego)执导再次被搬上舞台,还是与伊芙·费里合作,先在法国北部城市新阿斯克(Villeneuve d'Asq)上演,而后在巴黎演出。

我直到1983年2月22日看到《黑人与狗之战》的首演时,才又一次感受到科尔泰斯戏剧的魅力——这是怎样的震撼啊!《黑人与狗之战》标志着科尔泰斯和谢侯(Patrice Chéreau)的相遇——谢侯那时与卡特琳娜·塔斯卡(Catherine Tasca,即后来的文化部部长)共同领导新组建的南岱尔杏林国家戏剧中心(Nanterre Amandiers)。

---

① Revue *Europe*, avril 1983 et Revue *Europe*, novembre-décembre 1997(823-824):29.

此前多年，我在大学剧团的全国联合会上见过谢侯，那时我们都还是学生。1965年，我观看了他在马赛大学生戏剧节执导的一部作品，那是他最早的戏剧作品之一，谢侯和他的"大路易高中剧团"(Lycée Louis-le-Grand)呈现了西班牙黄金时代的重要作家维加(Lope de Vega)的《羊泉村》(*Fuenteovejuna*)。

此后，谢侯有几次涉足现当代领域：1968年在"五月风暴"的影响下，他执导了迪米特里亚迪(Dimitris Dimitriadis)的作品；受米兰短笛剧院之托，执导了聂鲁达(Pablo Neruda)的作品；此外还执导了托斯特(Tankred Dorst)、蓬德(Edward Bond)以及让-保罗·温泽尔(Jean-Paul Wenzel)的作品。但他对经典剧作家比如莎士比亚、莫里哀、马洛(Marlowe)或者易卜生，尤其是马里沃(Marivaux)更感兴趣。

1983年谢侯在南岱尔杏林剧院(Théâtre des Amandiers de Nanterre)的第一个演出季，以科尔泰斯的《黑人与狗之战》开启(这是谢侯自1977年排演温泽尔的戏剧以来，第一次将一位在世剧作家的作品搬上舞台)，这标志着一次根本性的转变，并奠定了两位艺术家之间的忠实情谊，这是一份持久而又硕果累累的情谊(6年内4出戏，随写随排)，两位艺术家，一个是导演一个是剧作家，年龄相差无几，是戏剧界难得出现的结合。在当时著名的电视节目《午夜之圈》中，谢侯讲述了他是如何排演科尔泰斯的作品的："就像……茹威(Jouvet)和吉洛杜(Giraudoux)一样。我还想到了另一个例子，不是因为茹威，而是因为吉洛杜想到的，我更喜欢的例子，就像契诃夫和斯坦尼斯拉夫斯基一样。"①

我第一次进入科尔泰斯的世界，第一次与他的作品面对面是因为《黑人与狗之战》，那是1983年4月。在一座守卫严密的欧洲人的工地上，有铁丝网和瞭望台，在西非的某个地方(科尔泰斯提醒说，这部戏"无论如何不是在说非洲和黑人"，而"只是说世界上的某一处"②)。这个剧本向我展示了一种全新的写作，一种具有转折意义的写作，它既古典，又与时代共生，与任何心理刻画型的剧作都相去甚远。这部戏由一位优秀的导演执导和一批优秀的演员出演，这些演员大部分来自电影领域，他们是米歇尔·皮寇力(Michel Piccoli)、西迪基·巴卡巴(Sidiki Bakaba)、米丽亚姆·波耶尔(Myriam Boyer)、菲利浦·雷欧塔(Philippe Léotard)，尤其是皮寇力给我留下了深刻印象。理查·佩杜奇(Richard Peduzzi)的舞台设计气势恢弘，再现了未完工的一架高

① 参见法国电视二台(France 2) 1995年12月5日的《午夜之圈》节目(*Le Cercle de minuit*)。
② Revue *Europe*, avril 1983 et Revue Europe, novembre-décembre 1997(823-824):30.

速公路立交桥的下方，谢侯说，它真实地描绘了“南岱尔的入口处，空地中间，那座巨大的高速公路桥，那是一座断桥，现在已经拆除了”①。当时的演出在剧院的小剧场进行，效果更加震撼，因为小剧场的空间使观众可以尽可能靠近演员和演出。

伟大的戏剧理论家、文化部剧院负责人贝尔纳·多特(Bernard Dort)就这场演出说：“……人们不相信自己是在一个剧场里，全场浓雾笼罩。地面上灰土、砾石遍布，巨大的柱子上建了接近实物大小的高速公路，这个布景占据了很大一部分场地，像是我们西方世界的象征。其中一座柱子旁，有一丛九重葛，这种植物的出现提醒我们地点是在非洲。……人物正是在这里对峙、言说，他们的对峙很多、言说很多，而行动很少，因为这场三个白人和一个黑人间的‘战斗’如谢侯在开场时所说的那样，像‘强迫性重复的话语，话语以比任何情节都要粗暴得多的方式让人物完全袒露’。”②

演出取得了巨大成功，36年后的今天，这个特别的夜晚仍然牢牢地铭刻在我的脑海里。

这次大放光芒之后，科尔泰斯与谢侯之间建立了牢固而持久的关系，谢侯曾经放弃过《森林正前夜》，于贝尔·吉努(时任斯特拉斯堡国立剧院院长、法国戏剧权力下放的推动者之一，也是科尔泰斯的不懈的支持者)在向他推荐《黑人与狗之战》的同时，也推荐了这部作品。谢侯后来解释说：“那时我没明白《森林正前夜》的玄机。我以为那是一段独白……长长的一段话……不给我任何进入它的门、窗，没有一扇让我可以看看里面的小窗户。……现在，我认为这是一部绝妙的作品……我曾与它擦肩而过。”③

后来，到了1986年，我看了《西岸》[这部戏最初是应法兰西喜剧院(Comédie-Française)之邀约而创作的]，故事发生在“一座西方大城市的废弃港口区”，其起点，据科尔泰斯说，位于“纽约西部，曼哈顿，西区大道一角，旧港口所在处”，“一个废弃的码头，一座空空的大仓库……这里是流浪汉、同性恋、不法交易和清算恩怨的好地方，但是，不知出于什么原因，警察从不到这里来”。④

在演员阵容中，有让-马克·蒂波特(Jean-Marc Thibault)、伊扎·德班科莱(Isaach de Bankolé)、卡特琳娜·耶格尔(Catherine Hiegel)和让-保罗·胡西雍(Jean-Paul Roussillon)。后两位来自法兰西喜剧院。还有玛丽亚·卡萨莱斯(Maria

① Théâtre Aujourd'hui[J]. Koltès, combats avec la scène, CNDP, 1996(5):43.

② DORT B.La Représentation émancipée[M].Arles: Actes Sud, 1988:78-79.

③ Théâtre Aujourd'hui[J]. Koltès, combats avec la scène, CNDP, 1996(5):42.

④ Revue *Europe*, avril 1983 et Revue *Europe*, novembre-décembre 1997(823-824):31.

Casarès)，就是引领年轻的科尔泰斯走上戏剧道路的那个伟大演员，科尔泰斯为她撰写了剧中的塞西琳这个角色。

和《黑人与狗之战》不同，由于科尔泰斯和谢侯之间的首次碰撞已经取得了成功，所以《西岸》在拥有一千个席位的大剧院上演，布景主要由可在轨道上移动的集装箱构成，还是佩杜奇设计的，他一直为谢侯做舞美设计。

后来谢侯评价说："这是科尔泰斯最雄心勃勃的作品之一，我们想很好地服务于它。我们坚信找到了一位杰出的剧作家，这样的想法使我们陷入了疯狂。布景太大、太过分……，演出厅太大……，反而损害了剧本，压抑了文本，而且，我们本应该更注意剧本的复杂结构……。这本来应该成为杏林剧院最珍贵的一场演出，但我们排演它的时候昏了头，这是一次失败。"①

谢侯在此强调了重视文本的首要性，我们为此向谢侯致敬。但是，即使观众数量没有《黑人与狗之战》那么多，但他对这场演出所作的失败的结论似乎有失公允。我观看了首场表演，从我的角度来看，虽说布景确实有压倒性，但科尔泰斯一如既往的彻底而震撼的创作风格得到了完美呈现，演员们的表演在我看来也取得了巨大的成功。

1987 年 1 月，还是由谢侯导演(谢侯解释说："看来绝不能在一出科尔泰斯的戏剧遭遇演出失败后就不再问津了，相反应该马上再演出另外一部。"②)、还是在南杏林剧院上演了《孤寂在棉田》。这是一部由两个人物组成的戏，卖主商贩(黑人)和买主顾客(白人)，从头到尾都是大段大段的独白，似乎可以从中看到《森林正前夜》那段独白的舞台延续。

伟大的戏剧学家安娜·于贝斯菲尔德在其专为科尔泰斯撰写的书中对该剧剧情概述如下："……一个简单而晦涩的故事：两个人夜里在街上相遇，一个人要给另一个人什么东西(我们永远不会知道他要给什么)，另一个人拒绝说出自己想要什么。交流就这样继续，直到发生身体对抗。这是一场交易……"③

两位演员是伊扎·德班科莱和洛朗·马雷(Laurent Malet)。

关于舞美布景，谢侯解释说，他决定"重新启用《西岸》的布景以减少成本"④，在小

① Théâtre Aujourd'hui [J].Koltès, combats avec la scène, CNDP,1996(5):46.
② Théâtre Aujourd'hui[J].Koltès, combats avec la scène, CNDP,1996(5):47.
③ UBERSFELD A.Bernard-Marie Koltès[M].Arles:Actes Sud - Papiers, 1999:57.
④ Théâtre Aujourd'hui[J].Koltès, combats avec la scène, CNDP,1996(5):46.

剧场里重新布置那些集装箱。伊扎·德班科莱认为"可以说谢侯是在悔过"①,因为他认为《西岸》失败了。又一次,演出取得了成功,于贝斯菲尔德说:"谢侯还有一个想法,他想排演一个令他不能忽视其非凡品质的剧本,一个导演并非每天都握有杰作在手"②。这个想法也促成了他排演《孤寂在棉田》的决定。

此后,谢侯又另外排演了两个版本的《孤寂在棉田》:1987 年的巡演和在南岱尔剧院的复排演出,洛朗·马雷饰顾客,谢侯亲自出马饰演卖主商贩(科尔泰斯对此并不赞成,他认为应当由一个黑人演员来演这个角色);而后是 1995 年在威尼斯双年展上的复排演出,接着在法国、欧洲其他城市和纽约进行了巡演。帕斯卡尔·格利高里(Pascal Greggory)饰演买主顾客,卖主商贩仍然由谢侯亲自饰演。

我观看了该戏第一版和第三版的演出。后者在奥德翁国立剧院(Théâtre National de l'Odéon)的演出季里,在巴黎郊区一块工业空地改建的剧场——纽扣剧场演出了两个月。可以说这两场演出同样精彩,尽管两者风格各异(第三版更显冷峻),尽管第三版遇到了阻力(卖主商贩的角色是为黑人演员所写)。谢侯作为演员的才华也得到了证明,据安娜-弗朗索瓦兹·苯娜姆(Anne-Françoise Benhamou)分析,他的表演"结合了近乎动物的身体存在和对语言的精妙掌握……,两者对这个复杂文本的阐释具有决定性意义"③。

再一次,成就辉煌。

接连的重演、巡回的次数以及巴黎演出的次数显示了公众对科尔泰斯作品日益增长的热情。

谢侯最后一次排演的科尔泰斯的剧本是 1988 年的《回归沙漠》,这部作品的风格与之前的作品大不相同,科尔泰斯说:"在这部作品中,我第一次希望喜剧意味占主导。"他解释说:"一部喜剧,关于一个并不完全是(或不仅是)喜剧的主题。……关于家庭、遗产、私生子、金钱的故事都是逗笑的黄金选题;遥远、模糊、变形了的阿尔及利亚战争则不是。我想将两者融合起来,让人们笑,同时又要让人们担忧。"④这部作品的不同之处还在于,它的故事发生在法国外省,科尔泰斯自己就是外省人:"卑劣而英勇,

① Revue *Europe*, novembre-décembre 1997, page 31.

② UBERSFELD A.Bernard-Marie Koltès[M].Arles: Actes Sud-Papiers,1999:56.

③ Théâtre Aujourd'hui[J].Koltès, combats avec la scène, CNDP,1996(5):22.

④ DE NUSSAC S. Nanterre-Amandiers[M]//Les années-Chéreau. Paris: Imprimerie nationale, 1990:268.

恶毒而古老的法国外省……，它是埋葬野心的棺椁，它既哑又瞎，但却是一个国家的喉舌和耳朵……，是人民和历史顽固的、暴躁的记忆。”①

根据于贝斯菲尔德的说法，“精心构建的喜剧与悲剧的混合，以及奇幻手法的运用，（给剧本）以一种奇特的莎士比亚风格”②。这是一个关于家庭的故事，玛蒂尔德在儿子和未成年的女儿的陪同下怒气冲冲地从阿尔及利亚回来了，搅乱了他弟弟阿德里安的生活，阿德里安是当地的权势人物，在家中也是如此。整个故事发生在阿尔及利亚战争的背景下，强烈的日常性与奇幻元素（甚至有剧中人从平地飞入太空中消失不见）不协调地混合在一起。

14 位演员出演，包括一对出人意料的、让人觉得根本不可能的组合：皮寇力（饰演阿德里安）和林荫道戏剧明星雅克琳娜・玛杨（Jacqueline Maillan）（饰演玛蒂尔德——这个戏的核心角色，这个戏就是科尔泰斯特意为她撰写的）。《回归》大获成功：1988 年 9 月至 1989 年 2 月之间共演出 138 场，有近 94,000 名观众观看了演出。演出在雷诺・巴侯剧院［现名圆点剧院（Théâtre du Rond-Point）］上演，这个剧院毗邻香榭丽舍大街，该剧的演出是被纳入巴黎秋季戏剧节的。

选择雅克琳娜・玛杨出演该戏是个令人吃惊的决定，但这个角色确实是为她量身定制的。对谢侯来说，演出的“领头戏份是姐姐玛蒂尔德的，但雅克琳娜・玛杨的表演并没有使她发挥出推动戏剧发展的作用，因此，玛蒂尔德的弟弟成了领戏人，而且，也因为皮寇力太出色了”③。我的记忆与此有些出入：与玛杨强势的表演风格相比，皮寇力的细腻的表演手法难以展露。但是，我的记忆来自“首次演出”，随着后来一次又一次的演出，皮寇力能够很好地协调并平衡局势。这就是我的回忆、回忆……

我承认，我第一次看这出戏的时候并没有真正进入其中。也许一部分原因是雅克琳娜・玛杨出乎我意料的现身。我理解它需要时间。回忆缓缓向前，7 年后的 1995 年，雅克・尼彻（Jacques Nichet）——他于去年（2018 年——编者注）夏天去世，我想向他致敬——执导该剧，这是该剧首演以后的第一个法国版本，由米里娅姆・波耶尔（Myriam Boyer）担纲女主演。这是她第三次出演科尔泰斯的戏剧，12 年前，她曾饰演过《黑人与狗之战》中的莱奥娜，4 年前，她曾在布鲁诺・伯格兰（Bruno Boeglin）导演

---

① DE NUSSAC S. Nanterre-Amandiers［M］//Les années-Chéreau. Paris：Imprimerie nationale，1990：262.

② UBERSFELD A. Bernard-Marie Koltès［M］. Arles：Actes Sud - Papiers，1999：62.

③ Théâtre Aujourd'hui［J］.Koltès，combats avec la scène，CNDP，1996（5）：48.

的《罗贝托·祖科》中饰演过"优雅的太太"。男主演是弗朗索瓦·察陀(François Chattot)。我在巴黎城市剧院观看了这次演出,才真正明白了《回归沙漠》的意义,玛蒂尔德的返乡失败,也折射出科尔泰斯重返他童年时的法国外省时所感受到的荒凉。弗朗索瓦·察陀是一名出色的演员,用自己的方式分析了科尔泰斯语言的特殊性:"……一个词流淌出来,但它的意义并非不言而喻的。这种语言基于你自认为熟悉的、约定俗成的形式来发挥作用。但是,如果真拿一个约定俗成的形式来,你就会注意到它是被略微扭曲了的,冠词、形容词或否定词的移位就足以使整个结构发生变形。"①

我没有观看 2007 年米丽耶尔·玛耶特(Muriel Mayette)执导的在法兰西喜剧院上演的《回归沙漠》版本。

而后,是《罗贝托·祖科》,科尔泰斯的最后一部作品,他本人没有看到这部作品的上演便去世了。于贝斯菲尔德说:"对作者来说,对主人公来说,这都是一部走向死亡之戏。"②1990 年,即作者去世一年后,这部戏在柏林邵宾纳剧院(Schaubühne)上演,由彼得·斯坦因(Peter Stein)执导,我未曾有幸目睹。但我 1991 年在巴黎城市剧院观看了由布鲁诺·伯格兰执导的版本,他 1977 年就曾把《萨蓝热》搬上舞台,但当时科尔泰斯并不喜欢这次演出,也拒绝出版该剧本。他也是一个在搬演过程中忠实于科尔泰斯及其作品的人,此前该剧先在维勒班市(Villeurbanne)的民众国立剧院上演,在巴黎城市剧院的演出有多位优秀演员参与,包括与波兰著名导演安德烈·瓦基达(Andrzej Wajda)多次合作的演员杰西·拉迪维洛维兹(Jerzy Radziwilowicz)主演了祖科。朱迪·亨利(Judith Henry)饰演小女孩,克里斯蒂安·科安迪(Christiane Cohendy)饰演小女孩的姐姐,米里娅姆·波耶尔饰演"优雅的太太",此外,还不能忘了于贝尔·吉努(Hubert Gignoux),他饰演了老先生这个小角色。于贝尔·吉努是科尔泰斯的伯乐,他最初的也是长期不懈的支持者。舞台布景灵活而流畅,地点的多样性由滑动板和从衣架上垂吊下来的帘幕来表现。颇具特色的音乐出自乔治·阿潘吉(Georges Aperghis)的创作,有一名小号手为祖科的逃亡伴奏。

这部作品不是谢侯执导的,因为科尔泰斯不想如此。谢侯也承认,当时他并不喜欢这部戏。"我缺乏远见,一个人既可以是剧作家的好仆人,也可以是糟糕的裁判,因为你已经习惯了你对这个作家风格的设想。但科尔泰斯在这部作品中展现出的新风

---

① Théâtre Aujourd'hui[J].Koltès, combats avec la scène,CNDP,1996(5):84.

② UBERSFELD A.Bernard-Marie Koltès[M].Arles:Actes Sud - Papiers, 1999:68.

格还是给了我很大触动。”①

确实是一种新风格，或者更确切地说，那种既植根于他的时代却没有时代烙印的语言，使得科尔泰斯的剧作存留下来并将成为永恒，他以一种全新的手法，把戏剧与一位接连杀死自己父亲、母亲，继而杀死一名儿童和一名警察的连环杀手的“社会新闻”直接关联起来。“一个神话人物”，科尔泰斯说，“一个参孙或歌利亚一样的非凡人物，威武有力的怪兽，最终却被一粒小石子或者一个女人打败了。这是第一次，我受到人们所谓的‘社会新闻’的启发，但这一则绝不是‘社会新闻’。”②

这场戏引起的风波众所周知，它在尚贝里文化之家(Maison de la Culture de Chambéry)的演出被取消，尚贝里是现实中的那个罗贝托·苏科(Roberto Succo)犯下杀人罪行之地，这在当地家喻户晓。在此，我同意杰西·拉迪维洛维兹于1994年3月24日在巴黎奥德翁欧洲剧院一场专题论坛上的看法：“如果这个剧本没有采用与真人原名相比变化不大的名字(用Zucco取代Succo)，会有什么问题吗？……我们从来没有在不谈论这则社会新闻的情况下谈论科尔泰斯的文本。文本难道不足以被单独探讨吗？”③

科尔泰斯去世后，人们举行了其作品的展演，我观看了十多场，记忆有些混乱模糊，其中有雅克·尼彻执导的在巴黎城市剧院的演出，让-路易·马尔蒂奈力(Jean-Louis Martinelli)执导的在斯特拉斯堡国立剧院的演出，吉里·德-佩雷迪(Thierry de Peretti)执导的在巴黎巴士底剧院的演出，阿尔诺·莫尼耶(Arnaud Meunier)执导的在巴黎城市剧院的演出，马蒂亚斯·波格拉日(Matijas Pograjc)执导的在斯洛维尼亚的卢布尔雅那Mladinsko剧院的演出，克里斯简·弗雷德里克(Kristian Frédric)执导的也是在巴黎城市剧院的演出，阿兰·迪马尔(Alain Timar)执导的在阿维尼翁的市厅剧院的演出……我尤其记得在1995年看的雅克·尼彻执导的《回归沙漠》。

在2001年由雅克·尼彻执导的《黑人与狗之战》中，由出演过《回归沙漠》的弗朗索瓦·察托饰演郝恩(在巴黎城市剧院演出)。

1995年让-路易·马尔蒂奈力执导的《罗贝托·祖科》，这是该剧首次在斯特拉斯堡国立剧院上演，让-路易·马尔蒂奈力刚出任该剧院院长。查理·贝尔林(Charles

---

① Théâtre Aujourd'hui[J].Koltès, combats avec la scène,CNDP,1996(5):50.

② *Entretien avec Colette Godard*, *Le Monde*, 28 septembre 1988.

③ Théâtre Aujourd'hui[J].Koltès, combats avec la scène, CNDP,1996(5):138.

Berling)饰演祖科。马尔蒂奈力倾向于简单、"透明"的风格,他说:"我们只要一点空间的迹象就够了……只是讲故事。"

此外,马尔蒂奈力 2012 年在上海戏剧学院主持过《黑人与狗之战》的工作坊,他是应邀在上海戏剧学院举办的导演国际大师班——法国导演大师班的一位导演。

由吉里·德-佩雷迪执导的《回归沙漠》(他 1999 年作为特邀导演已经在科西嘉岛国际戏剧节中执导过这个剧本,也执导过《萨蓝热》和《西岸》)于 2001 年在巴黎巴士底剧院(Théâtre de la Bastille)演出,整个舞台空荡荡,导演德-佩雷迪的头脑中满是其故乡科西嘉岛。

还是《回归沙漠》,由阿尔诺·莫尼耶执导,于 2015 年在圣-艾简喜剧院(Comédie de Saint-Etienne)上演,两位优秀演员出演了这场兄妹对决,一位是卡特琳娜·耶格尔(Catherine Hiégel),她以前是法兰西喜剧院的演员,现任名誉院长。她 1996 年出演过《西岸》,2007 年法兰西喜剧院排演《回归沙漠》时,玛蒂尔德这个角色并没有交给她,在这次的《回归沙漠》中她如愿饰演了这个角色。男主演是巴黎北郊欧拜维里耶(Aubervilliers)国立剧院前院长迪迪耶·苯萨斯(Didier Beazce)。

1994 年,巴斯克地区的一家名为麒麟的小剧团演出了《孤寂在棉田》,克里斯简·弗雷德里克导演,根据斗牛场争夺领地的规则来演绎,饰演商贩的演员让-玛丽·布鲁卡雷(Jean-Marie Broucaret)是一个斗牛迷。

《森林正前夜》,也是克里斯简·弗雷德里克导演的,演员德尼·拉旺(Denis Lavant)强有力的演绎令人难忘,舞美布景出自著名画家和漫画作家恩基·比拉(Enki Bilal)之手。该剧在 2000 年至 2004 年间在法国巴黎城市剧院阿拜塞斯剧场(Théâtre de la Ville /Théâtre des Abbesses)上演后,在欧洲和加拿大等地巡演了一百来场。

《孤寂在棉田》,由阿兰·迪马尔(Alain Timar)导演,于 2017 年在阿维尼翁市厅剧院(Théâtre des Halles)上演。阿兰·迪马尔也是一位造型艺术家,他设计了一个残破的空间,满地落叶为舞台布景增添些许柔和。买主顾客和卖主商贩在剧情推进过程中满脸涂上了湿厚的黏土,他们俩最终彼此相似。阿兰·迪马尔还增设了第三个人物,是舞台上现场演奏的一名架子鼓手,以他的音乐来突出两人交流的暴力。该演出将于今年(2019 年——编者注)12 月登上南京、武汉、杭州、上海和北京的舞台。

最后,我要特别提到的是由科尔泰斯的作品改编而来的第一部歌剧——《西岸》,这是由法国斯特拉斯堡国家歌剧院和德国纽伦堡国家剧院特邀法国作曲家雷吉·康波(Régis Campo)作曲的，由法国和德国两大歌剧院联合制作的(我曾为这一合作计划的诞生尽过微薄之力)。这部作品由克里斯简·弗雷德里克执导，他同时也是该歌剧剧本的编剧，另一位编剧就是在座的弗洛朗斯·杜布蕾(Florence Doublet)女士。

我想特别指出，法方的演出于2014年在斯特拉斯堡上演，德方的演出我也观看了，于2015年在纽伦堡上演。我认为，两个版本都很成功。德国版参演的演员与法国版不同，他们的演唱更粗犷，更强硬，我更喜欢。这一切清楚地表明，科尔泰斯的作品能够转化为歌剧。那么，歌剧《罗贝托·祖科》何时开演？如我们所知，科尔泰斯的作品早已走出了法国，科尔泰斯在2000年新世纪初成了作品被翻译和演出次数最多的法国剧作家。科尔泰斯作品的上升势头令人欣喜，也是应得的肯定，怎样理解这种上升势头？20世纪的戏剧应当给科尔泰斯什么样的位置？

有什么样的地位，就应当受到什么样的尊重。作为总结，我将把这个学术发言的结语留给艺术从业者：一个是发现了科尔泰斯并陪伴他的作品盛放的谢侯；一个是20世纪下半叶的剧作家、科尔泰斯的前辈米歇尔·维纳威尔(Michel Vinaver)；还有一个是位让人尊敬的女士，戏剧理论家安娜·于贝斯菲尔德，我曾多次引用过她的著作。

谢侯说："在科尔泰斯身上，我找到了我缺少的那个伴侣。……如果固守传统剧目，我们做导演就没什么太大用处了；必须与当代文本面对面，与同时代的作家面对面，他们的话是说给我们这个时代的人听的。科尔泰斯就是这样的作家之一，他甚至超越了其他作家：显然，他领先于时代，他的创作是为着将来……"①

米歇尔·维纳威尔说："科尔泰斯的戏剧作品，即1981年至1988年出版发行和首演的6部，是在7年间创作的6部作品。每一次，从一部到另一部都有一个'飞跃'。似乎是作家完全背离了自己刚刚结束的过去，丢弃了已有的知识和经验，去做完全不同的事或以完全不同的方式做；以完全别样的方式做戏剧，以完全不同的方式创作——让自己吃惊！一种强大的离心力。而且也有向心力，作者偏离自己的足迹，是为了更好地回到那件他从最初就试图说出的事情，总是同一件事……这使科尔泰斯随时都可以被识别出来，在其每一个片段中被识别出来。作品的统一性调皮地在文字中凸显出来，与充满断续、突转的历程共存着。已完成的作品同时开启了新的征程。"②

---

① Théâtre Aujourd'hui[J].Koltès, combats avec la scène, CNDP,1996(5):50.

② DE NUSSAC S. Nanterre-Amandiers [M]//Les années-Chéreau. Paris: Imprimerie nationale, 1990:8.

最后，是安娜·于贝斯菲尔德，她在关于科尔泰斯的著作中写道："是什么成就了一位作家的伟大？首先有两点：他的世界与他的时代精准对应，他以丰富的手法和入木三分的笔锋把这个世界表达出来；他有自己的语言，不是他同时代人的、他的人物的或者某个社会阶层的语言，而是属于他自己的语言，不论从谁的口中说出来，我们都能认出这是他的语言。科尔泰斯就是这样：他是一面睿智的镜子，同时也是拥有伟大语言的作家。"①

论及科尔泰斯在 20 世纪戏剧中的地位问题，她的回答是："他是一颗巨星，可能是最辉煌的那一颗，可与贝克特媲美。部分原因是他进行了所有形式上的尝试，从独白剧到古典结构，以及他最后的绝唱《罗贝托·祖科》中的史诗叙事剧形式。这是他给'美'创造的机会。"②

那么，在尾声，我想引用科尔泰斯自己有关美的话语："我觉得留给我们的唯一的道德就是美。我们就只剩下美的语言，美本身。没有美，都没必要生活。那么，捍卫这美吧，保护这个美吧，哪怕她有的时候不太道德。但是我总觉得，美是唯一的道德。"③

---

① UBERSFELD A.Bernard-Marie Koltès[M].Arles：Actes-Sud Papiers，1999：7.

② UBERSFELD A.Koltès ou la demande d'amour[J].Le Temps，22 mai 1999.

③ Entretien[J].Der Spiegel，1988(43).

科尔泰斯戏剧语言的时空构建

——文本解读《森林正前夜》《西岸》《孤寂在棉田》[①]

The Temporal and Spatial Construction of Koltès' Dramatic Texts: An Interpretation of *La Nuit juste avant les forêts*, *Quai ouest*, and *Dans la solitude des champs de coton*

宁春艳[②]

Ning Chunyan

摘要：科尔泰斯被西方公认为当代戏剧语言大师，本文通过科氏在不同阶段创作的三个体裁和题材各异的剧本——《森林正前夜》《西岸》《孤寂在棉田》的文本分析，解读法国当代剧作家既质朴又凝练的戏剧语言特色，揭示他一戏一格的文本形式与主题内容的贴切融合。无论是通篇没有一个句号的独角戏，还是有8个人物多重视点的悬疑故事，或是无剧情的双人对谈，每个剧作的文本语言自身就是其戏剧时空的构建元素和制造材料。他将行动融进语言，精心构建的戏剧时空极为灵动，不乏电影色彩。

关键词：当代法国戏剧；科尔泰斯；《森林正前夜》《西岸》《孤寂在棉田》

Abstract: Koltès is recognized in the West as a master of contemporary dramatic language. Through the textual analysis of three plays of different

---

① 本文发表于《戏剧》2020年第4期。

② 巴黎第八大学戏剧博士、上海戏剧学院东方学者、上海视觉艺术学院专家教授（上海市海外高层次引进人才）。多年来坚持创作实践与理论研究相结合，研究方向包括西方当代戏剧导表演、法国当代戏剧、中西方跨文化戏剧比较等，曾多次应邀参加国际研讨会并做发言，在法国和中国的戏剧核心杂志刊登发表学术论文多篇。还曾应邀在国内外多家学术机构（北大、中戏、美国田纳西州大学、韩国首尔国立综合艺术大学）讲学。2019年1月作为法国CIRASS舞台艺术国际研究中心的学术委员，在法国高教部下属的巴黎人类科学之家举办专场学术讲座。10月作为唯一的汉语译者应邀出席法国著名戏剧家“诺瓦里纳当代戏剧研究国际研讨会——翻译者共和国”（巴黎法国丘陵国家剧院）。为“法国当代经典戏剧名作系列·科尔泰斯专辑”（剧本7部）的主要译者及该论文集的主编。其译本《孤寂在棉田》荣获2020年傅雷翻译出版奖。

genres and themes written by Koltès at different stages, *La Nuit juste avant les forêts*, *Quai ouest*, and *Dans la solitude des champs de coton*, this article deciphers the characteristics of his dramatic language of both simple vernacular and condensed meaning, and reveals the apt integration of the textual form and the thematic content of his one play. Whether it is a monologue without a single period, a suspenseful story with eight characters and many points of emphasis, or a dialogue between two people without a plot, the textual language of each play is itself the building element and the material of its dramatic time and space. He blends action into language and carefully constructs a dramatic time and space that is extremely dynamic and not lacking in cinematic color.

Keywords: Contemporary French theatre, Koltès, *La Nuit juste avant les forêts*, *Quai ouest*, *Dans la solitude des champs de coton*

一、科尔泰斯在当代欧美戏剧中的地位

法国剧作家贝尔纳-玛丽·科尔泰斯(Bernard-Marie Koltès，1948—1989，又译作科尔代斯)像一颗璀璨的流星划过当代戏剧的天空，从 1977 年问世的、剧作家自己认定成熟的第一个戏《森林正前夜》，到 1988 年完成的最后一个剧本《罗贝托·祖科》，短短十余年，不到 10 部作品，但却一戏一格，构建了一个丰富绚丽的戏剧世界。其剧作被西方公认为当代欧美戏剧的一座丰碑，被翻译成 30 多种语言，在 50 多个国家上演，[①]居法国当代剧作家“出口”首位。他不幸英年早逝，有关他的专著、论文、专刊、学术研讨会在法国和欧美都不曾间断。1999 年为纪念他去世 10 周年，其家乡梅兹举办了科尔泰斯戏剧国际研讨会。2002 年梅兹又举办了第二届研讨会。2009 年为纪念科氏去世 20 周年，梅兹、巴黎和卡昂(法国北部)的多所大学举办了一系列科尔泰斯戏剧研讨会，并将科氏的全部剧作首次集中搬上舞台。2011 年法国普罗旺斯—马赛大学

① UBERSFELD A.Bernard-Marie Koltès[M]. Arles : Actes-Sud, 2001:193-194.

也举办了专题研讨会，可见欧美对科氏戏剧研究的热度有增无减。2012 年秋冬，梅兹发起了“东岸—科尔泰斯双年展”，自此每隔两年都举办为期一周的科氏戏剧展演和学术研讨会。2019 年春，为纪念剧作家逝世 30 周年，梅兹还特别举办了科氏戏剧演出、工作坊和影片放映等一系列活动①。

2019 年 10 月 25—26 日，上海戏剧学院外国戏剧研究中心和巴黎中法舞台协会联合上海视觉艺术学院举办了“法国当代戏剧暨科尔泰斯戏剧研究——当代欧美戏剧在中国”国际研讨会，以及科氏的五个剧本（片段）朗读，这是中国乃至亚洲首次举办科尔泰斯戏剧国际研讨会，契合汉译本科氏戏剧全集“法国当代经典戏剧名作系列·科尔泰斯专辑”（7 册）的出版发行，意义重大。笔者作为该研讨会的发起人之一，与多位国内外学者在会上争先发言；大家的议题涉及科氏戏剧美学思想，文本解读，其作品的叙事性和悲剧性，表演创作，翻译问题，科氏戏剧在德国、俄国及中国等。本文是在笔者发言稿基础上的内容扩充，旨在抛砖引玉，引发国内更多专家对科尔泰斯戏剧进行研究。

二、科尔泰斯的创作概况及影响

科氏剧作的“专业户”、“独家”导演是法国著名戏剧、歌剧和电影导演帕特里斯·谢侯（Patrice Chéreau，1944—2013）。科一谢之编剧和导演的完美搭档，造就了《黑人与狗之战》《西岸》《回归沙漠》等科氏戏剧文本之谢氏“舞台写作”的辉煌，成为 20 世纪 80 年代法国戏剧舞台的一道景观。谢侯三次操刀将科氏的《孤寂在棉田》搬上法国舞台，最后一次是在科氏去世 6 年后（1995）。为了纪念他的亲密伙伴，谢侯除了担任导演，还登台主演了作为两个剧中人之一的商贩，造就了法国当代戏剧演出的经典佳话。法国《世界报》在 1987 年谢侯执导该戏首演于法国南岱尔杏林国家剧院时，曾预言“科尔泰斯的《孤寂在棉田》将会和贝克特的《等待戈多》一样重要！”②。

法国著名学者安娜·于贝斯菲尔德（Anne Ubersfeld，1918—2010）把科氏的戏剧语言与拉辛的悲剧相比，法国日常派戏剧代表米歇尔·维纳威尔（Michel Vinaver，生

① https://biennale-koltes.fr/bernard-marie-koltes/［2019-10-13］

② 参见《世界报》1987 年 11 月 23 日刊登的柯莱特·戈达尔（Colette Godard）的剧评文章。

于1927年)甚至将科氏与莎士比亚、马里沃、缪塞、毕希纳、克莱斯特相提并论。科氏对语言的精雕细琢传承了18世纪喜剧大师马里沃的文学精神,而他的戏剧时空构建的灵动也有莎士比亚的风范。瑞士著名导演吕克·邦迪(Luc Bondy,1948—2015)1988年执导的莎士比亚戏剧《冬天的故事》在法国首演时,特别约请科氏完成其法语译本,想必是看中了科氏的戏剧语言功力。德国当代著名剧作家海纳·穆勒(Heiner Müller,1929—1995)和许多德国观众一样是科氏的忠实粉丝,他认为科氏戏剧的现代性和张力是兰波和福克纳的完美融合。

科尔泰斯的7部大作中,就有2部的世界首演是在法国本土以外的。一个是《黑人与狗之战》,1982年底在纽约百老汇的一个剧场首演①;另一部则是他的绝唱《罗贝托·祖科》,1990年4月剧作家去世1周年时,由德国著名导演彼得·斯坦因(Peter Stein,生于1937年)执导,德国演员以德语版世界首演于柏林邵宾纳剧院的舞台。科尔泰斯的戏剧没有国界,他描写的是20世纪现代人的共性——其欲望与爱恨、其孤寂与恐惧、其对生命的探求与亡者的挽歌。

科氏20岁就背包旅行到美国,从纽约到拉丁美洲再到非洲,最后又回到欧洲。他喜欢遇见他人和走进异域的文化,酷爱非洲的原始文化,还迷恋功夫片中李小龙的亚洲英雄形象。旅行足迹成为他创作的灵感源泉,其写作活力来自他深厚的人道主义情怀,就像科氏第一个剧本中的台词——“我爱你!同志,同志”。其兄弗朗索瓦·科尔泰斯在纪念他时说:“他挎着人们的胳膊,亲近得像兄弟一样,以至于到死都在用笔精准地还原他所亲历和理解的人道主义情怀。”②我们从科氏剧作中能看到白人、黑人、阿拉伯人、拉丁美洲人甚至亚洲人的形象,他曾对朋友说:“我有三个兄弟,一个阿拉伯人,一个塞内加尔人,一个中国人……我每写一部戏,都会想着他们。他们是我一直梦想的兄弟,而且,我经常是为他们写作的。”③他憧憬着世界各兄弟民族手拉着手,实现多元文化交融是这位剧作家的美好理想。在《森林正前夜》里他通过剧中人如此描绘他的人文蓝图:“我所要告诉你的主意就是:一个世界范围的工会——这特别重要,世界范围(我会给你解释的,就我自己,也挺难明白这一切的),但不是政治,只是自卫,我呢,我生性就会自卫,因此呢,我会全力以赴,我将是那实干的人,我的国际工会是为保

① MAISETTI A.Bernard-Mane Koltès[M].Paris:Minuit,2018:216.

② KOLTÈS F. In revue littéraire mensuelle Europe[J]. Paris:CNL, 1997:10.

③ UBERSFELD A.Bernard-Marie Koltès[M]. Arles: Actes-Sud, 2001:147.

卫那些软弱的哥们儿，那些娘胎里生来就满面神经质的小子们。”[①]他作品中表现的大多是边缘化的小人物，是难以融入主流社会的异族或低端的另类人物。也许，正是因为他强烈地感觉到了这些人在现实生活中很少被关注，才在其戏剧舞台上把他们放到了中心位置。

贝尔纳-玛丽·科尔泰斯1948年出生在法国东部的中等城市梅兹，在圣-克莱芒教会学校受了严格的基础教育，学过钢琴和管风琴；高中毕业后曾学过记者专业。当他看到著名法国导演拉维里（Jorge Lavelli，生于1932年）执导的古希腊悲剧《美狄亚》（*Médée*，1967）时，对戏剧舞台艺术产生了极大兴趣，随后于1970年被法国斯特拉斯堡国立剧院的院长于贝尔·吉努（Hubert Gignoux）破格录取，专攻戏剧导演及舞美专业。这是法国唯一的国立剧院与学院相结合的机构，传承了法国著名戏剧家科波（Jacques Copeau，1897—1949）的教育理念，有导表演及舞美专业。但当时还没有戏剧文学专业，科尔泰斯对剧本写作产生了浓厚的兴趣，院长成了他的伯乐，授予他奖学金。他在校期间就创立了“岸边剧团”并为该团创作了《苦涩》，还带领剧团在斯特拉斯堡演出，这为他日后的戏剧创作奠定了坚实的基础。

三、成名作《森林正前夜》的文本分析

1977年在科尔泰斯的剧作生涯中是非常重要的一年，这一年他移居巴黎，开启了戏剧创作的新篇章。之前近十年的写作是他探索的初级阶段，他通过小说、广播剧及名作改编等多种文学形式，在戏剧创作的道路上不断摸索前行。[②] 1977年他为演员朋友伊夫·费里（Yves Ferry）写了独幕剧《森林正前夜》，全剧是一篇不分场次的独白。该剧在1977年夏季阿维尼翁OFF戏剧节上引起关注。这是他的成名作，也是他唯一兼职导演的戏。

① 科尔泰斯.森林正前夜[M].宁春艳，译.北京：中国传媒大学出版社，2019：12.

② 科尔泰斯在《我的一部分生活1983—1989访谈录》中提及：“我第一部戏是《森林正前夜》，由伊夫·费里主演，我们专业地搬演上1977年阿维尼翁戏剧节。这之前我花了十年时间，曾写了十几部戏。在《森林正前夜》和之前的戏之间有一个很明显的切割线……我不再喜欢那些陈旧的戏了，也不愿再搬演它们。”译文出自笔者，原文参见：KOLTÈS B-M. Une part de ma vie[M]. Paris：Ed. Minuit，1999：9-10.

剧本通篇是一名年轻男子的不分场次的独白，整部剧从头到尾都是以第一人称的口吻来讲述的，话中有话、句子中套句子，不断生发的语言从不间断，没有一个句号，一气呵成。整个独白从引号开始，到剧终引号结束时也没有用句号。主人公似乎言犹未尽，还可绵延不断地一直表白下去。

入夜时分，喧闹的都市森林，一个孤独的灵魂在雨中的街头游荡。剧中并没有点名道姓，从他"不怎么体面的外表"观众可猜测其身份的卑微。他终于找到了能倾心聆听的知音，却不免语无伦次、不知从何说起。面对"臭婊子的混世中"寻找到的唯一的同志，男子任凭自己的意识流和言语链延伸，滔滔不绝地述说着自己的隐私和渴望，以及他的爱恨情仇和他在这个城市或他乡的遭遇。这是一个弱小孤独的打工族对强大的资本社会的愤懑、无奈和幻想。剧中描绘了街道、咖啡馆、河边、桥头、墓地、地铁隧道等众多空间，场景变化丰富，具有很强的形象感和跳跃性，让人可从中找到现实中的巴黎的影子。这是从外省初到巴黎的年轻剧作家对首都的最初印象，他虽出身中产家庭，却对北非贫民居住区情有独钟。从剧中人如厕时的习俗场景细节，能猜出这是个北非二代移民。在被巴黎人称作"大耗子""老外"的个人视角中，隐藏着现代生活美丽光环后的社会问题：种族歧视、资本剥削、就业困难等，剧本真实地再现了西方社会的底层弱势群体、"低端人口"的困顿与精神状态。同时，剧中的时间跨越很自由，从街角拐弯时的雨夜到清晨的桥头、从一周的工作区到星期五的伤心区，从巴黎妓女的楼下到打工族"挪窝"所至的尼加拉瓜的森林深处，再到地铁里一群爷们儿把同性恋者拖下车厢的场面等等，所有灵动的戏剧时空自由地层层构建着，好似电影镜头的切换。全剧的言语组合好似"音乐的赋格曲体，有呈示部、展开部、再现部，以层层递进的螺旋状和环环相扣的形态，构成一股排山倒海之势，倾泻而下"①。

语言的外在形式是质朴的巴黎地方口语，内在节奏是凝练的诗意般的语汇；这样的融合形成了极具后现代张力的诗情画意。就像这个戏的剧名，森林是出现在剧中的一个空间概念(将军和士兵架着机关枪始终瞄准尼加拉瓜森林"所有动的东西，把一切与石头、湖水和树木不同颜色、不同动态的东西都当作靶子")，而前夜却是时间概念。这样的时空"混搭"，暗示了该戏的主题内容，就是主人公只能在深夜述说心事："我想吵架，我要吵架的权利！哪怕有人用枪瞄准了我，反正他们最终还是要这样干，如果我

① 参见阿尔诺·马塞蒂的《贝尔纳-玛丽·科尔泰斯》，第 111 页。(译文出自笔者)MAÏSETTI A. Bernard-Marie Koltès[M]. Paris：ed. Minuit，2018：111.

们不同意，如果我们敢开口，我们就得藏到一个森林的深处，他们会用机关枪横扫我们，只要他们看见我们在动，但是管他呢，我至少把我想说的告诉了你，在这儿我做不到，但在其他地方，在一个我们可以过夜的房间，只过半个夜，因为我会在天亮之前就走掉。"[①]这一段可算是《森林正前夜》的点题之笔，语言意识流的自由结构与其蕴含的场景时空，不断滚动跳跃衔接，一气呵成充满了全剧，构建了一种奇特的戏剧语境。另外，全剧的倾听者虽没有一句台词，却无处无时不在场，因而造就了主人公独特的叙述方式。谢侯在 2011 年执导该戏时曾明确指出，对他来说这部独白戏实际上是两个人物的对白戏。[②]说来也巧，早先笔者在 2008 年执导该剧的中国首演时(于北京 9 剧场)，就选择了来自中法的两位演员同台用双语轮流作为叙述者和倾听者。

图 1 《森林正前夜》中国首演(北京 9 剧场，2008 年)
演员：孙德元、Florian Laforge，导演：宁春艳
© 摄影 曹阳

法国著名剧作家维纳威尔对该剧的解析非常透彻："从微观层面上读科尔泰斯的戏剧语言，可以感受到他那充满诗意的不断爆发的言语的本质，正是这种言语的连贯性使得戏剧行动不受因果关系的限制而向前推进着；一个对话与另一个对话的组合衔接，通常是对话之中套对话，句中有句，词里有词，从而使得内容和形式融为

① 科尔泰斯.森林正前夜[M].宁春艳，译.北京：中国传媒大学出版社，2019：47-48.
② 参见阿尔诺·马塞蒂的《贝尔纳-玛丽·科尔泰斯》，第 110 页。

一体，形成了一出别具一格的感情与理智相兼容、瞬间爆发与重大主题相交织的戏。故事就这样继续着，人物渐渐显现出来，空间时而界定又时而交错，过去与未来相互碰撞、交融，分散的各个时间点逐渐聚集成了一个较长的时间段，这就形成了现在时刻，由所有人生场景和灵魂活动所构成的现在时刻。这就是戏剧本身的现在时刻，这就是戏剧……"①

四、鸿篇巨作《西岸》的文学性及戏剧构建

《西岸》的写作始于1981年，灵感来自这一年剧作家在纽约的旅行，他被曼哈顿的一个位于哈德逊河西岸的废弃的仓库深深吸引，回到巴黎后就投入了该剧的创作。这时科氏在法国戏剧界声名鹊起，1981年《森林正前夜》被法国著名导演让-吕克·布德(Jean-Luc Boutté) 搬上了巴黎奥德翁(Odéon)剧院。之后他便收到了法兰西喜剧院的约稿，也就是完成于1983年11月的《西岸》。1983年初在写作期间，科氏的另一部戏《黑人与狗之战》已在谢侯的执导下紧锣密鼓地走向舞台并大获成功。从写作顺序看，《西岸》是科氏的第四个剧本，虽然其文笔风格已基本确立，但他还在不断完善剧本创作技巧。尤其是通过观察谢侯导演的《黑人与狗之战》的排练，他发现了一些编剧的技术弱点，或者说舞台的时空特性对剧本创作所提出的问题，如果说他在"创作《黑人与狗之战》时还模糊不定，那么在《西岸》的写作中都尽力解决了"。对此，科氏在该戏的附录里曾特别提及。②

《西岸》是科尔泰斯剧本中的"鸿篇巨制"，带有很强的小说叙事的文学特征。从结构上看，剧本尊崇了古典戏剧的三一律基本规则，但又融入了很大的叙事文学的自由，包括许多人物的大段内心对白。这些叙述身世经历的内心独白被放入括号中，科氏在剧本附录的注释中指明这些台词"不用作演出"。另外，在有些场次的衔接处，他还常引用一些戏剧或小说名作片段，比如马里沃、雨果、福克纳、杰克·伦敦等大师的作品的只言片语，也"不用作演出"，只为烘托作者寻求的文学氛围，或更好地展示剧中人的

① 维纳威尔.关于科尔泰斯[M]//科尔泰斯.森林正前夜.宁春艳，译.北京：中国传媒大学出版社，2019：导读9-10.

② 科尔泰斯.西岸[M].宁春艳，译.北京：中国传媒大学出版社，2019：187.

心理。科氏在附录中还强调,该剧的写作“不仅是为了演出,也为阅读”。这更凸显了它的小说特性。整个剧本不分幕次场次,只用简单的符号*(或三个叠加的同样的符号)来分开段落,类似电影剧本的形式。如果将这些分段按场次习惯来分,那么全剧一共有29场戏,主要场景是同一地点的不同区域:仓库外、仓库里、仓库两边分别正对的公路和码头。剧中人物共8个:从市中心来到废弃仓库的富人寇弛和莫妮克,生活在仓库贫民区的异族移民一家四口——母亲塞西琳、丈夫罗道夫以及儿子夏尔、女儿克莱尔,另外还有两个人物分别是克莱尔的男友伐克和夏尔的同伙阿巴德。故事发生在这个奇特的极其黑暗的仓库内外和附近公路上、码头岸边,剧情持续的时间是从头一天入夜到次日夜晚,情节虽不复杂但却引人入胜,不乏曲折甚至惊心动魄,颇有悬疑小说的色彩。8个剧中人构成了整个社会的贫富、男女、老幼、上下级、夫妻、母子、父子、情侣、同伙、敌对方等关系,每个人都有自己纠结的过往经历和眼下强烈的私欲,整个剧情的发展可以说是对一个故事的8个人物的不同视点。科氏说这是“多个人种操持同一语言却以不同的方式演说的戏”①:

在一个现代大都市废弃的旧港口,西岸码头贫民区,从市中心来的富人寇弛因一笔巨额资金无法对账而决定来此自杀。女秘书莫妮克驱车将他送到西岸,在他快要如愿溺水时有人救了他。是沉默的黑人阿巴德?是来自南美的二代移民夏尔?还是他的父母?被刺破轮胎的汽车抛锚在岸边,几个底层的男女老少各怀鬼胎,企图利用寇弛的自杀满足各自的私欲:伐克(亚裔)用捷豹车钥匙换取了夏尔默许他勾引其妹,阿巴德在伐克的怂恿下要甩开夏尔单干,夏尔则设法利用莫妮克走出西岸,其母塞西琳想靠他敲诈寇弛一笔,其父罗道夫却教唆阿巴德用枪干掉夏尔这个野种。8个剧中人在仓库这个封闭的空间相互利用、摧残,这不仅是贫富阶层之间不可调和的阶级斗争,也是卑微的竞争者之间你死我活的碰撞撕扯,是复杂的人性在现代社会的挣扎及其希望的破灭。这里既有上下级(寇弛/莫妮克)和夫妻之间(罗道夫/塞西琳)多年矛盾的爆发,也有青年男女之间真情与色欲的反差(克莱尔/伐克),还有父子之间的形同陌路。随着剧情的推进,白领莫妮克不堪折磨后怀着对底层的厌恶逃离西岸。母亲塞西琳则因没能抓住最后的救命稻草,在对一生厄运的数落中绝望死去。最终,全剧在阿巴德手中落幕:他使寇弛如愿以偿后,在夏尔与伐克将尸体拖入江中时,出其不意地将枪口对准了夏尔——他不能接受一向珍视袒护他的同伙撇下自己走出西岸。夏尔对

① 科尔泰斯.西岸[M].宁春艳,译.北京:中国传媒大学出版社,2019:181.

对岸高端生活的幻想葬送在了自己最信任的人手中。

没有一句台词的阿巴德是这个戏的亮点和核心人物，他虽从不说话但并不是哑巴。在第五场盘问寇弛的三人对戏中，他的意思是通过“对夏尔耳语几句”传递出来的，而他和其他人物的对手戏都是一语不发的，最多有舞台提示的动作反应：第十一场夏尔来向他借钱并表示不满他的单干；第十四场夏尔的母亲来找他谈话（威逼他把从水中捞起寇弛的功劳让给夏尔）；第十六场夏尔来向阿巴德道别；第十九场罗道夫教唆阿巴德干掉夏尔；第二十二场寇弛说服他帮自己结束性命；第二十九场伐克与夏尔在他面前将尸体拖入江中。阿巴德的形象完全是在其他人物的台词中塑造的，夏尔、塞西琳、罗道夫、寇弛和他的对白，都变成了实质上的准独白。阿巴德在整个剧中是“无声胜有声”，人物形象极其饱满，充满了神秘感。甚至全剧开始就是一段有关阿巴德的引文（不用作演出），介绍他在剧情发生的两年前是如何出现在西岸并被夏尔收留的。他在整个剧的29场戏的推进中时隐时现，这显然是作者精心安排的。《西岸》不但是科氏所有剧作中的一个特例，恐怕在当代剧作中也属罕见。

这部戏的宏大结构形式是与多重交错的主题内容紧密结合的。科氏在该剧附录里说：“一部戏是否能从一个‘主题’开始而在另一个‘主题’结束？我觉得是可以的，充足的理由就是在生活中，我们可以在同样一个问题上转换视点，也就是转换问题。因此这部戏最初是围绕着寇弛是否能够跳到江里展开的。最后，他终于死了时，我们只是通过阿巴德的命运才想到他，然而是夏尔和阿巴德结束了这部戏。”[①]这种视点转换无疑带有一定的电影色彩，即在不同的场景，镜头聚焦点（人物视点）自有侧重。

剧作家对这部戏的结构搭建得非常巧妙，浑然一体，不露痕迹，环环相扣：“我想写一部戏就像人们建造一个仓库那样，就是说先搭建一个结构，从地基直到屋顶，然后才能准确知道里边要放什么；一个大的活动的空间，一个足够牢固的形状，其内部还可以容纳其他的形状……很少有地方能像这个已摧毁的仓库一样，能容纳任何东西——我想说在任何其他地方都不可能的事情。那么当然，我最初的主意是让两个在任何地方从来都不会相遇的人物毫无理由地相遇。如此就产生了寇弛和阿巴德……应该有些环境、事件或具体的地方来强迫他们彼此对视和相互谈话，我猜想战争、监狱就是，这个仓库是一个，戏剧舞台无疑也是一个……我有点把戏剧舞台看作一个临时场地，

① 科尔泰斯.西岸[M].宁春艳，译.北京：中国传媒大学出版社，2019：179-180.

图 2 《西岸》法国首演(导演谢侯,杏林国家剧院)
© 摄影 Marc Enguérand

剧中人一直试图离开它……办法总是显露在台前,但又都是在幕后解决的。"①

这个戏的剧名 Quai ouest 按字面意思可翻译为《西边的码头》,笔者翻译时考虑到剧中两个不同阶层的相撞,尤其是二代移民夏尔在第十六场与同伙阿巴德道别时,对未来和他要去的对岸充满了希望,他"更愿意在那边高端的低处,而不在这边低端的高处"。而全剧结尾最后一句话是舞台提示"阿巴德将枪对准夏尔,扳动了机关"。这是底层岸边人的悲剧命运的写照,因此笔者在翻译剧名时选择了《西岸》而不是根据字面直译的《西边的码头》。

这是一部宏大的悲喜剧,每个人物都逃不脱各自的悲剧命运,而他们相遇的方式和过程又是极为可笑的喜剧形态。科尔泰斯前瞻性地创作了这部极富现代意义的巨作,在 20 世纪 80 年代初就提出了 21 世纪人类几乎所有的社会困惑:贫富差异、移民融入、种族歧视、代沟问题、家庭矛盾、两性关系等等。而这一切都围绕着欲望、金钱、交易、死亡的主题展开。这些主题在当今社会仍然具有深刻的现实意义。

① 科尔泰斯.西岸[M].宁春艳,译.北京:中国传媒大学出版社,2019:185-187.

五、当代经典剧作《孤寂在棉田》的解读

《孤寂在棉田》写于1985—1986年，是科尔泰斯创作中期的代表作，两个剧中人（商贩和顾客）已成为当代戏剧的典范，全剧并无具体情节，也不分场次，是一气呵成的双簧对谈。该剧1987年1月由法国当代著名导演帕特里斯·谢侯执导，首次在巴黎市郊的法国杏林国家剧院上演，接着1988年7月在阿维尼翁戏剧节上演，由谢侯执导并出演作为主演之一的商贩。1995年谢侯第三次执导该剧时又扮演了商贩，本次在巴黎南郊的纽扣剧院演出，谢侯因该剧荣获1996年最佳莫里哀导演大奖。2001年、2004年、2005年和2016年在巴黎及法国其他剧院都有该剧新的导演版上演，甚至有剧中人由两位女演员扮演的版本（2016年巴黎北方滑稽剧院）。2017年7月法国阿维尼翁戏剧节上，法国著名导演阿兰·蒂玛（又译作迪马尔，Alain Timar）执导的《孤寂在棉田》每天都一票难求。该剧组2019年12月来中国南京、武汉、杭州、上海、北京等地巡演，引发了观众的极大关注和好评。

《孤寂在棉田》描绘了一名商贩和一名顾客不期而遇时各自的内心活动，既细腻又深刻，这是一场不可言喻的交易，将两人紧紧联系在一起，就像主仆或夫妻，相辅相成，不可分割。这场交易的核心是渴望，商贩费尽心机让顾客说破自己的渴望，而顾客则拒绝告诉商贩他渴望什么。观众见证着这场交易，那么这个渴望到底是什么？谁又更渴望谁？夜幕下两人的心声就像音乐的节奏此起彼伏，沉静中难耐着急促，买卖双方最终能促成这笔生意吗？科氏将交易双方的心理活动通过机智的外交对话刻画得入木三分，双方的猜疑、揣测、试探一环紧接一环，环环相扣，不分胜败高低。两人时而针锋相对，时而温存体贴，字里行间充满了欲望，似爱是恨，情仇难分。层层递进的紧张气氛最终将双方引向一场激战，整出戏就是战前的激烈鼓声，令人心潮澎湃！请看剧作家在这场激烈的备战之前写下的开场白：

> 贩卖就是对严格控制或禁止的物品进行一场商业交易，它是在中性的、不确定的、不可预见的场所成交的，是在供应者和乞求者之间、靠心照不宣的默契、以墨守成规的手势或双关语的对话而完成的——其目的就是避免这种

活动潜在的背叛和欺诈的风险——不分时刻，无论白天黑夜，在法定商业地点及营业时间之外任意进行，但总是在它们歇业时。①

对两个人物的关系科氏还透露："在出击之前，敌对的第一步，就是外交上的时间交易。这是用不爱来演示爱，用排斥来演示渴望。而这就像是一条河流穿过燃烧着的森林：水与火的交融，但水的使命是淹没火，而火强制使水蒸发。言语的交换只是为在出击之前争取时间。因一定的理由，他是那种在孤寂中从不正面相对的人。但是我们的地盘太小了，人太多，有太多的不兼容、昏暗的时间和地点、数不清的沙漠等等，这使他已不再有理由了。"②

《孤寂在棉田》的写作渗透了法国首都巴黎的地方口语，剧中人的对话所描绘的黄昏、高楼、野外等场地似乎可让人联想到巴黎的西郊布洛涅森林公园（公众默认的卖淫场所）。剧本语言朴实平易，看似随笔拈来，却极具功底；语言充满了丰富的隐喻比兴手法，形象生动又极具张力，读来酣畅淋漓，充满了音乐性。时空的构建随着语言的推进自然形成，灵动厚重，浑然一体。

全剧没有任何舞台行动提示，只有18个回合的两人对白，即一共36段对白。每个回合的对白由长到短，节奏越来越快，是一场真正的唇枪舌剑；两位雄辩家你有来我有往，形成了紧密的对称局势，寸步都不肯相让。语言内部带有很强的动作性，两位对手像是武林高手，你推我挡，难分高低。他们时而正面出击，时而又采用迂回战术，商贩和顾客的18个回合的口舌对战充分展示了兵家战术的惊险，由此也可见剧作家科尔泰斯深受李小龙功夫片电影的深刻影响。这一点在法国学者西利尔·德斯莱的研究科氏戏剧的专文中也有详细论证。③ 另外，国内观众若看过蒂玛导演的《孤寂在棉田》，一定还记得舞台上的荒废空间、两名法国演员的精彩飙戏和架子鼓手的音乐节奏，舞台上导表演艺术的精彩呈现都是由科氏强劲的戏剧语言派生而来的。换言之，该剧的对白文本为舞台二度创作提供了巨大的空间，足见科氏戏剧之"依据之本"的力量。

① 科尔泰斯.孤寂在棉田[M].宁春艳，译.北京：中国传媒大学出版社，2019：1.

② 科尔泰斯.孤寂在棉田[M].宁春艳，译.北京：中国传媒大学出版社，2019：导读9.

③ DESCLÉS C.De l'influence des films de Kung-fu sur la dramaturgie de Koltès—L'hypothèse de la pensée chinoise. In Relire Koltès[J]. Aix-en Provence: Presses Universitaires de Provence, 2013:135-141.

图 3 《孤寂在棉田》蒂玛导演,阿维尼翁戏剧节,2017 年
© 摄影 Giona Mottura

两个剧中人在剧终之前并未分出胜负,真正的激战就此拉开。由此,商贩与顾客在如此不知深浅的棉花田里还将继续孤独寂寞下去。这个棉花田的空旷场景只在商贩的第四段对白中出现了一次:

> 所以请别拒绝告诉我您的目的,我求求您,告诉我您的狂热、您向我投以如此目光的理由:如果不会伤害到您的自尊心,那么就说出来吧!就像您对着一棵树诉说,或是面对一座监狱的墙壁,或者是在漆黑的夜里、一丝不挂地、散步于一片孤寂的棉田;对我说吧!①

这句话被科氏用作该戏的剧名,法语剧名虽不复杂却并不是常规的词语组合:Dans la solitude des champs de coton 按照字面意思可译为“在棉花田里的孤独”,而这个剧本曾在台湾被翻译为“在棉花田的孤寂”。考虑到科氏戏剧语言的凝练和诗意,经过再三斟酌,笔者在剧本翻译时选择“孤寂在棉田”作为该剧汉译本的剧名,将表示孤独、寂寞的形容词放在名词“棉花田”之后,增加了该场景空间的行动意味,这样凝练的剧名更符合科氏的语言风格,正如他对文本语言的材质处理都是手工作业的“制造

① 科尔泰斯.孤寂在棉田[M].宁春艳,译.北京:中国传媒大学出版社,2019:23-24.

语言”①。

《孤寂在棉田》无疑是科尔泰斯最著名和上演率最高的剧作，两个剧中人商贩和顾客已成为当代戏剧的典范，该剧的核心主题交易也成为现代社会人类关系的象征。

结　语

从以上对科氏不同阶段三个剧作的文本探析中可见他对其戏剧语言的精心打造，不同的文本形式与其戏剧主题和内容都能够紧密相融，科氏对这三个戏的语言的“制造”都是根据每个戏的“材质”量身定制的：独角戏的通篇独白、八个人物的碰撞交织、两个雄辩家的言语竞技，不同的剧作体裁有其相应的拿捏方式，对每个戏的语言分寸把握妥帖。其剧本语言无处不在，构建着时空交织的戏剧情境，难怪导演大师，诸如谢侯、斯坦因、蒂玛等都在科氏文本基础上创作了后现代“舞台写作”的成功典范。科氏把语言当作行动的元素，在构建时空、将戏剧行动融进语言的同时，其剧本写作不免电影化。在短暂的创作生涯里，科氏对戏剧语言材料的拿捏、对剧作体裁形式的探索、对剧情人物的行动设想和对内容主题的结合等从来都没有停止过。不仅本文解读的三个剧本如此，其他四部戏——《萨蓝热》《黑人与狗之战》《回归沙漠》《罗贝托·祖科》也是体裁各异，语言功力深厚，一戏一格、各具魅力。它们分别由八个人物（受美国作家塞林格系列小说影响创作的反映越战前的美国社会的故事）、四个人物（一个黑人在非洲本土与三个白人殖民者的交战）、13 个人物（法国东部的移民的寻根故事）和 19 个人物（意大利通缉犯的神秘故事）组成。可以说，科氏的每一部剧作都值得我们对其戏剧语言进行细致的文本解析，期待更多专家学者展开对科尔泰斯戏剧的课题研究。

① KOLTÈS B-M. Une part de ma vie, entretiens (1983—1989)[M]. Pari：Minuit，1999：10.

孤寂的心灵 坚硬的铠甲①

The Heart in Solitude with the Hard Armour

李 伟②

Li Wei

摘要:科尔泰斯的《孤寂在棉田》于2019年12月由法国著名导演阿兰·迪马尔执导,法国奥勒剧团的演员在中国进行了精彩巡演。本文结合剧作译本的读后感,对法国导演的舞台呈现进行深入细致的分析解读。

关键词:当代戏剧;法国舞台导演;科尔泰斯;《孤寂在棉田》

Abstract: In December 2019, Bernard-Marie Koltès's play *Dans la solitude des champs de coton* was toured in China. The play was directed by the famous French director Alain Timar and performed by the actors of Théâtre des Halles. Based on the text of the play, this artical makes an detailed analysis of Timar's production.

Keywords: Contemporary theatre, French stage director, Koltès, *Dans la solitude des champs de coton*

当法国奥勒剧团(阿维尼翁市厅剧团)的《孤寂在棉田》在上海演出时,科尔泰斯的剧本集汉译本正好由中国传媒大学出版社出版发行。我读了宁春艳博士翻译的《孤寂在棉田》,被该剧富有哲理和诗意的对白以及其中"商贩"与"顾客"之间的紧张关系深

① 本文发表于《澎湃新闻》2019年12月26日。

② 上海戏剧学院教授、博士生导师,《戏剧艺术》杂志主编。主要研究方向为20世纪中国戏剧史、戏剧理论与批评。著有《20世纪戏曲改革的三大范式》《怀疑与自由:文化转型期的戏剧批评》。曾在《文艺理论研究》《北京社会科学》《南京大学学报》《戏剧艺术》《戏曲艺术》《南大戏剧论丛》《戏曲研究》《中国文艺评论》《中国文化研究》(韩国)等刊物发表论文多篇,参与撰写《中国当代戏剧史稿》《中国戏剧研究》等。科研成果曾获首届全国戏剧文化奖、田汉戏剧奖、王国维戏曲理论奖等。同时也是国家社科基金艺术学重大项目首席专家。

深地吸引。

两人偶然相遇于城市的某个角落，四目相对之间，仿佛窥见了对方内心某种隐秘的欲望。“商贩”轻轻地拍了一下“顾客”的肩膀，拉了一下“顾客”的手臂，从此两人陷入了无休止的纠缠之中。“商贩”认为自己一定拥有“顾客”所需要的商品。“顾客”则决不承认自己有任何需要，坚决不想在这个昏暗的角落与这个素昧平生的“商贩”交易，略作逗留。

故事的张力正在于此：一个拼命想逃离这个是非之地，一个牢牢地把住了去留之门。既是物质的、空间的，也是精神的、语言的。他们相互试探、撕咬、征服、拒绝，不遗余力、不亦乐乎。他们试图交易的不是普通的商品，而是无法示人的欲望或希望等隐秘的精神性的东西。显然，所谓“商贩”“顾客”在这里并非实指，而是某种关系的隐喻。

一个无货可卖，一个无钱可买或有钱也不愿买。买卖，只是他们交流的一个由头而已。他们渴望交流，然而他们不属于一个阶层。一个住在电梯上下的高大公寓，一个守在高楼大厦之间的犄角旮旯。防范、敌意、歧视、猜疑，是他们之间固有的主题，他们因此披上了坚硬的铠甲，随时准备抵挡对方的入侵。现代社会中人与人之间难以信任、无法交流的紧张关系在该剧中被揭示得淋漓尽致、入木三分。

图 1　法国阿维尼翁市厅剧团演出剧照

导演、舞美：Alain Timar，顾客：Robert Bouvier，商贩：Paul Camus

© 摄影 Giona Mottura

剧本除了大段小段的对话，别无提示。这给舞台呈现留下了极大的空间。阿兰·

迪马尔导演的舞台版,设计了这样一个城市的犄角旮旯的场景:在一个梯形的狭窄空地上,周围撒满了梧桐树叶,左边放着一辆废弃的自行车、一个沙发,右边长满了枯黄的茅草,前边放着半桶用剩的水泥。演出区除了两个演员,还增加了一个架子鼓手。架子鼓的伴奏,既可以模拟声效、营造气氛,又可以外化心理、修饰节奏。架子鼓手则像一个冷静的旁观者,使该剧有了另一个超然的视角,可谓一举多得。

演员的表演不能说不精湛。"顾客"西装革履,夹着一个公文包,俨然一个中产者;"商贩"穿着一件破旧的黑色皮夹克、脏兮兮的灰色 *T* 恤,分明是一个底层人。二人的对比非常鲜明。"顾客"小心、无奈、胆怯、纠结、矜持、规矩、犹疑、文明而孱弱,处于守势;"商贩"有点霸道、有点蛮横、有点不羁、有点无赖、比较强悍,处于攻势。二位演员都表演得很传神,对比也很鲜明。最后,他们都要用水泥来重塑自己的形象,似乎要抹平两人之间身份的差别,拉近彼此的距离。真的能做到吗?

图 2　法国阿维尼翁市厅剧团演出剧照
导演、舞美:Alain Timar,顾客:Robert Bouvier,商贩:Paul Camus
© 摄影 Giona Mottura

对于整个舞台呈现,笔者以为架子鼓和水泥的运用富有创意。但和品读原著的感觉相比,似乎"商贩"的表现过于痞气了一点。原著中"商贩"也是比较文明,并且有深度的,虽然处于攻势,但也是绵里藏针,并非流里流气、咄咄逼人。此外,有一点令人感到遗憾的是,法语对白完整,但汉语字幕删节颇多,严重影响代入感。

一般论者都把这个戏和贝克特的《等待戈多》相提并论。不过,《等待戈多》里的两个人物是相互取暖、交流无碍的,他们还有着共同的对戈多的期待。而此剧的两个人物则是彼此阻隔、壁垒森严的，他们也没有共同需要面对的朋友或敌人、希望和失望。前者尚给人以温暖和希望，后者则只有冰冷和绝望。这，对于人类来讲，究竟是进步还是倒退呢？

独白戏剧中的叙事维度

——论科尔泰斯《森林正前夜》的剧作艺术

The Narrative Dimension in Monologue Drama: On the Art of Playwriting in Koltès' *La Nuit juste avant les forêts*

钟海清[①]

Zhong Haiqing

摘要:科尔泰斯擅长以巧妙的构思呈现丰富的社会议题,时而用精致的情境构建文化之间的冲突,时而借独白的散点结构营造非线性的剧作形态。他讲述"异乡情结"和"同志故事"的《森林正前夜》运用独白戏剧的叙事方式,巧妙地呈现了一个"外国佬"的痛苦的精神世界。本文以剧作技巧作为切入点,结合空间理论和语篇分析,重点解读《森林正前夜》所特有的独白语篇和叙事维度。

关键词:独白戏剧;叙事维度;科尔泰斯;《森林正前夜》

Abstract: Koltès is good at presenting rich social issues with clever conceptions, sometimes constructing intercultural conflicts with delicate situations, and sometimes creating a non-linear play form through the scattered structure of monologues. *La Nuit juste avant les forêts*, which tells the story of "foreign love" and "gay story", uses the narrative style of monologue drama to subtly present the painful mental world of a "gringo". This article takes the playwriting technique as an entry point, combines

① 中央戏剧学院戏剧与影视学博士,上海戏剧学院硕士,现供职于中国国家话剧院研究教育部。近年来,致力于独白理论研究、独白剧本创作及独白剧场实践。发表有《论独白剧场中的肢体表达》《论独白戏剧及其舞台呈现》《从戏剧独白到独白戏剧》《论当代剧场视野下的独白书写》《〈柏林苍穹下〉的独白镜头及其语言策略》等文章。公演独白剧《悲情时光》《纯真记忆》《杀死秋天的梦》《偷思想的人》等。

spatial theory and discourse analysis, and focuses on the monologic discourse and narrative dimension unique to this play.

Keywords: monodrama, narrative dimension, Koltès, *La Nuit juste avant les forêts*

在现当代剧坛里,崇尚自由和富于创新的科尔泰斯①应算一名光彩耀眼的剧作家。而法国评论界"视其为恢复灿烂悠久的法国戏剧文学传统的一员大将。维纳威尔甚至将之与莎士比亚、马里沃或缪塞、布什奈、克莱斯特等人相提并论,认为其剧作'内容庞杂,既是上演的对象,又是完全意义上的通过阅读来把握的文学作品'"②。

科尔泰斯擅长以巧妙的构思呈现丰富的社会议题,时而用极致的危机情境构建不同文化之间的冲突,时而借独白的散点结构营造非线性的剧作形态。而讲述"异乡情结"和"同志故事"的《森林正前夜》③运用独白戏剧的叙事方式呈现了一个"外国佬"的痛苦的精神世界。为数不多的研究文章一般侧重于剧作的介绍、主题的阐释、暴力美学的解读或语言学的理论分析。④ 鉴于此,本文以剧作技巧作为切入点,结合空间理论和语篇分析,重点解读《森林正前夜》所特有的独白语篇和叙事维度。

一、直面观众的独白戏剧

亚里士多德在《诗学》中提到,悲剧是"对于一个严肃、完整、有一定长度的行动的模仿;它的媒介是语言,具有各种悦耳之音,分别在剧的各部分使用;模仿方式是借人

① 科尔泰斯(Bernard-Marie KOLTÈS) 1948 年生于法国,他的戏剧创作生涯始于 20 世纪 70 年代。早期以改编为主,如根据《童年》创作了《苦涩》,根据《罪与罚》创作了《醉审》。1977 年写了《森林正前夜》,但直到 80 年代初《黑人与狗之战》问世,他才引起观众与评论界的重视。后陆续创作了《西岸》《孤寂在棉田》《回归沙漠》《罗贝托·祖科》。1989 年 4 月科尔泰斯不幸因病英年早逝。

② 宫宝荣.贝-纳·科尔泰斯:法国当代剧坛一巨匠[J].戏剧,2001(1):20-26.

③ 2005 年 9 月 23 日,中国版《森林正前夜》(剧本朗读表演)首演于中国传媒大学黑匣子剧场。

④ 蔡燕.科尔泰斯的暴力神话[J].戏剧,2013(4):119-125;郭斯嘉.都市樊笼中挣扎的心:独幕剧《森林正前夜:闪光》[J].上海戏剧,2013(6):26-27;赵英晖.僵局与超越:《森林正前夜》中的反复修辞[J].复旦外国语言文学论丛,2018(2):69-76;赵英晖.小说里的戏剧:科尔泰斯戏剧叙事性研究[J].浙江师范大学学报,2018(5):90-96;赵英晖.科尔泰斯戏剧独白的跨体裁性[J].外国文学研究,2019(3):108-116.

物的动作来表达，而不是采用叙述法"①。这表明了戏剧是一种代言体的艺术，即它不是像史诗那样"采用叙述"的方法来讲故事的。

实际上，"采用叙述"的情况在戏剧史上随处可见。在《森林正前夜》中，演员所说的台词并不注重情节上的意义，甚至可以说，这些台词的顺序可以随意改动，并不存在一种严谨的叙事逻辑，它不是从生活、情境、冲突及人物性格等传统意义出发的，只是一种心理的陈述和"机关枪般的扫射"。重要的是，它在直面观众的演出过程中不营造"故事感"，重点在于它所产生的独白效果——迫使观众在没有其他条件的辅助下，不关注情节，而是直接专注于语言，同时不得不承受舞台上的"台词重量"所带来的观剧体验。

这时，角色的表演无所谓戏剧性和情节化。虽然说"情境寓含了空间维度，一种情境向另一种情境的过渡又暗含了时间维度。由此我们可以得出结论：每个行动和每个行动系列就是一个故事或故事的一部分"。② 但在《森林正前夜》中情境并没有寓含情节的时空维度，因为舞台上的表演无法构成"叙事者的行动系列"。在某种意义上，它突破了亚里士多德式的摹仿说和行动整一律，从莱辛、狄德罗、黑格尔到车尔尼雪夫斯基等美学大师所探索的情节与情境的关系在此也不能奏效了。因为《森林正前夜》以独特的美学诉求冲破了戏剧的整一律，使独白本身成为"行动"。这时独白剔除了戏剧行动的内容，只剩下演员与观众的令人吊诡又莫名其状的交流关系。

对于戏剧独白的概念，无论是各种词典③还是戏剧文章，都是简明扼要地解释一下，几乎都是从导表演的角度④出发，即戏剧人物在特定戏剧情境中遭遇到突发的人生变故，受到了极大的情感挫折，或面临着紧张危险的事态，等等，除了表现出激烈的外部动作，人物还直接对观众说出自己的情绪、心理。相比之下，德国戏剧家曼费雷德

---

① 亚里士多德.诗学[M].陈中梅，译.北京：商务印书馆，1996：63.

② 普菲斯特.戏剧理论与戏剧分析[M].周靖波，李安定，译.北京：北京广播学院出版社，2004：257.

③ 如 1835 年版的《法兰西学院词典》认为独白是"戏剧中人物独自一人，并对自己说话的场景"。1877 年版的《利氏词典》称独白为人物"独自一人，并对自己说话的场景"。《戏剧百科词典》认为独白是"单独一个人物对自己或对一个不在场者说的话，这个不在场者可以是角色或人化事物。所有独白都因而或多或少具有对话性，因为说话总是对人说话，即使对自己说也如此"。《通用百科全书》给独白的定义是："独白在戏剧中指演员一人言说的场景——他的话可以直接对观众说，或者展现人物对自己说的话。"

④ 角色在舞台上独自说出的台词，它从古典悲剧发展而来，在文艺复兴时期的戏剧中使用十分广泛，是把人物的内心感情和思想直接倾诉给观众的一种艺术手段，往往用于人物内心活动最剧烈最复杂的场面。中国大百科全书：戏剧卷[M].北京：中国大百科全书出版社，1988：363.

则从理论角度出发，认为有关独白的各种定义“唯一做到的是，把它定义为对白的反面”。

此外，还有一位中国学者集中讨论了戏剧独白的定义，“一段戏剧话语是否独白，应当从如下方面入手：①说话者身边有无其他人物与他在同一个虚构时空内出场，若无，则为独白；②说话者身边若有其他人物与他在同一虚构时空出场，该人物是否保持沉默，若其他人物保持沉默，则为独白；③若其他人物并不沉默，则要观察毗邻对白之间有无关联，若无关联，则为独白。”[①]应该说，这个独白定义还是比较严谨的，避免了让独白泛化的倾向，同时将阐释学中的“关联度”引入对独白的考察。但这里所谓的“语言交流的对象”十分狭窄，其实独白角色的交流对象有许多情况，这要视具体的情境而定。

一是与自己的内心交流，即单白。在传统戏剧的某一场戏中，经常会出现角色对自己说出内心真实想法的独白——角色将自己的动机、意图刻画得淋漓尽致。单白比起其他形式的独白来，涉及一种戏剧的情境：人物就自己的精神或道德状态进行思考。主人公在寻找自我之际，被迫大声说出两种道德的或心理的限制（两难）。其成功的条件便是要组织得足够严密以超越独白或令人“听不清”的意识流的地位。根据叙事的要求，单白构成一种思想的客体化形式或引发幻觉的中断，“创立一种戏剧惯例，以便能够与观众进行直接交流”[②]。单白向观众揭示人物的灵魂或潜意识的同时，具有了叙事和抒情的一面，以及成为可以脱离剧本自成一段并具有独立价值的能力（如哈姆雷特思考生存还是毁灭的单白）。

二是与舞台上另外的角色交流，但这些角色没有对白上的反应。这是一种悖论的对话，只有一个人在说给另一个听，而另一个不作答，他也拿不准对方是否在听。如《加算机》第一场中，零太太边做家务边跟零先生聊天，说了很多生活中琐碎的事情，但零先生并没有回应。所以整场戏就变成了零太太一个人的独白。在契诃夫的剧作中，一些角色虽然有对白的交流，但在本质上并不是对话，而是各说各的台词而已。《盲人》也是这样，舞台上看似有角色的对白，但在表演上完全可以处理成独白。《北京人》中江泰对家人发牢骚，《无辜的罪人》中私生子聂兹那莫夫在宴席上对母亲的指责、控

① 赵英晖.什么是“戏剧独白”?:法国戏剧独白定义沿革及关于戏剧独白判断标准的新思考[J].复旦外语语言文学论丛，2018年春季号。

② 帕维斯.戏剧艺术辞典[M].宫宝荣，傅秋敏，译.上海：上海书店出版社，2014:333.

诉，也属于这一类型。其实，在生活中我们也经常处于独白状态——某人不停地跟另外一个人说话，对方看似在听，偶尔也会回应几句，但并没有进入交流的状态，也没有想过要对话。我们相信，在未来的剧作里多挖掘生活中的人生独白，将是很有意味的表达。

三是与想象的角色交流，或者一些人因为犯了错、做了坏事要向神明求宽恕。如克劳迪斯在忏悔自己的过错。又如《推销员之死》使用了心理外化的手法：威利不断在虚幻的过去中，在想象的与班、妓女的对话中移动。剧作家米勒透过这些不同的独白状态，更细腻、完整地展现了威利的梦境以及现实的人生。又如《琼斯皇》在一定意义上来说，就是主人公琼斯一个人的心理独白。琼斯从傲慢的皇帝，变为恐惧的逃亡者，他一次次地打出子弹，一件件地脱去衣服，文明给予他的赖以生存的手段一层层被剥落。奥尼尔用大段大段的独白将他心中的恐惧表现出来。这一切都指向人物的无意识心理。曹禺创作的《原野》的最后一幕是仇虎在森林中逃跑时的心理外化的场景，特别是鼓声的运用，显然受到了《琼斯皇》的深刻影响。

四是与观众交流。(1)在舞台上，角色在一旁评价对手言行或表述本人内心活动的台词。一般假设为同台其他角色未曾听见，或被视为直接同观众交谈。戏曲中称“打背供”。(2)叙事者。如莎士比亚的《亨利五世》开场的序幕，让一个角色解释剧作家的戏剧手法、剧场惯例，并鼓励观众多用想象力配合剧作家和演员，以弥补舞台剧的不足，共同完成一出戏的演出。像《我们的小镇》中的“舞台监督”，他会向观众解释、提示、说明剧情及剧中人，并有一些判断性的台词。在布莱希特的叙事体剧中，他常常让角色用独白方式跟观众交流。(3)整出戏都是与观众的互动。如《骂观众》。(4)教诲功能的独白。如中世纪的神秘剧或神迹剧后来发展为道德剧，剧中人不再仅仅是《圣经》的人物，他们多半承载了道德教诲的寓意。因此其独白功能就是为了“教育观众”要诚实、善良，不要邪恶、贪婪。

五是其他交流对象。(1)独白的人不一定是跟“人”交流，也可以跟道具或虚假的物件交流。哈姆雷特说“回鞘吧，宝剑，且待更恶毒的时机”，这时他手上的宝剑已成为独白的交流对象。又如，《亨利四世下篇》中，哈乐王子坐在床边，看顾着生病的父王，眼睛瞄到王冠，不禁有感而发。(2)一些角色因为神志不清胡乱说话，所以他的交流对象是模糊的、幻想的。如奥菲丽娅在被哈姆雷特打击之后所体现出来的状态。她并没有明确的交流对象，但她在说话，然而你不知她是说给谁听的。(3)需要有个真正对话的角色，而又非直接对话角色。例如书信在戏剧中就属于一种十分奇妙特殊的独白对象。一方面，按理说写信人不应该和收信人同时出现在舞台上，否则就没有写信的必要。另一方面，写信人既然借由书信发出了声音，也可以说已经在场了——书信必然经由别的角色阅读。例如，麦克白写信给他的夫人。

正如曼弗雷德所说："在能使我们将叙事因素从戏剧文本之中区分出来的诸特性中，最具有历史稳定性的就是'话语情境'层面上作者和接受者之间的交际关系。"①透过科尔泰斯的剧作我们可以说他扔向观众席的乃是台词的整体。也就是说，独白戏剧《森林正前夜》在使用直面观众的叙事策略时，构建起另一种舞台的交流系统。在这种"话语编剧"中，话语既不是简单的独白，也不是空洞的对话。整个舞台的组织取决于这种话语及其结构：它不再是写就在图像上的语言符码和舞台语言，而是所有戏剧性的组织者。汉德克曾说："话语的形状决定了动作的形状。"②这时，独白戏剧③中的叙事空间就有了它自身的风格形状。如苏贾所指出的那样："空间是一种语境假定物。"④即一种新的独白结构也可以重塑独特的叙事空间。

二、独白戏剧中的叙事维度

对于传统戏剧而言，语言媒介是对白，且"对白作为戏剧中的人际对谈而大权独揽，戏剧只是由人际互动关系的再现构成"⑤。然而，在没有对话的《森林正前夜》里，一个角色本身构不成相应的"间际"氛围，这时整个戏剧文本就会呈现出独特的叙事维度。

① 普菲斯特.戏剧理论与戏剧分析[M].周靖波，李安定，译.北京：北京广播学院出版社，2004:3.

② 帕维斯.戏剧艺术辞典[M].宫宝荣，傅秋敏，译.上海：上海书店出版社，2014:216.

③ 有关独白戏剧的定义及具体的实践总结，可见拙文《独白戏剧及其舞台呈现》(发表于《新世纪剧坛》2018 年第 4 期)、《从戏剧独白到独白戏剧》(收录于陆军主编的《编剧学刊》，上海书店出版社 2019 年)、《独白剧场的肢体表达》(发表于《中国民族博览》2019 年第 2 期)、《有一种歌队的诗：论濮波的独白剧〈如果我爱你〉》(发表于《剧作家》2019 年第 5 期)等，本文就不对此展开论述了。

④ 苏贾.后现代地理学：重申批判社会理论中的空间[M].王文斌，译.北京：商务印书馆，2004:120.

⑤ 帕维斯.戏剧艺术辞典[M].宫宝荣，傅秋敏，译.上海：上海书店出版社，2014:8.

图 1 《森林正前夜》剧照
导演 K.Frédéric，巴黎城市剧院，2000 年
© 摄影 Guy Delahaye

1.散点结构的审美维度

散点结构的情况在不同的独白戏剧里有所不同。有的独白剧存在清晰的人物，他们有性格，有前史。如《低音大提琴》里的主人公通过絮絮叨叨的独白，让我们知道他是一个怎样的人。有的独白剧找不到完整的故事线，也没有明确的人物性格及前史。这类戏剧就好像现代文学中的意识流作品，典型的有萨拉·凯恩的《4:48 精神崩溃》。观众只是大概知道剧情是关于一名精神科医生与一名患了自杀抑郁症的病人的交谈。但独白戏剧更多的是呈现出一种先锋或诗性的风格，追求的是语言的诗意，或者说是语言的姿势，而不在乎有没有角色的叙事或心理的抒发。如汉德克的《骂观众》用一些句子的堆砌否定传统的语言规则——舞台上，四个无名无姓的说话者莫名其妙地“谩骂”着观众。

《森林正前夜》所呈现的正是第一种情况，在一定程度上有着讲究的人物前史及明确的行动线。但全剧各部分内容之间依旧没有严谨的逻辑，也没有层次分明的场面链接。这种不讲究因果关系的结构，主要是依作者的构思来自由组接的。正如尤涅斯库所说："这种一致性是为了满足内心的一种需要，而并不是为了适应外界强加的某种结构程度的逻辑：并不屈从于某种预定的情节，而是精神原动力的具体化，是内心斗争在舞台上的投影。"①科尔泰斯以内在的心理独白取代一贯讲究的外在动作的逻辑。

相对于线性情节的剧作，《森林正前夜》的结构可以随意调换，或者说，删掉哪一句或哪一段内容都没有实质上的区别②——这也是散点结构最重要的一个艺术特征。艺术的精髓在于能够体现丰富的创作个性，从不同角度来构建出不同的世界图景。

进一步来说，正是这样的散点结构让我们不得不重新思考戏剧的定义，以及审视剧场的特性：独白戏剧让观众在演员滔滔不绝的说话中，重新感受和思考戏剧的语言本质，同时也把戏剧审美中的主观创造提到了极高的位置上。

2.话题的分形与回归

独白戏剧中的台词虽然没有对话的语境碰撞，但话题总得不停进行下去。一般情况下，一部戏不太可能只谈一个话题，而是在一个主体话题中不断地来回转移。这时就产生了话题的分形与回归，即分形的话题总是在某个时刻出现，进行到一定的程度之后又要回归到主体话题中来。③ 法国戏剧研究专家亚尼尔说："与传统的乒乓式对话相比，科尔泰斯更喜欢把各种独白复制与粘贴在一起，或平行或并置，各种主题犹如中距离赛跑运动员一般互相来回重叠，你呼我应。"④

例如，在《森林正前夜》中，当主人公幻想着自己森林里的小茅屋的时候，突然把话题转移到"法国傻帽笑我给小鸡鸡灌水"。而当主人公将心中的不满发泄完之后，又把话题回归到"一旦我看见你在街角拐弯时，我还是紧跟在你后边跑"。

话题分形的情况一般有两种：一种是因相近或相关的话题而分形。如上述"法国傻帽笑我给小鸡鸡灌水"的例子。又如主人公聊着聊着就聊到了他认识的一个叫"玛

---

① 孙惠柱.话剧结构新探[M].北京：中国戏剧出版社，1983：41.

② 当然，这里所说的"随意调换"并不是绝对的，更不是说《森林正前夜》没有结构，也不是说台词没有意义，而是说，这个外省人所说的独白台词是一种情绪或意识流，可以从这个意念转移到另一个意念，中间的过程是"随意的"，同时多说一句与少说一句并没有严格的逻辑标准。

③ 赵英晖也有类似的论述，如"7 个主题谈论的故事内容虽然各不相同，但都是排斥与被排斥的故事，因而可以说 7 个主题之中都隐含了中心主题和对题，中心主题与对题的反复构成了支撑全篇的基本框架"。具体内容请参见：赵英晖.科尔泰斯戏剧独白的跨体裁性[J].外国文学研究，2019(3)：108-116.

④ 芒什尔.关于当代法国戏剧写作中的若干尝试[J].戏剧艺术，2003(5)：4-8.

玛”的“女孩”:聊到他们怎样认识,聊到他们在河边上做了什么事,聊到分手后他是如何思念和等候,甚至走了31座桥也没有找到。这个话题结束后就又回归到主题上了。

再如主人公聊着聊着就强行插入一个妓女的故事——“我给你讲的这个故事,有关一个妓女,我见过她,一天夜里,我从一个四层楼的窗户里看见了她,从此我就盯上了她”。相对而言,妓女的故事有比较长的篇幅,足足叙述了10页,最后才讲到了这个妓女因为追赶一个男人而被撞死。

另一种是出于主题的需要,如作者直面观众说出自己的一些政治态度。“正是因为这样,那些现有的政治、政党,以及工会,还有警察、部队等,这一切都是政治,这不是我想要的,这一切,对我的头脑来说太杂乱了,而用他们的头脑,他们就把你锁定在工厂,而工厂,我,决不!但是无论如何,他们最终还是把你锁定在工厂,然而我所要告诉你的主意就是:一个世界范围的工会——这特别重要……但不是政治,只是自卫。”① 按理,一个底层的异乡人在诉说时没必要聊到有关社会或政治的东西,但台词偏偏出现了——这就是作者本身的意图了。② 正如法国当代著名导演米歇尔·迪迪姆在谈及科尔泰斯时所说:“他是那么与众不同却又极力隐藏其个性,他同使自己成为异类的一切抗争着,他那不谙世事的性格甚至有些违背常规,然而他却总是不屈不挠,昂首挺胸,毫无保留地暴露自己的全身心。”

3.独白话体的语篇链接

由于《森林正前夜》不分场,所以它的结构不容易被人看出来。但很多时候,独白戏剧也要在叙事范畴上经营一下整体的语篇链接。值得注意的是,语篇链接虽然属于语言学和语用学的术语,但在本文中它是一个叙事策略的手段,即如何让台词的语篇链接在创作过程上更具有策略性的意义和效果。

(1)准话轮的交流。正常情况下,一出戏由几幕/场构成,而一幕/场通常由几个场面/场景构成。再细分下去,一个场面/场景由几个话题组成;而话题则由若干话轮组成。话轮则可由一句话与另一句话组成(特殊情况下话轮可由一句话与一个动作

---

① 科尔泰斯.森林正前夜[M].宁春,译.北京:中国传媒大学出版社,2006:11-12.

② 还有作者的爱情观。“我们怎么可能了解一个人?如果我们不知道她在做爱以后怎么呼吸,她是否睁着眼,如果我们不听着她那长长的呼一口气的声音,不看她把脸放在什么地方,你听着她呼吸的时间越长,一动不动,就只是呼吸,你越是能了解她的全部,但是只要她一睁眼,一起来,那样抚着下巴看着你,开始同其他人一样呼吸,张开她的嘴巴,你就看到她在准备发表那些成套的言论。”引自:科尔泰斯.森林正前夜[M].宁春,译.北京:中国传媒大学出版社,2006:36.

组成)。

在独白戏剧中对话体的话轮不存在了,即演员不需要对话了,整个演出只有一个进行独白的角色。而在观众的接受层面,舞台上的独白是一种准话轮式的交流。《森林正前夜》中的异乡人絮絮叨叨地讲述着自己的故事,但他与观众的交流时时刻刻地存在着。"此时,演员与观众是通过语言直接建立起一种纵向交流的关系,而非只停留在舞台区域内的交流。"①

应该说,一切话语都趋向于在发话人和信息接收体之间建立一种交流关系,而对话最便于这种交流。但是,独白并不期待对话者的回答,而是作为"感叹形式的投射",独白直接与观众产生了"准话轮的交流",即观众被当作同谋——"窥听"者——而受到召唤。这种召唤结构形成了独白所特有的力量,同时也带来了特殊的叙事空间。

(2)主体性关联。在这个"寻找同志"的故事情境中,虽然话题不停地分形与飘移,但各个话题都与主体性话题有着情境上的关联,即主人公在"异乡情结"这个主体性话题上讲述了几个相关的话题。例如,主人公自己的身世、他与法国人的冲突、他与"玛玛"的情感、他看到的妓女的遭遇,还有尼加拉瓜人的故事以及他在地铁里被打的经历,等等。这些故事之所以被讲述,是因为它们都与主人公在异乡的遭遇有关。虽然他生长在法国这个富裕的国家里,但他没有一天不听到有关排除异己的种族主义的谈论,也没有一天不看到仇恨和形形色色的极端主义的端倪。这个社会让成千上万的人成为经常"挪窝"的打工族,像他一样最终流落街头。因此,他提议应该"为了我们的自卫"建立一个"世界范围的工会"。

可见,在独白戏剧的叙事维度里,尤其需要经营的语篇链接就是主体性关联——既要让分形的话题丰富而自然,同时又要与主题产生互文性的复调的关联。

(3)诗性语言。维纳威尔曾在《关于科尔泰斯》一文中提到《森林正前夜》"充满诗意的不断爆发……正是这种言语的连贯性使得戏剧行动不受因果关系的限制而向前推进着;一个对话与另一个对话的组合衔接,通常是对话之中套对话,句中有句,词里有词,从而使得内容和形式融为一体,形成了一出别具一格的感情与理智相兼容、瞬间爆发与重大主题相交织的戏……剧本语言朴实平易,看似信手拈来,却又极具功底;表面语无伦次、时断时续实则酣畅淋漓,充满了音乐性"。而科尔泰斯自己也曾说过:"在我这里,当我让人物说话时,人物便开始存在,于是他们说得很多……互不应答的对

① 郭斯嘉.都市樊笼中挣扎的心:独幕剧《森林正前夜:闪光》[J].上海戏剧,2013(6):26-27.

话，互相平行的独白，一首乐曲，一段写作练习……"①正是这种对音乐美的形式追求，让《森林正前夜》的独白台词具有诗性的美感，它就好像现代文学中的意识流作品，"感受不到时间，也看不到戏剧发生的地点，仅仅是一组又一组源源不断的思绪和感受，这种流动仅存于人的意识之中而不是现实世界里"②。

在这个意义上，《森林正前夜》读起来更像是一部诗化的戏剧小说，以打碎的、互文的散点结构去诉说人物内心的世界。

4.意象化的隐喻书写

意象在戏剧创作中是一个独具魅力的技法。如《牡丹亭》《桃花扇》《雷雨》《茶馆》《青鸟》《海鸥》《樱桃园》等名剧，将人物关系与现实紧密地结合在一起，达到了意象与意境的统一。正如艾斯林说："戏剧不过是我们称为现实的这种假象的结构加上另一方面的假象，戏剧是我们作为人类生活在这个世界上的一种完美的意象。"③

在《森林正前夜》中，"森林"意象的贯穿使得碎片化的叙述产生了深刻的隐喻：在社会森林的前夜，何处才是光明啊。主人公是一个努力寻找社会认同感的异乡人，他游荡在雨夜的巴黎街头，借着酒精试图在某个拐角处拉住一个偶然相遇的过路人，滔滔不绝地讲述他为融入都市生活所做的所有努力，然而换来的却是种种挫败与屈辱。而在主人公的精神世界里，总是突然闪现"那个森林的故事，在那儿谁都不敢动，因为有机关枪……"

随着审美对象的迁移和构建，不同结构形式所蕴含的历史、社会、文化、记忆、身份等互动关系，使得意象书写在散点结构的作品类别中具有独特的建构作用和阐释意义。戏剧空间不仅仅是物理层面的现实—环境空间、文化意义上的社会—历史空间，更是存在着一种作者本人的主观—精神空间和作品本身的形式—风格空间。科尔泰斯正是通过"森林"的意象，将异乡人所面临的种族主义、文化冲突，及其在社会中挥之不去的挫败感，以一种隐喻的方式呈现出来。萨义德曾言："自我身份的建构牵涉到与自己相反的'他者'身份的建构，而且总是牵涉到对于'我们'不同的特质的不断阐释和再阐释。"④

① 赵英晖.科尔泰斯戏剧独白的跨体裁性[J].外国文学研究，2019(3)：108-116.

② 冉东平.西方现代戏剧叙事转型研究[M].北京：北京大学出版社，2017：91.

③ 艾思林.戏剧剖析[M].罗婉华，译.北京：中国戏剧出版社，1981：91.

④ 萨义德.东方学[M].王宇根，译.北京：生活·读书·新知三联书店，1999：426.

无疑，科尔泰斯反复强调的“森林”不是物理意义上的空间，而是一种因阶层压迫而产生身份困境的意象，以此来隐喻移民文化、社会阶级关系等。

结语：独白戏剧叙事学何去何从

应该说，独白戏剧的叙事维度及其散点结构亟须进一步梳理与总结，这不仅仅局限于戏剧美学上的研究，更需要艺术家用自身的作品来补充和丰富。

不得不说，科尔泰斯的《森林正前夜》在叙事策略上还是略显简单和规整。① 一方面这是科尔泰斯的早期作品，探讨的主题虽说深刻，但其在独白技巧的运用上及对独白戏剧的理解上还欠成熟。另一方面独白戏剧原是现当代艺术发展的产物，学界对它的关注并不多，至于系统化的课题研究更是凤毛麟角。本文认为，独白戏剧的叙事空间还需在以下几个方面深入开拓。在剧作上，独白戏剧的散点结构还可以更复杂一些，而不是仅仅局限于一个人物的简单述说，甚至可以出现复杂的叙事结构②，让独白戏剧变得很丰富。在审美风格上，独白戏剧的叙事空间还可以多一些风格化的尝试，而不是仅仅局限于讲清楚一个故事，如汉德克的《骂观众》和《卡斯帕》，都是值得借鉴的。也可以尝试独白与对话相结合的场面，或者让不同的场面由不同的角色独白构成。在前沿跨界上，独白戏剧的呈现方式可与其他艺术融合，在实验性的跨界剧场里探索出更为独特的现代表演形式。在戏剧理论上，独白戏剧的审美维度及由此衍生的课题，有待学者们进行更加系统化、学理化的研究。

---

① 关于这一点可参见：赵英晖.僵局与超越：《森林正前夜》中的反复修辞[J].复旦外国语言文学论丛，2018(2)：69-76.文中提到“独白者企图用语言建立起与受话者的联系，拉近与他的距离，让他答应自己借宿的不情之请……但《森林正前夜》中大量的反复内容偏离于这个请求，使这个请求的提出被延宕，或者使请求本身消解在诸多插入的话题中而变得模糊不清”。

② 比如黄维若的《辛亥三章》第二章：清末某城，有个画人物像的画匠突然生意垮了，因为从上海来了一人开了家照相馆。一天这两人突然同时被抓进巡抚衙门。原来巡抚前一日被革命党刺杀，成了一具死尸。为了大排场出殡，急需放大版的遗像，而且要画得威风而富贵。本来这戏是两人在此事件中互为戏剧对手，但作者将其写成两幕，第一幕是画匠的独白，第二幕是照相师的独白。虽然独白内容就是同一回事，但是两人心态不同、处境不同，所说的独白就很不一样。还有，当代希腊剧作家波迪卡斯的《杀害拉伊俄斯的凶手以及乌鸦》是由男人与女人各自占一幕的独白构成的。

科尔泰斯戏剧的叙事性[①]

The Epic Aspect of Koltès' Plays

赵英晖[②]

Zhao Yinghui

摘要：叙事性是科尔泰斯戏剧的重要特征，贯穿科尔泰斯戏剧创作的始终，集中体现了他的"综合主义的追求"。科尔泰斯在多部戏剧中或者设置超越于其他人物之上的人物作为观察者，或者引入一个异故事全知叙述者。并且，从最早的作品《苦涩》(*Les Amertumes*，1970)到后期的《回归沙漠》(*Le Retour au désert*，1988)，叙述者的声音呈现出由隐至显、由弱渐强的趋势。而且，科尔泰斯戏剧的叙事性并不像布莱希特戏剧那样拉开观众(读者)与剧情的距离，阻止观众(读者)沉溺于虚构的世界，而是通过讲述人物过去或将来的故事，扩展并强化虚构性。

关键词：科尔泰斯；戏剧；叙事性；虚构性

Abstract: Epic is an important feature of Koltès' plays. It exists throughout Koltès' theatrical creation and embodies his "taste for eclecticism". In his first play *Les Amertumes*, there is a super-character who is an observer of the other characters, and the relationship of characters presents the separation of subject and object. In his later plays, he introduced a narrator, who first only quotes other characters' words without his own personalized words, and then gradually made his own voice, telling the

① 本文主要观点曾刊于《浙江师范大学学报(社会科学版)》2018年第5期，收入本书时，作者对全文进行了增删修改。

② 复旦大学外文学院法语系讲师。北京大学学士，纽约大学(New York University)硕士，索邦大学(Université Paris IV -Sorbonne)硕士，南京大学文学博士。主要研究戏剧理论、法国当代戏剧。近年于《戏剧艺术》《外国文学研究》《文艺理论研究》等期刊发表学术论文十余篇，出版学术专著2部，完成出版译著、译文百余万字。

story of the characters' experiences and events like the narrator in the novel. Through the combination of dramatic and epic, Koltès doesn't create any distancing effect like Brecht dose in his epic theatre. Instead, Koltès strengthens the vraisemblance of the fictional world, or even breaks the autonomy of the drama by wrapping it in a more open fictional world.

Keywords: Koltès, drama, Epicness, Fictitiousness

戏剧中包含的叙事性等非戏剧因素历来受到理论家和创作者不同程度或贬或褒的重视。在现当代戏剧理论中,非戏剧因素的扩张甚至被视为现代戏剧之为现代戏剧的最重要原因(例如卢卡奇、斯丛狄、斯坦纳、萨拉扎克的戏剧理论)。

科尔泰斯常被冠以"行吟诗人"(rhapsode)①、"说唱艺人"(griot)②的称号,被认为"像一切好的叙述者一样"③,但科尔泰斯戏剧的叙事性一直并未得到深入研究。本文旨在指出叙事性是科尔泰斯戏剧的重要特征,贯穿科尔泰斯戏剧创作的始终,集中体现了他的"综合主义的追求"(goût de l'éclectisme)④。科尔泰斯在多部戏剧中或者设置超越于其他人物之上的人物作为观察者,或者引入一个异故事全知叙述者。并且,从最早的作品《苦涩》(*Les Amertumes*, 1970)到后期的《回归沙漠》(*Le Retour au désert*, 1988),叙述者的声音呈现出由隐至显、由弱渐强的趋势。科尔泰斯早期的戏剧作品多改编自小说,后来他放弃改编,转入原创剧作,但叙事文学对他的戏剧创作的影响并没有减弱,而是表现为戏剧中越来越明显的叙事性。而且,科尔泰斯戏剧的叙事性并不像布莱希特戏剧那样拉开观众(读者)与剧情的距离、阻止观众(读者)沉溺于虚构的世界,而是通过讲述人物过去或将来的故事,扩展并强化虚构性。

---

① SARRAZAC J-P. Théâtres du moi, théâtres du monde[M]. Rouen: Médianes, 1995: 230.

② 2001 年执导《黑人与狗之战》在巴黎城市剧院(Théâtre de la Ville)演出的法国作家、导演尼才(Jacques Nichet)如此称呼科尔泰斯。(VIGNAL M. Koltès ou la vie dans le texte[J]. L'Express, le 08/03/2001)(http://www.lexpress.fr/culture/livre/koltes-ou-la-vie-dans-le-texte_797869.html)

③ 2001 年执导《黑人与狗之战》在巴黎城市剧院(Théâtre de la Ville)演出的法国作家、导演尼才(Jacques Nichet)如此称呼科尔泰斯。(VIGNAL M. Koltès ou la vie dans le texte[J]. L'Express, le 08/03/2001)(http://www.lexpress.fr/culture/livre/koltes-ou-la-vie-dans-le-texte_797869.html)

④ BERNARD F. Avant-propos [M]//HUBERT M-C, BERNARD F. Relire Koltès. Aix-en-Provence: Presses Universitaires de Provence, 2013: 10.

一、关于戏剧“叙事性”的说明

国内的“戏剧叙事学”研究多将戏剧叙事性等同于情节编排等叙事技巧。严程莹、李启斌的文章《近年来戏剧叙事学研究述评》①列举了国内戏剧叙事学研究的几种路径，我们将之归结如下：有的是剧情结构分析，例如分析情节中的关键节点（序幕、开端、发展、高潮、结局、尾声）怎样铺排、事件进展是否合理、悬念如何设置、次要情节怎样编织进主要情节等等；有的是叙事结构研究，例如借助格雷马斯（Greimas）叙事语法理论，将格雷马斯从对民间故事、小说等的分析中得出的“动元模型”和“语义方阵”移用到对戏剧情节和人物的解释中；也有借助西方小说叙事学理论进行的叙述视角的研究；有人从广义的角度理解“叙事”，把一切文艺形式和人类社会文化现象都理解为叙事，只是媒介不同而已，以此出发来理解戏剧，尤其是理解舞台表演，这在很大程度上只是在研究中用“叙事”一词替换了“戏剧”一词；还有对布莱希特“叙事剧”理论的阐述。

这些研究中所谓的戏剧“叙事性”与西方戏剧理论话语中的“叙事性”相比有一定差别。西方文论对“叙事”和“戏剧”的区分最早出现在柏拉图的《理想国》第10卷，苏格拉底在跟格老孔的对话中用“纯粹叙事”指不带任何摹仿性质的文本，而戏剧，与“纯粹叙事”正相反，是摹仿程度最高的艺术。这段对话就摹仿程度对艺术形式进行区分的目的在于指出，如果要建立理想国，就要拒绝摹仿，把所有摹仿者都赶走，因为摹仿出来的作品与真实（理念）有别，却能以假乱真蒙骗人，只会让人沉迷其间，误入歧途。后来，亚里士多德在《诗学》中也进行了区分，但亚里士多德所谓的叙事，与戏剧一样都是摹仿艺术，他是从“摹仿”（mimesis）方式中区分出“叙述”（diegesis）和“扮演”两种，将荷马史诗等作品称作“叙述”而将《俄狄浦斯》等称作戏剧，并且，他在荷马式的“叙述”中又指出了诗人“改变身份”“进入角色”和诗人“以本人的口吻讲述”两种情况。②柏拉图和亚里士多德的说法虽然不尽相同，但两人所做的区分却有重要的相似之处：

---

① 严程莹，李启斌.近年来戏剧叙事学研究述评[J].戏剧文学，2009(12)：32-36.

② 亚里士多德.诗学[M].陈中梅，译.北京：商务印书馆，1996：42.

"话语的主体是谁"[①]这个问题十分重要。叙述者以自己的身份言说与叙述者假扮成人物言说不同,叙述者时而以自己的身份言说时而假扮成人物言说,与演员扮演成人物也不同。亚里士多德在谈"叙述"时指出诗人"改变身份""进入角色"和诗人"以本人的口吻讲述"两种情况的时候,其实已经注意到了叙述者和叙述对象的叙述层次差别,而在谈"扮演"(即戏剧)时则不涉及这样的问题,因为在他看来戏剧中不应有"叙述",因而也不会有叙述层次的问题,他认为戏剧"借助人物的行动",即扮演,"而不是叙述"。[②]

后来常见的对戏剧采用的摹仿方式的规定与亚里士多德的规定一样排斥叙事,比如黑格尔的看法:"剧中人物各以自己的身份说话和行事",戏剧要求叙述者的隐退,不能在戏剧中自我展现。[③] 然而,在戏剧实践中,叙述者言说与人物言说出现在同一部作品中,以及一个人物时而是剧情中的人物时而跳脱剧情成为叙述者的现象从古至今并不罕见。例如:古希腊戏剧中的歌队;中世纪道德剧中以说教方式向观众解释角色寓意的人物;各类戏剧中帮助观众迅速理解剧情的开场白;普劳图斯采用收场白讲述第五幕容纳不下的"解"(dénoument)。即使在法国古典戏剧这样对戏剧的"绝对性"[④]要求严格的戏剧中,也允许在剧本开始和结束时出现叙述[⑤]。普菲斯特(Manfred Pfister)在《戏剧理论与戏剧分析》中运用符号学理论解读戏剧的叙事性[⑥],指出三个交际系统:内交际系统(人物与人物之间)、中间交际系统(虚构的叙述者和虚构的接受者之间)和外交际系统(理想作者与理想读者/观众之间、真实作者与真实读者/观众之间,前者是后者的理想形式)。普菲斯特把中间交际系统的出现看作戏剧具有叙事性的标志。

在戏剧叙事性的问题上,斯丛狄的看法具有很大影响力,他认为:产生于文艺复兴时期的近代戏剧再现的是人际互动关系,剧中人物以对白方式存在,人物关系是主体

---

① TODOROV T.Introduction à la littérature fantastique[M].Paris : Seuil, 1970:25. 托多洛夫针对的是柏拉图和古罗马语法学家戴奥米德(Diomede)的体裁分类标准,但可以看出,这一评断同样适用于亚里士多德的体裁分类法。

② 亚里士多德.诗学[M].陈中梅,译.北京:商务印书馆,1996:63.

③ 黑格尔.美学:第三卷下[M].朱光潜,译.北京:商务印书馆,1981:266-267.

④ 斯丛狄.现代戏剧理论:1880—1950[M].王建,译.北京:北京大学出版社,2006:8.

⑤ HEDELIN F.La pratique du théâtre[M]. Paris: Antoine de Sommaville, 1657:390. (http://gallica.bnf.fr/ark:/12148/bpt6k107980n? rk=171674;4)

⑥ 普菲斯特.戏剧理论与戏剧分析[M].周靖波,李安定,译.北京:北京广播学院出版社,2004:4-6.

间际关系，无主客之分。但19世纪末的戏剧中出现了“叙事形式的主体”①，即出现了一个“知道所有人的情况”②的超级人物，人物关系变成了这个超级人物与其他人物之间的关系，即“单个的自我与对象化的世界之间的”③关系。这样一来，“人自身的社会存在对人来说成为对象性的东西”④，戏剧中发生了主客分离，“叙事剧”由此诞生，并引领着19世纪末以后的戏剧发展方向。

斯丛狄的“叙事的自我”和普菲斯特的“中间交际系统”在对戏剧叙事性问题的讨论上存在明显的对应关系：叙事性戏剧和非叙事性戏剧的区别在于前者的虚构世界发生了叙述分层，分化为“中间”和“内”两个系统，即两个叙述层次，“叙事的自我”和被它“对象化的世界”分属于不同的叙述层次，而在非叙事性戏剧中则没有这样的叙述分层。

二、“被感动元素”

科尔泰斯对戏剧叙事性的追求可以追溯到他的第一部作品《苦涩》。这部剧作改编自高尔基的自传体小说《童年》，作者从原著中撷取片段、连缀成戏，讲述外祖母一家的遭遇。剧中人物被分成两组，一组是“被感动元素”（élément impressionné）⑤，只有阿列克谢（Alexis）一个人物，另一组是“感动元素”（éléments impressionnants）⑥，包括除阿列克谢外的所有人物。《苦涩》的叙事性正是由阿列克谢这个特殊人物体现的。

作者在人物表中将阿列克谢单独置于一页介绍，其他所有人物另置一页，称阿列克谢是其他人物行动的观看者，“是见证者”⑦，“他在任何时候都没有被提及，但一直在场”⑧。作者还强调阿列克谢的信息接收者地位，由于他的“在场”和“见证”，其他人物的行动才有意义：“没有他，本剧的行动就是一场无用的、令人恶心的乱舞，有了他，

① 斯丛狄.现代戏剧理论：1880—1950[M].王建，译.北京：北京大学出版社，2006:6.
② 斯丛狄.现代戏剧理论：1880—1950[M].王建，译.北京：北京大学出版社，2006:68.
③ 斯丛狄.现代戏剧理论：1880—1950[M].王建，译.北京：北京大学出版社，2006:43.
④ 斯丛狄.现代戏剧理论：1880—1950[M].王建，译.北京：北京大学出版社，2006:111.
⑤ KOLTÈS B-M.Les Amertumes[M]. Paris：Minuit，1998:13.
⑥ KOLTÈS B-M.Les Amertumes[M]. Paris：Minuit，1998:13.
⑦ KOLTÈS B-M.Les Amertumes[M]. Paris：Minuit，1998:15.
⑧ KOLTÈS B-M.Les Amertumes[M]. Paris：Minuit，1998:15.

每一次吞咽、每一个冷笑，每一个过失对于行为的完成者而言都变成了沉甸甸的、重大的行为”“他最后那无缘由的反抗是此前发生的一切的完成”。①

“被感动元素”阿列克谢始终都在观察其他人物的言行，并在全剧结尾处对观众表达他因自己所见而产生的激烈情感，这都使他明显脱离其他人物所在的叙述层次，进入了《苦涩》的“中间交际系统”。

首先，阿列克谢没有像布莱希特叙事剧中的人物那样对剧中事件进行理性评价，他“发言”的形式特殊，没有语言，而是通过梦幻般的剧场灯光效果来展现的，而且他的“意见”是模糊的：“所有人物都静止下来，被闪灯照亮，且闪灯闪烁的速度越来越快……突然，所有人都被笼罩在强烈的红光中，原来是阿列克谢。”②阿列克谢的“意见”展现的是他的内心如何被其他人物的行为触动，强烈的灯光表达的是他情感的激荡，这是观看者阿列克谢与被观看者产生了情感共鸣的表现。这样的情感共鸣是亚里士多德式的、基于摹仿论的戏剧极力追求的效果，将观者的情感完全卷入戏剧营造的幻觉世界，从而激发他们的“怜悯”与“恐惧”，而不是布莱希特叙事剧追求的效果，布莱希特让人物跳出情节，对情节进行冷静批判，从而引导观众以批判的眼光看待舞台上发生的一切，造成观众与剧情的“陌生化”。

其次，阿列克谢的“意见”在全剧结束时才出现，为内交际系统的信息传递画上句点，而不是像古希腊戏剧中的歌队或者布莱希特叙事剧中的人物那样中断内交际系统的事件进程。布莱希特的叙事剧有意在内交际系统信息传递进程中插入评价，以便让“观众保持观众的身份”③而不被剧情感染。阿列克谢的“意见”在全剧结尾处才展现出来，保证了内交际系统信息被连续、完整地传达。

最后，科尔泰斯还指出阿列克谢这个人物与观众地位的一致性，在《苦涩》中对他的介绍里称他是观众的“代表”④。诚如科尔泰斯所言，纵观全剧，只在全剧结尾处阿列克谢情绪爆发的时刻，阿列克谢和观众的地位不一致，观众是观看者，阿列克谢是被观看者，而在全剧的其余时刻，阿列克谢与观众的地位一致，阿列克谢在观看其他人物的“戏”，而观众在看阿列克谢所看的“戏”，观众和阿列克谢看的是同一场“戏”。也就是说，除了全剧结尾处，《苦涩》的中间交际系统是透明的，没有对内交际系统的信息传

① KOLTÈS B-M.Les Amertumes[M]. Paris：Minuit，1998：15.
② KOLTÈS B-M.Les Amertumes[M]. Paris：Minuit，1998：60.
③ 布莱希特.布莱希特论戏剧[M].丁扬忠，等译.北京：中国戏剧出版社，1990：148.
④ KOLTÈS B-M.Les Amertumes[M]. Paris：Minuit，1998：13.

递进行任何过滤。

《苦涩》改编自高尔基的自传体小说《童年》，人物间“感动”与“被感动”，即看与被看的关系，与高尔基原著的叙述手法有关，高尔基设立了“我”——阿列克谢这个同故事叙述者，小说叙述的事件都是经过阿列克谢目光和思想过滤的事件，《童年》中反复出现“我记得”“以后的事全记不得了”“留在我记忆中的第二个印象是”等字句，突出了阿列克谢的观看者地位。科尔泰斯将小说《童年》的叙述策略带入了戏剧《苦涩》，也塑造了一个观看者，但这个观看者没有任何台词，只在剧终才出现，剧终灯光的投射无论多么强烈，都无法像在小说《童年》中那样，第一人称兼人物式的叙述角度造成了叙述者感知经验无处不在的局面。阿列克谢这个人物在《苦涩》中的出现，说明科尔泰斯从他的戏剧创作生涯伊始就在有意借鉴小说的叙述手法，为戏剧包裹了一层叙述“外衣”，只是这层“外衣”几乎透明，其他人物所处的内交际系统里的情节保持了完整自足的特性，几乎未被中间交际系统干扰。然而，无论如何，这个“被感动”人物，即观察视角的设立，已经在《苦涩》中造成了斯丛狄所说的人物间主客分离的局面，为科尔泰斯以后剧作中叙事性的进一步渗入奠定了基础。

三、“小说式独白”

“小说式独白”[①]是科尔泰斯对双引号与戏剧结合可能性的探索，是叙事性在科尔泰斯戏剧中的又一种表现形式。科尔泰斯的这个探索分两步进行：首先是在独白剧《森林正前夜》(*La Nuit juste avant les forêts*，1977)中，作者用双引号将整个戏剧文本囊括其中，使得整个戏剧文本成为叙述者对他人话语的引用，即亚里士多德所说的诗人“改变身份”“进入角色”。而后，在《西岸》(*Quai ouest*，1983)中，作者将一部分戏剧文本置于双引号中，在后引号之后加入了“某某说”这样的文字表述，并将双引号部分连同“某某说”一并置于括号中，文本的其余部分仍然保持常见的戏剧对白形式。

双引号作为文本中常见的标点符号，其作用之一是引用他人话语。在小说这样的叙事性作品中，双引号意味着叙述者对人物话语的引用。而戏剧扮演是一种直接摹仿，不需要引号作为人物话语的标识。当然，如果一个戏剧人物引用他人的话语，那么

---

① KOLTÈS B-M. Quai ouest[M]. Paris：Minuit，1985/2011：104.

被引用的话语应当用双引号括起来，例如魁北克当代剧作家达尼(Daniel Danis)在他的戏剧作品中频繁使用双引号，标明一个人物对另一个人物台词的引用。戏剧中也出现过双引号的另类用法，例如美国剧作家奥尼尔在《奇异的插曲》(1931)中将人物内心的想法用双引号括起来，将之与人物的话语区分开，双引号起到了标识旁白的作用。

关于科尔泰斯戏剧中的引号，已有学者进行过思索：塞巴斯蒂安(Marie-Paul Sébastien)从戏剧空间的角度来看待这个问题，她认为："就像作者还想掌控没有说出来的部分(non-dit)，这样，人物的沉默或者他们的暂时退场并不关闭他们的戏剧空间。"①我们认为塞巴斯蒂安并没有给出对这种独白的合理解释，"就像"(comme si)这样的假设并不是充足论据支持下的严密推理和结论。此外她的看法受到自古典时期确立的对"幕间"(entracte)的看法的影响：剧情在幕间仍然持续发展着，大幕再次开启时，台上已不再是上一幕落幕时的情形，尤其是在古典时期的剧作中，剧作家会把违反三一律或有限要求的事件、把自己认为不重要而不必让观众看到的事件安排在幕间这段没有观众目光的自由时空中②，人物虽然在幕间从观众的目光中引退，他们的故事却没有在幕间中止。而从《西岸》的三段"小说式独白"的内容来看，它们并不是情节的延续，而是情节的背景，有别于真正的"幕间"。

艾尔法尼(Amin Erfani)对《森林正前夜》中的引号的解释如下：这是科尔泰斯前期戏剧创作方式的残留，在科尔泰斯创作初年，作品均为改编之作，运用了节选、复述、缩减、添加等多种手法改变原作，《森林正前夜》的引号即一种引用(citation)，是作者在引用别人的话。③ 艾尔法尼借助关于作者与作品关系的"灵感说"来进一步解释这种引用，这一由来已久的、在古代诗学中占有重要地位的说法认为作品是神的气息(souffle)吹拂，作者给整篇作品加上引号，是在忠实地复现神启，而没有将之据为己有。他认为这个引号还暗示了其之前的内容，引号之前也许是对说话者的描述，也许是另一个引号，即对话者所说的话。结合引号中的内容可知，这篇独白是有受话者的，那么引号之前的空白就给了我们关于这个他者的想象空间。艾尔法尼的解释充满想象力，但只能算作对科尔泰斯创作习惯的一种理由并不充足的设想，而没有解释这个

① SEBASTIEN M-P. Bernard-Marie Koltès et l'espace théâtral[M]. Paris : L'Harmattan, 2001:28.

② PAVIS P.Dictionnaire du théâtre[M].Paris:Armand collin,2002:116.

③ ERFANI A. Le Souffle de Koltès : les inventions de l'autre, dans *La Nuit juste avant les forêts* [M]//BUTEL Y, BIDENT C, TRIAU C.Koltès maintenant et autres métamorphoses. Berne: Peter Lang, 2010:145-159.

引号对科尔泰斯戏剧本身的意义。

与以上两人相比，比当(Christophe Biden)的解释对我们的研究更具启示性，他说："引号使话语失去了对白维度，甚至失去了戏剧维度。"[①]这就将引号问题与戏剧叙事性的问题联系了起来，引号的意义在于改变戏剧话语的性质。科尔泰斯明确指出了双引号中的文字与叙事文学的关联，他说双引号里的部分"写得像小说独白一样"[②]。所谓"像小说"，就是指摹仿方式由"扮演"变成了"叙述"。《森林正前夜》和《西岸》中的双引号标明的是人物的缺席和叙述者的在场，是一个叙述者在直接引用人物的话语，我们并未看到人物亲身说话或者行动，双引号的出现使得戏剧扮演的当下性已然不再。"失去了戏剧维度"，即增添了叙事维度。引号是叙述分层的标志，在虚构的人物之外，还存在一个叙述者在引用人物的话语。

双引号使文本性质由戏剧的变为叙事的，叙事和戏剧构成了《森林正前夜》和《西岸》的多维世界。但是，这种转变是通过直接引语形成的，说话者(人物)对话语的控制被完全保留了下来，叙述文本仍然具有戏剧摹仿的直接性。真正属于叙述者个人的话语只有"某某说"这样的字眼，即叙述者的个人化声音被降到了最低，他隐藏在人物背后，戏剧的叙述"外衣"如同在《苦涩》中一样透明。

此外，《西岸》中的"小说式独白"还将戏剧与戏剧之外的世界联系起来，打破了斯丛狄所说的戏剧的"绝对性"。斯丛狄在《现代戏剧理论》中对戏剧的绝对性做了解释，他说"绝对的戏剧"是一个自足封闭的系统，"除了自身之外与一切无关"，"戏剧是绝对的"也就是说"戏剧是原生的。它不是某种(原生)东西的(派生)展现，而是展现自我，就是自我本身。它的情节和每个对白都是'原初的'，在发源时就得到了实现。戏剧没有引用或者变体。引用将使戏剧成为被引用物的关系者，变体将使戏剧的原初性质，即'真实性'，遭到质疑，而且同时显出是派生的。再者引用和变体还以某个引用或者变化的主题作为前提，戏剧将成为它的关系物。"从内容上看，《西岸》中的"小说式独白"均是人物的回忆，如果没有这几段文字，我们对人物的理解就会有很多局限，倘若没有阿巴德的独白，我们只知道他不说话，干不法营生，最后杀了背叛他的夏尔；倘若没有罗道夫的独白，我们只知道他是个性格懦弱、腿脚也不灵便的父亲，甚至连儿子都瞧不起他；倘若没有伐克的独白，我们只知道他是个贪图钱财、连同伙的妹妹都要诱奸

① BIDENT C.Bernard-Marie Koltès[M]. Généalogies，Tours ：Farrago，2000:55.

② KOLTÈS B-M.Pour mettre en scène Quai ouest[M]//Quai ouest.Paris ：Minuit，1985/2011:104.

的小流氓，他的作为没有道德底线。三段"小说式独白"告诉我们这三个人物固有的姓氏、语言、身份和价值观如何在遗弃、战争、驱逐、复仇的强大冲击下瓦解，告诉我们三个被彻底斩断根系的人如何带着巨大的创伤在西岸这块贫瘠的土地上顽强地、畸形地重生，从而扭转了这三个反面人物的形象。这些"小说式独白"是我们理解人物的关键，它们的存在让观众、读者或演员对自己仅凭台词和行动对一个人物所下的判断不那么肯定。然而，这些段落却不出现在舞台上，科尔泰斯说它们"当然不该演出来，也不是写在节目单上的。它们有自己的位置，在两个场次之间，为阅读而写；它们应该保持这种状态，因为这部戏(《西岸》)写出来既是为了读也是为了演"。也就是说，双引号把戏剧之外的世界带入了戏剧之中，《西岸》的人物不仅是存在于戏剧，还与戏剧外的时空有关。于科尔泰斯而言，戏剧对于事件时间、地点的限制使得他只能选取人物的部分言行入戏而舍弃更多，但是每个人物都有自己完整的故事，入戏的与不入戏的叠加在一起才构成一个完整的人物。科尔泰斯不把戏剧看作封闭的体系，更不将人物仅仅视作情节的构成性因素，人物的过往与将来都参与了对他的定义。

四、"两年前，一个下着暴雪的黎明"

《西岸》的人物表之后、舞台指示和人物对白开始之前有一段叙事性文字，以第三人称讲述"两年前，一个下着暴雪的黎明"[①]发生的事，即夏尔和阿巴德的初次相遇。而戏剧对白部分则围绕距此两年后的一天里发生的事件展开。这个部分属于对主要事件背景的交代，剧作家通常会将它融入人物的对白或独白，而不另外叙述，例如古典戏剧中的开场独白(monologue d'exposition)，以人物来交代故事背景、交代理解剧情所必需的信息，这是迫于"三一律"限制而采用的技术手段。科尔泰斯在处理这段往事时也有过踌躇，据他的生前好友克洛德·斯塔茨(Claude Stratz)导演回忆[②]，科尔泰斯原本在《西岸》的开篇安排了一段阿巴德的独白，但是后来他将这个部分删除了，改用叙述来呈现夏尔与阿巴德的相识。也就是说，科尔泰斯更倾向于引入一个全知型的异

---

① KOLTÈS B-M.Pour mettre en scène Quai ouest[M]//Quai ouest.Paris：Minuit，1985/2011：104.

② BENHAMOU A-F. Entre humour et gravité：entretien avec Claude Stratz[J]. Alternatives théâtrales，1990(35-36)：17-23.

故事叙述者来讲述这段往事，而不是让人物直接言说。

与这段文字类似的叙事性文本还包括《〈黑人与狗之战〉记》(*Carnets de Combat de nègre et de chien*)的部分段落[①]和《塞尔佩诺瓦兹家族百年史》(*Cent ans d'histoire de la famille Serpenoise*)[②]。《〈黑人与狗之战〉记》是《黑人与狗之战》(*Combat de nègre et de chiens*，1983)的一部分。《黑人与狗之战》创作历时近一年，科尔泰斯对其增删涂改无数，在很长一段时间里甚至难以决定其体裁："那部关于热带的作品，我从零开始写了，写出来的很可能不是一部戏。"[③]实际上，最终呈现在我们面前的作品在体裁归属上表现得仍不明晰，以戏剧形式呈现的内容只是作品的一部分，戏剧部分之后还有《〈黑人与狗之战〉记》，以叙述的方式展现了戏剧中不曾展现的内容：工人的葬礼[④]、努非亚(Nouofia)的母亲不顾危险坚持要到工地去给儿子的尸体覆上树枝[⑤]、卡尔(Cal)的精神状态[⑥]。《回归沙漠》的对白部分之后出现了《塞尔佩诺瓦兹家族百年史》，以第三人称叙述的方式对剧中每个人物的身世、性格以及他们之间的关系做了介绍，对人物在对白中简要提及的事件进行了扩展，尤其交代了每个人最终的结局(如何死亡)。如果没有《塞尔佩诺瓦兹家族百年史》，《回归沙漠》中的事件和人物关系依然是明朗的，但科尔泰斯认为仍有必要将所有出场甚至未出场人物交代清楚，由他们的降生一直讲到他们的死亡。

《西岸》的开篇、《〈黑人与狗之战〉记》和《塞尔佩诺瓦兹家族百年史》都未被呈现在舞台上，而是作为剧本的一部分印刷出版。通过这些文本，如同通过《西岸》中的"小说式独白"一样，科尔泰斯将戏剧中的故事延伸到戏剧之外，以"两年前"这类指示确立一个在戏剧的当下性之外的时空，这同样是对戏剧"绝对性"的破坏，剧中的人物和事件并非自给自足，而是与戏剧之外的世界相关。科尔泰斯的戏剧不是亚里士多德所说的

---

① KOLTÈS B-M.Combat de nègre et de chiens，suivi de Carnets de Combat de nègre et de chiens[M]. Paris：Les Éditions de Minuit，1989：115，117，125.

② KOLTÈS B-M.Le Retour au désert，suivi de Cent ans d'histoire de la famille Serpenoise[M]. Paris ：Les Éditions de Minuit，1988/2006：91-95.

③ KOLTÈS B-M. Lettres[M]. Paris：Les Éditions de Minuit，2009：333.

④ KOLTÈS B-M.Combat de nègre et de chiens，suivi de Carnets de Combat de nègre et de chiens[M].Paris：Les Éditions de Minuit，1989：115.

⑤ KOLTÈS B-M.Combat de nègre et de chiens，suivi de Carnets de Combat de nègre et de chiens[M].Paris：Les Éditions de Minuit，1989：117.

⑥ KOLTÈS B-M.Combat de nègre et de chiens，suivi de Carnets de Combat de nègre et de chiens[M].Paris：Les Éditions de Minuit，1989：123.

那样其开端“不必继承他者”，其结束也“不再接受承继的部分”①，也不像斯丛狄所说的那样“归根结底具有辩证的渊源”②，其自身就具有推动自身发展的动力。科尔泰斯的戏剧中，每一个戏剧动作的前因和后果不一定在戏剧之内，不能完全在戏剧之内为它们寻找理由。

叙述者的存在在这些文本中比在“小说式独白”中更加明显，他不再隐身于人物背后，而是以第三人称全知的叙述模式来交代剧情的前因、后果以及人物的内心世界。这一方面表现出科尔泰斯对人物身世完整性的在意，另一方面也可以让我们看出，科尔泰斯不再像在创作《苦涩》或者“小说式独白”时那样为戏剧披上一层几乎透明的叙述“外衣”，而是希望通过叙述者的叙述（即干预）来引导（或者说限制）观众或读者对作品的理解。贝蒂让（André Petitjean）在评价《森林正前夜》时说，它是“一部能够让人听见超级陈述者（archi-énonciateur）即作者声音的虚构作品”③。而我们认为这个评价用于《塞尔佩诺瓦兹家族百年史》《〈黑人与狗之战〉记》和《西岸》的开篇更为恰当：《森林正前夜》中的叙述者通过引用人物的话语而把自己完全隐藏了起来，《塞尔佩诺瓦兹家族百年史》《〈黑人与狗之战〉记》和《西岸》开篇的叙述者才真正发出了自己的声音，如同小说中的全知叙述者一样讲述人物的故事。

通过赋予戏剧不同程度和不同样式的叙事性，科尔泰斯表达了他对虚构性的思考。在这几段叙述文本中，科尔泰斯式叙述“外衣”造成的结果也不是布莱希特叙事剧的间离效果。在科尔泰斯的戏剧中，摹仿制造的幻觉没有因为叙事性的加入而被削弱，叙述“外衣”的存在使得读者和观众在戏剧之外，仍然陷于人物的故事之中，这些文本的存在强化了戏剧所营造的虚构世界的逼真性。

---

① 亚里士多德.诗学[M].陈中梅，译.北京：商务印书馆，1996：74.

② 斯丛狄.现代戏剧理论：1880—1950[M].王建，译.北京：北京大学出版社，2006：11.

③ PETITJEAN A. Monologue adressé et dialogie : l'exemple de *La Nuit juste avant les forêts* de B-M. Koltès [M]//FIX F, TOUDOIRE-SURLAPIERRE F (dir.). Le monologue au théâtre (1950-2000). La parole solitaire, Dijon : Presses de l'Université de Dijon, 2006：107.

结　语

"各种体裁在某一时期的文学整体中如何相互作用，是一个十分重要而又饶有趣味的问题。"①巴赫金说这句话绝不仅仅是出于一个研究者的兴味偏好，而是因为他在体裁的变迁中窥见了文学的秘密，窥见了一个时代的成长趋向和这个时代人类精神的秘密。当科尔泰斯为自己下一部作品的体裁举棋不定，在小说和戏剧之间犹疑时，他面对的正是这个曾经触动过托多洛夫、斯丛狄、巴赫金、卢卡奇、黑格尔……也触动过亚里士多德和柏拉图的问题。"科尔泰斯不是作者，而是作家，伟大的作家：创造新形式来表达自己对世界的看法，并且他的这种看法令人折服。"②戏剧与叙事的结合，无疑就是本阿姆所说的"新形式"之一。通过戏剧与叙事的结合，科尔泰斯没有像布莱希特那样实现观众与剧情的间离，而是强化了虚构世界的逼真性，因为科尔泰斯戏剧中的叙述者，不打断戏剧情节的进程，不对人物和剧情进行批评，而是通过讲述、转述展现戏剧中不曾展现的内容，拓展戏剧的时空，为戏剧增添故事背景，为人物增加心理深度。叙述"外衣"的存在打破了戏剧的完满自足性，人物首先与戏剧之外的世界相关联，然后才和戏剧内部的其他人物相关联，叙述把戏剧包裹在另一个更加开阔的虚构世界中。

---

① 巴赫金.巴赫金全集：第三卷[M].白春仁，晓河，译.石家庄：河北教育出版社，1998：506.

② BENHAMOU A-F.Koltès dramaturge[M].Besançon：Les Solitaires intempestifs，2014：21-22.

科尔泰斯戏剧在德国、俄罗斯和乌克兰

Koltès' Plays in Germany, Russia and Ukraine

克里斯多夫·福特里耶(Christophe Feutrier)[①] 翻译:黄若松

摘要:从20世纪80年代末的联邦德国(柏林和慕尼黑之间的活动),到90年代后苏联时期的俄罗斯,再到最近的乌克兰,笔者将回溯30年来的创作旅行生涯,笔者的经历、相遇和碰撞,特别是跟那些喜欢科尔泰斯并为科氏戏剧做过推广工作的优秀的戏剧同行。

关键词:法国戏剧;科尔泰斯;俄罗斯戏剧;德国戏剧

Abstract:From Federal Germany in the late 1980s, especially my stay in Munich and Berlin, to Russia in the post Soviet period in the 1990s, and then to Ukraine recently; I will look back my career and journey in the past 30 years, my experience, encounter and inspiration collision, with those excellent peers who like Koltès and have promoted his works.

① 法国戏剧导演、作家与翻译,巴黎新索邦大学戏剧与伦理学博士。曾在德国慕尼黑卡默斯皮勒(Kammerspiele)剧院担任鲍勃·威尔逊(Bob Wilson)、迪特尔·多恩(Dieter Dorn)和托马斯·朗霍夫(Thomas Langhoff)的导演助理。之后在柏林加入亨利克·巴拉诺夫斯基(Henryk Baranowski)的转变剧院(Transformtheater),遇到了来自波兰以及各个苏联加盟共和国的艺术家。其创作横跨中亚和俄罗斯,也曾应邀执导中央戏剧学院青年教师搬演的马里沃的《虚假丫鬟》。执导的40多台戏剧演出,用10多种语言上演了莫里哀、罗米(Rûmi)、缪塞以及当代作家如丹尼尔·哈姆斯(Daniel Harms)、雷米·德·沃斯(Rémi De Vos)、詹姆斯·乔伊斯(James Joyce)、贝尔纳-玛丽·科尔泰斯(Bernard-Marie Koltès)、奥列格和弗拉基米尔·普雷斯尼亚科夫(Oleg et Vladimir Presniakov) 的剧作。2012年在莫斯科执导阿纳托里·瓦西列夫(Anatoli Vassiliev)的剧团上演法国当代著名剧作家年瓦莱尔·诺瓦里纳(Valère Novarina)的《幻想轻歌剧》(*L'Opérette Imaginaire*),获得极佳反响。作为"抛物线—世界之爱"剧团的创始人,是第一个将尤奈斯库(Eugene Ionesco)作品带入阿维尼翁戏剧节官方演出榜单的导演。从20世纪90年代开始,其戏剧经历被国际媒体报道。已出版的作品有《世界末日》(剧本,1992)、《新俄罗斯巨变故事》(1998)、《俄国十月》(2010)、《地狱独立广场》(2016)、《戏剧之旅》(2017)等。

Keywords：French Theatre，Koltès，Russian Theatre，German Theatre

20 世纪 80 年代末，我第一次拿到了科尔泰斯(Bernard-Marie Koltès)尚未发表的原创剧本——《罗贝托·祖科》(*Roberto Zucco*)，是慕尼黑市卡默斯皮勒(Kammerspiele)剧院的首席戏剧构作——汉斯·约阿希姆·吕克贝勒(Hans Joachim Rückhaberle)给我的，当时我还是他在剧院的年轻助手。法国尚无人听说过此剧本。但是在德国，它已经在大的剧院里流传了，人们常常谈论它。它不是以法语流传的，而是以西蒙·维尔(Simon Verle)译成的清晰流畅的德语，西蒙·维尔是科尔泰斯和拉辛的杰出翻译之一。毫无疑问，当时，彼得·斯坦因尚未决定在柏林的邵宾纳剧院(Schaubühne)打造《罗贝托·祖科》的全球首演，如果不是这样，这个剧本就不会落在慕尼黑首席戏剧构作的办公桌上了，我们也永远不会谈论它。无论如何，在阅读这个剧本后，它给我留下了深刻的印象，这与科尔泰斯的其他作品截然不同，我还记得一些片段，这些片段是我和吕克贝勒关于祖科和科尔泰斯的漫长讨论的一部分，我那时候还不太了解这位作者。而德国首席戏剧构作对科尔泰斯的著作着迷，将其视为 18 世纪法国文学传统的再现。对他来说，科尔泰斯是狄德罗的直接继承人。吕克贝勒还把《森林正前夜》翻译成了德语。他对科尔泰斯作品的看法在很长一段时间内都给我留下了深刻的印象并影响了我。每当我重新阅读科尔泰斯的作品时，我都会想到他和狄德罗，也会想到 18 世纪的古典法语。实际上，到目前为止，我相信吕克贝勒的视点是正确的，此后我再也没有碰到过更准确的解读。最后，令我遗憾的是，我没有准确地记录下他的分析，本来我今天的发言可能会更加清晰。也许也不会，因为毕竟这些事情到今天已经有 30 年了，而我也不是这方面的专家。

90 年代，我遇见了莫斯科国立戏剧学院(GITIS)的负责人谢尔盖·伊萨耶夫(Sergei Issaev)，这是莫斯科最重要的培养表演和导演人才的学院，这使我踏上了前往俄罗斯创作科尔泰斯作品的道路。谢尔盖·伊萨耶夫会说法语，也是翻译。他已将包括科尔泰斯在内的几位法国剧作家的作品翻译成了俄文。当时将科尔泰斯的作品翻译到俄罗斯是非常新潮的，但没有剧院在舞台上演出过科尔泰斯的作品。伊萨耶夫也觉得俄罗斯在短期内很难接受科尔泰斯的作品。但他仍然给了我《罗贝托·祖科》的翻译版本。这是一个很好的翻译版本，我当时没有看到科尔泰斯的其他作品被翻译成俄文，今天可能已有些了，但当时我只看到了《罗贝托·祖科》。伊萨耶夫是对的，在整个庞大的俄罗斯似乎找不到一家剧院来制作这个项目，于是他邀请我导演《罗贝托·祖科》。

幸运的是，在1995年，当我经过下诺夫哥罗德(Nijni-Novgorod)来复排我几年前在大剧院创作的剧目时，我惊奇地发现该剧院邀请我做一个新项目。下诺夫哥罗德国家戏剧学院的青年演员的首次演出，希望排一部“现代”的法国戏剧。我认识这个机构的负责人齐甘科娃(Tsingankova)夫人，这是位看上去很“恐怖”的人，她年纪很大，因其戏剧教育的质量和对学生的严格训练而著名。所以当我给她《罗贝托·祖科》剧本时，我有点发抖。我非常仔细地向她解释说，主人公是一名杀了父亲的罪犯，并给了她一个完全相反的解读，试图使她相信这是一部相当轻巧的剧本，表现了无辜暴力引发的欢乐的末日情形，它震慑到周围的黑暗世界。

“我不是来这里听您的辩解的，我们都认识您，现在您开始创作吧，我很了解您说的这些！”于是，我立即在一些老师的沮丧目光注视下开始选拔演员，这些老师无疑已经读了剧本……此外，我还被警告道：“这些学生未来是一些没有才华的演员。这是糟糕的一届，您会看到的！”

必须说，《罗贝托·祖科》是生命暴力和所有事情的极端相对性的隐喻。这件作品援引了苏维埃的思维词汇领域里已经不复存在的“圣象画”。这是一部当代戏剧剧作，对俄罗斯来说完全是新的。我急切地开始了排练工作，我对最终能够排演这个剧本感到兴奋，同时也很担心。因为我担心剧院的管理层最终会改变主意，放弃该项目。演员们证实了这一点，他们确信，如果领导们读过这部戏，他们绝不会接受将它排练演出。

我们紧张地推进着该项目，而年轻演员们(就是那位老师觉得没有才华的那一波)的开放和想象力给了我很大的帮助。很快，我们双方都相互感到很适应了，并在富有创造力、几乎轻松的、非常愉快的工作过程中前进。只有俄罗斯复活节的宗教节日打断了我们的工作，演员们要求我放假一天。很难拒绝那些信教的俄罗斯演员，于是我们在复活节暂停了《罗贝托·祖科》的排练……因为我们已经进入了后苏联的俄罗斯。

首演的那天到了，演员们都非常出色，而且很有勇气，因为表演的前十分钟是在一个观众都很专注的安静气氛里进行的。观众中有年轻演员和其他学生鼓掌，大力支持他们的同事。演出结束后，有些人谈论他们所看到的东西，讨论着他们自己也想尝试的“新的方向”。他们想阅读科尔泰斯的剧本，也想自己去表演。

多亏了他们，首演庆祝酒会的接待也非常愉快，但是后来我被剧院"上边的人"叫去做了俄罗斯的传统汇报，这就是所谓的 khoud'sovet，这意味着"艺术建议"。齐甘科娃夫人当然会有她的助手陪同，还有几位名不见经传的名誉教育家，最后还有天生热情的戏剧人协会(STD)的地区主任。这是一个母系社会，在这个机构中似乎只有女性。我不太放心，经过简短的个人演讲和惯例介绍后，齐甘科娃夫人作了出色的介绍，然后将时间交给了当场的领导，每个人都细致地阐述了自己的观点，仅限于对在他们各自职位视野下进行的反反复复的讨论。总的来说，《罗贝托·祖科》是一部具有煽动性的戏剧，带有危险的文化信息。但是没有人反对这种观点。人们对我的质疑都点头同意。后来，我与一些老师进行了非正式的交谈，我意识到从现实主义伟大流派出来的老一代人并没有想到，暴力行为可以在俄罗斯的舞台上被间离的效果展现出来。当时的苏联形式主义风格仍然影响深远。但是，在内心深处，我绝对可以肯定，他们想在自己剧院的舞台上看到这部剧，他们都读过我事先向他们提交的剧本，因此对此感到很好奇。他们只是表面上让年轻的演员们相信管理层是自己搞错了。

最后，我想回到 20 世纪 80 年代的柏林和德意志联邦共和国(西德)，在那里，我经常与西柏林的一位女性接触，她对于传播科尔泰斯的作品无疑非常重要。我想说的是戏剧出版总监斯蒂芳妮·亨辛格(Stefani Hunzinger)，她的出版社(Hunzinger Bühnenverlag GmbH)在德国戏剧界享有盛誉。她是包括科尔泰斯在内的许多法国剧作家的文学经纪人。对科氏作品的认可及其在德国舞台的传播，她做了很多工作。我不知道确切的数字，但如果我根据经验判断，科尔泰斯在西德戏剧舞台的上演次数和知名度要比在法国戏剧界高得多，而在法国舞台上，当时除了谢侯，其他导演很少将科氏的作品搬上舞台。亨辛格夫人颇为异想天开：她是 20 世纪德国和法国戏剧文学圈的杰出见证者(她已经 80 多岁了)，她经常陪同科尔泰斯去柏林这座城市，并分享一些对话。有时她也带我去她陪伴过他的地方：那是一家如今已不存在的出色的意大利餐厅 Ciao，在邵宾纳剧院对面，彼得·斯坦因晚上排练之后和他的演员们有时也在这里聚会。在 Fasanenstrasse 大街上的希腊餐馆 Foffies 里，墙上挂着弗朗西斯·培根的画……一次，我们甚至去了 S-Bahn Berlin Charlottenburg 地铁站附近。她想告诉我《孤寂在棉田》的确切位置，当然，就是那场戏的行动发生的地方，当您去到那里时，您就会毫不怀疑。除了她的幻想和她讲的所有故事，还有她对剧作家和科尔泰斯作为一个艺术家和一个人的真正热情。斯蒂芳妮·亨辛格，我在柏林的《罗贝托·祖科》首演之夜最后一次见到她。然后，我离开德国时，对我的朋友西尔维斯特·格罗斯(Sylverster Groth)在斯坦因该导演作品中塑造的角色留下了深刻的回忆。单就我的记忆而言，这是一部高成本、极端现实主义、几乎是电影般的表演，它给我留下了很长时间的印象。然后，这是一个跨国创作，也是科尔泰斯的戏剧冒险的终结，他那时已经去世了。总之，对于我来说，这场演出仍然是这部作品的一个标杆似的参考。很长一段时间里，直到几年前的偶然机会，我在基辅一个很小的剧院里看到了由德米特罗·波哥马佐夫(Dmitro Bogomazov)导演的该剧的演出，他发现了文本从未被发掘出来的诗意力量。这给观众带来了很大的惊喜，同时也带来了极大的快乐，因为这次我了解到很久以前我应该了解的东西——我们需要向科尔泰斯学习的东西还有很多很多。

谢谢！

科尔泰斯的审世情怀[①]

Koltès' World

玛丽-克洛德·于贝尔(Marie-Claude Hubert)[②]　翻译:吴亚菲

摘要:科尔泰斯不断地讲述疯狂产生的灾难,将谋杀置于作品的中心,捕捉死亡本能的各个方面,呈现乱伦、强奸、放火等各种形式的侵犯,以强调其摧毁力。其天才之处就在于,他恢复了在20世纪50年代"新戏剧"之后就被认为永远消失了的伟大悲剧。科尔泰斯带着审世情怀看其周围的世界,一个欲望的法则取代了康德绝对命令[③]的混乱世界,每个人只想着支配别人,伤害至死。正是通过这样的审视,科尔泰斯重新给予戏剧以生气。

关键词:科尔泰斯;法国20世纪戏剧;疯狂;死亡本能;悲剧性

Abstract: Koltès constantly narrates the disasters generated by madness, places murder plot at the heart of his play and tracks down the death instinct in all its aspects, represents all forms of transgression, such as incest, rape, pyromania, to underline the destructive force. His genius is to have restored the great tragedy that we believed to have disappeared forever after the New Theater of the 1950s. It is through the clinician's gaze that he wears on the world around him, where each one dreams only of dominating

① 本文发表于《戏剧》杂志2020年第4期,经作者同意特别收录。——编者注

② 法国埃克斯—马赛大学荣誉教授,法国戏剧专家,著有《20世纪50年代戏剧中幻想的语言与身体——贝克特,尤奈斯库,阿达莫夫》《戏剧理论》《西方剧场史》《戏剧》《新戏剧:1950—1968》《欧仁·尤奈斯库》《让·热内之审美观》等专著;主编了多部辞典,如《文学批评辞典》《贝克特辞典》《让·热内辞典》,及多部研讨会论文集,如《重读科尔泰斯》《戏剧中的改写形式》《凤凰之羽:戏剧中的改写》等;还出版了多部剧作的注释版本。部分文章与专著已被译为中文及其他语种。

③ 绝对命令(The categorical imperative),德国哲学家康德的术语,又译作定言令式、无条件命令、无限命令等,用来表达道德规律和人性的准则,主要指道德的行为是人应该无条件地做的,人的善良意志应是无条件的、绝对的。——译者注

the other, of wounding him to death, a chaotic universe where the law of desire has replaced the Kant's categorical imperative, that hc has breathed new life into the theater.

Keywords: Kolitès, French theatre of the 20th century, madness, death instinct, tragic

在20世纪50年代,"新戏剧"颠覆了西方戏剧的根基,将行动缩减至简图,将人物翔实的身份去除,将语言的信度打破之后,包括作家、文学批评家在内的所有人在60年代便提出了这样的问题:"贝克特之后如何写作?"直到帕特里斯·谢侯(Patrice Chéreau)导演的《黑人与狗之战》(1983)、《西岸》(1986)、《孤寂在棉田》(1987)、《回归沙漠》(1988)才让惊叹不已的法国观众发现了科尔泰斯的戏剧,它重新给人物和行动以分量,给对话以有效性。他最早的剧作,通常都是改写的作品①,仅有由作家本人与一群朋友创作的私人演出,连这也是后来才被发现,同时也显示出了它们的舞台力量。按写作顺序,它们是:《苦涩》②(1970)、《醉审》③和《征程》④(1971)、《遗产》(1972)、《哈姆雷特故事中的谋杀日》⑤(1974)、《森林正前夜》(1977)、《萨蓝热》⑥(1978)。科尔泰斯带着犀利的目光看其周围的世界,一个欲望的法则取代了康德绝对命令的混乱世界,每个人只想着支配别人,甚至伤害至死。正是通过这样的审视,科尔泰斯重新给予戏剧以生气。他将人性在其所有的暴力中呈现,从不同的角度描绘疯狂,描述不同形式的侵犯,不断地写着复仇悲剧。

一、人的疯狂

在科尔泰斯所描绘的世界里,家庭支离破碎,母亲或强悍或胆小屈服,父亲或有阉

① 非常自由的改写,可视为新的创作。
② 对高尔基《童年》的改写。
③ 对陀思妥耶夫斯基《罪与罚》的改写。
④ 对《雅歌》的改写。
⑤ 对莎士比亚悲剧的改写。
⑥ 这部戏受到美国作家塞林格(Salinger)所有作品的自由启发,科尔泰斯改写了名字(Salinger/Sallinger)以示区别。

割情节或性无能，没有了标准与法理，理智摇摇欲坠。科尔泰斯是一个明智的人类观察家，他意识到情感和社会灾难会导致心理病态，于是将不少精神病例搬上舞台，从酗酒或家庭事件造成的精神失常，到变态、迫害妄想，最后还有精神病的严重形式——幻想症，身份或身体构造出现混乱。

科尔泰斯描绘的家庭领域是病态的。在其第一部剧本《苦涩》的家庭中，酗酒的父亲野蛮地殴打妻子，兄弟们为继承财产粗暴相争，瓦尔瓦拉逃离了家庭，当妓女只是为了让父亲丢脸，最后却陷入疯狂。她恶狠狠地对父亲说："所有人都知道你是瓦尔瓦拉那个疯妓女的父亲。"[①]而她的兄弟之一皮奥特尔总被残酷的家庭暴力折磨，狂笑着回忆这些痛苦之后自杀了。在《罗贝托·祖科》(1988)中，姐姐绝望地在小芝加哥红灯区寻找妹妹时，害怕如果自己一个人和可耻的父母待在一起会变疯，就像这一场的标题"奥菲利亚"所暗示的那样：姐妹二人中的一个或许将会遭遇莎士比亚人物的命运。痛苦的家庭事件，遗弃或死亡，甚至是出生，都会令一些家庭成员陷入疯狂。在其短篇小说《序曲》中，神秘老人阿里失去了理智，开始自言自语，而他养了12年的儿子马恩遗弃了他，甚至不告而别。在他1976年写的唯一的小说《骑马远逃到城里》中，则是菲利丝遭情人遗弃而陷入了疯狂："我，我什么都没有，我只有夏班纳，仅此而已。"[②]她疯狂地对他说："一天，你放开了我，我滑在香蕉皮上，一个巨大的洞捉住了我；它把我拽入口中……"[③]她企图用一把锁刀杀死他，随后却"在夜里的街上吓唬老太婆们玩"[④]，以至于警察最后将她关进疯人院。在《哈姆雷特故事中的谋杀日》中，乔特鲁德意识到是国王被刺让哈姆雷特精神失常，她寻思："父亲的死亡真的有让人如此失去控制的力量吗？"[⑤]在《骑马远逃到城里》，"阴郁的莉迪亚"——菲利丝的母亲，是一个老妓女，有产后阴影。那些"善妇"将她安顿在一个准备了所有婴儿必需品的旅馆，她却跑到市区广场上大叫，因为"分娩糟糕透了，撕裂了她的肚子，扯掉了莉迪亚所有的内膜，放掉了她

---

① KOLTÈS B-M. Les Amertumes[M]. Paris: Les Editions de Minuit, 1988:44.

② KOLTÈS B-M. La Fuite *à* cheval très loin dans la ville[M]. Paris: Les Editions de Minuit, 1984:55.

③ KOLTÈS B-M. La Fuite *à* cheval très loin dans la ville[M]. Paris: Les Editions de Minuit, 1984:112.

④ KOLTÈS B-M. La Fuite *à* cheval très loin dans la ville[M]. Paris: Les Editions de Minuit, 1984:57.

⑤ KOLTÈS B-M. Le Jour des meurtres dans l'histoire d'Hamlet[M]. Paris: Les Editions de Minuit, 2006:35.

一半的血”。[1] 她不仅拒绝所有跟随她的人的帮助，还像一头发狂的野兽“嚎叫，抓人，咬人……”，在自己用牙齿咬断了脐带后，她将“两个嗷嗷叫着的形状”放在地上，整个城市都回荡着分娩的叫声：“她的叫声……在街上回响了好几个小时，也在城市的记忆中回响了好久。”[2]

血统中的不确定性也是混乱的根源，对《萨蓝热》中的亨利来说更是如此。他为了不去越南打仗而自杀了，但偏偏就在他向朋友莱斯里吐露其身世的时候。他的出生是偶然的，是其母与陌生人一夜情的结果，他甚至不知道父亲是谁。而勒胡金的幽灵，这个自闭症者在家中也没有地位，他在自杀后不断地出现，就像其周围的无意识；对于他的弟弟莱斯里来说，他是个“不一般的”天才算计家，而且没有情感——明显的阿斯伯格综合征症状。因为，当被问到觉得芭蕾舞演出怎么样时，他只记得星级舞者步伐的数量。对于他的情人卡洛莉来说，“他的怪异超乎寻常”。[3]

在酒精的作用下，一些人物的行为也近乎疯狂。《苦涩》中的老妇，一个人在台上，在酒精引发的疯狂中，边叫边跑，对着看不见的人捍卫自己，呼叫着儿子们，并指责他们害她。科尔泰斯指出，“她用指尖划着，好像在和吵闹又残忍的孩子们玩耍”[4]，直到她亲吻圣像才恢复理智。在《遗产》中，醉了的特雷丝在桌上跳舞，被疯狂的骚动所折磨，显示出其歇斯底里的本性，然后瘫倒在地上。

还有不少人物与外界产生联系的方式是迫害。在《遗产》中，安娜-阿加特说：“我转向哪一边，都被敌人包围，我不知道他们的名字，看不见他们的脸。”[5]《罗贝托·祖科》中祖科在杀死孩子后慌了，精神恍惚中对那女人说：“要是被人抓住，我就会被关起来。要是被关起来，我会疯的。瞧，我现在已经疯了。”[6]此刻陷入迫害妄想症的他看周围所有人都像杀手，感到受了威胁：“看这些疯子，他们看起来真坏啊，都是些杀手。

① KOLTÈS B-M. La Fuite *à* cheval très loin dans la ville[M]. Paris：Les Editions de Minuit，1984：102.

② KOLTÈS B-M. La Fuite *à* cheval très loin dans la ville[M]. Paris：Les Editions de Minuit，1984：103.

③ KOLTÈS B-M. Sallinger[M]. Paris：Les Editions de Minuit，2005：48.

④ KOLTÈS B-M. Les Amertumes[M]. Paris：Les Editions de Minuit，1988：33.

⑤ KOLTÈS B-M. L'Héritage[M]. Paris：Les Editions de Minuit，2014：15.

⑥ KOLTÈS B-M. Roberto Zucco，suivi de Tabataba-Coco[M]. Paris：Les Editions de Minuit，2011：78.

我从没一下子见过那么多的杀手。在头稍微动一下的信号下，他们就会自相残杀。”①这种投射现象是一种否认的形式，完全否认其错误的方式，因为如果所有人都是杀手，那当个杀手就是正常的。通过这种对康德绝对命令的逆转，祖科认为杀戮是自然的通用法则，以至于临死之前说道：“杀死父母是正常的。”②

一些人物受精神病影响，是幻觉的受害者。是真的幻觉还是想象的现实，却让人无法得知。在《回归沙漠》中，法蒂玛因不知其舅母玛丽的死因而感到窒息，以为看到了她的幽灵。科尔泰斯讽刺的是，他暗示圣母玛利亚向法蒂玛显灵——玛丽的名字③也是预先设定好的，法蒂玛与玛丽的幽灵对话，观众也能看见听见幽灵，而其他人，包括她的母亲，都以为她是在发疯。面对她的幻觉，其舅舅阿德里安把她送进疯人院的想法非常坚决：“玛蒂尔德的女儿是个疯子。”④《萨蓝热》中的莱斯里，在疯狂中想象有人在纽约的贫民窟追杀他，“踉跄着穿过层层幻觉和恐惧”⑤。在《哈姆雷特故事中的谋杀日》中，科尔泰斯没有像莎士比亚一样让幽灵出现，只是让人听见他的声音，让哈姆雷特在幻听中受折磨，因为这比仅能通过国王的象征——宝座、衣服和王冠在舞台上隐喻表现的视觉幻觉可以更频繁地出现。

在《骑马远逃到城里》中，菲利丝从精神病院出来短暂地休假时，不停地抽搐，沉浸在否定的幻想中。她躲在墓地，坐在一个墓板上，受幻想的折磨。她听到有声音对她说话，让她拒绝“运尸箱……，棺材钉”⑥，只要一张裹尸布就好，好像她已经死了似的。

有一些人物是受身份混乱的困扰，尤其是性别身份。《序言》中奇怪的人，不知是男是女，用马恩的母亲——轻佻的耐卡塔的话说，是一个无性别的“小天使”，他“安静地用舌头掂吞昆虫”⑦。这与《森林正前夜》中“疯妓女”的行为很相似，她在坟墓旁吃墓地的土自杀。通常是遗弃导致了这种身份的丧失，就像《西岸》中阿巴德所承受

---

① KOLTÈS B-M. Roberto Zucco, suivi de Tabataba-Coco[M]. Paris: Les Editions de Minuit, 2011:79.

② KOLTÈS B-M. Roberto Zucco, suivi de Tabataba-Coco[M]. Paris: Les Editions de Minuit, 2011:92.

③ 法语中圣母玛利亚的名字“Marie”通常译为“玛丽”。——译者注

④ KOLTÈS B-M. Le Retour au désert, suivi de Cent ans d'histoire de la famille Serpenoise[M]. Paris: Les Editions de Minuit, 2006:32.

⑤ KOLTÈS B-M. Sallinger[M]. Paris: Les Editions de Minuit, 2005:62.

⑥ KOLTÈS B-M. La Fuite *à* cheval très loin dans la ville[M]. Paris: Les Editions de Minuit, 1984:116.

⑦ KOLTÈS B-M. Prologue[M]. Paris: Les Editions de Minuit, 2005:23.

的——被父亲抛弃："他夺走了我的姓氏，将它和垃圾一起扔进了河水里。"[①]从这天起，他再也不说话了。在《聋哑的声音》中，安娜也患了类似的病——身体构造的混乱："我不想屈服于我的四肢，它们都撑不起来了，血都放空了，就像充气的纸一样。"[②]她在幻想中叫着斯蒂文，她叫喊，沉浸在焦虑中："我感觉不到我的身体，也感觉不到你的；不再有牵扯；安娜的灵魂出窍了，飘浮起来。"[③]这与在一出关于可可·香奈儿的未完成的戏剧[④]中可可的女仆康素爱萝涂口红的情形如出一辙，因为"就像锁边一样，要是不仔细缝边、绣边，洞会越来越大。我怕我的嘴唇会松散开，变得巨大"[⑤]。《死亡传说》中的丹塔勒也一样，她在梦中看到身体破碎的可怕景象："只要我一睁眼，就看到眼睛在笑，孤零零的眼睛，悬挂在那儿，狠狠地盯着瞄着，不能逃掉。"[⑥]

二、侵犯与死亡本能

如上可见，科尔泰斯带着审世情怀看待人性，其作品展现的是一系列的精神病例。他探索的不仅是疯狂，还有各种形式的侵犯，从乱伦、强奸、放火到谋杀，所有死亡冲动所生出的摧毁欲望。

在其作品中，乱伦好几次都构成了威胁。在《回归沙漠》中，法蒂玛指责其表哥马修殷勤地追逐她："别忘了我们是表兄妹，一家人是不能像你碰我那样互相碰摸的。"马修回答："要跨过几代家庭关系才中断？"[⑦]在《塔巴塔巴》中也一样，玛依姆娜和弟弟"小阿布"之间的距离太近，以至于他形成依赖不愿再出门。性禁忌已经在命名中了："小阿布"的发音和"小禁忌"的一样。是她教会了他一切，甚至是超越她角色的性："我

① KOLTÈS B-M. Quai ouest[M]. Paris: Les Editions de Minuit, 2011:19.

② KOLTÈS B-M. Des voix sourdes[M]. Paris: Les Editions de Minuit, 2008:60.

③ KOLTÈS B-M. Des voix sourdes[M]. Paris: Les Editions de Minuit, 2008:11.

④ 该剧开始写于1988年，即科尔泰斯临死前不久，仅留有一些片段，于2001年在《罗贝托·祖科》第二版中出版。

⑤ KOLTÈS B-M. Roberto Zucco, suivi de Tabataba-Coco[M]. Paris: Les Editions de Minuit, 2011:114.

⑥ KOLTÈS B-M. Récits morts[M]. Paris: Les Editions de Minuit, 2008:45.

⑦ KOLTÈS B-M. Le Retour au désert, suivi de Cent ans d'histoire de la famille Serpenoise[M]. Paris: Les Editions de Minuit, 2006:43.

甚至让你碰我，好让你第一次的时候不会太惊讶。”①另一种性禁忌的侵犯——强奸，出现在好几部戏中。丝毫没有负罪感的祖科强奸了小女孩，女孩对他说：“你拿走了我的贞操，你要把它留住。……我给你打上了印记就像打架以后留下的伤疤。”②相反，《醉审》中，斯维德里盖洛夫不断看到被他强奸的小女孩的眼神，悔恨交加地自杀了：“当一个孩子的身体突然从我怀里掉落时，我每次都很惊恐，好像总是同一个大概四五岁的小姑娘看着我。”③

像放火——法律认为等同谋杀的行为——所表现的摧毁本能，正是《聋哑的声音》中所发生的。从一开口，尼古拉就承认——仿佛他站在审判台前，良心的审判台？——烧了他的农场，这已完成的或幻想的行为：“当我看到我的房子和所有依附于它的一切，不能不想起我放火的晚上，不能不幻想马上放火然后观看。”他承认的同时道出姓名：“我认了。我叫尼古拉。”④

科尔泰斯的戏剧通常在犯下的罪行、极端的侵犯中揭示死亡冲动的各种暴力。《醉审》以罗德里翁谋杀老妇阿里奥娜开始，他意识到再也不能回头了：“我越过了界限，跨过了障碍。这小小的障碍打开了无限的空间。我把路上的树桩给踢开了。”⑤就像麦克白夫人被手上的血迹围绕一样，他总是感到沾满了血，他对拉祖米娜说：“你看见了吗，血。你什么都看不见，不，你不能看见。但是到处都有血，这儿到处都是，还有我身上，鞋上，衣服上，头发上，还有你身上。”⑥最后，他宣布：“我是杀死老妇的凶手拉斯柯尔尼科夫，我的名字叫拉斯柯尔尼科夫。”⑦

正如亚里士多德在《诗学》中表明的那样，当悲惨的事件发生在联姻关系中，特别是在家庭关系中时，就会引起最深的情感。在《哈姆雷特故事中的谋杀日》中，乱伦加重了克劳狄斯的谋杀，就像被害的国王的幽灵所说的：“这通奸、乱伦的畜生，赢取了我

---

① KOLTÈS B-M. Roberto Zucco，suivi de Tabataba - Coco[M]. Paris：Les Editions de Minuit，2011:103.

② KOLTÈS B-M. Roberto Zucco，suivi de Tabataba - Coco[M]. Paris：Les Editions de Minuit，2011:28.

③ KOLTÈS B-M. Procès ivre[M]. Paris：Les Editions de Minuit，2001:66.

④ KOLTÈS B-M. Des voix sourdes[M]. Paris：Les Editions de Minuit，2008:11.

⑤ KOLTÈS B-M. Procès ivre[M]. Paris：Les Editions de Minuit，2001:25.

⑥ KOLTÈS B-M. Procès ivre[M]. Paris：Les Editions de Minuit，2001:30.

⑦ KOLTÈS B-M. Procès ivre[M]. Paris：Les Editions de Minuit，2001:78.

的王后的欲望，剥夺了我的血肉。”[①]最严重的谋杀是弑父弑母，它违反了《圣经》规定的十诫中的两诫：对父母的尊重和对罪行的禁止。科尔泰斯在其通信中多次提到他非常钦佩的《卡拉马佐夫兄弟》。在1972年11月30日的信中，他吐露道：“我写了一封信要寄给法国主教们，是关于上帝口中吐出的平淡，博须埃式的训诫，凭记忆写的！！！亵渎圣十字若望、卡拉马佐夫中宗教大法官的梦想的！我开玩笑的，至少这样。”[②]“宗教大法官”[③]，他用玩世不恭的言论嘲笑人相信自由、相信爱他人的天真，科尔泰斯如此重视，是因为他将谋杀冲动、弑亲欲望的普遍性展现出来了，就像弗洛伊德在1928年给该小说写的序言中所展示的。弑亲的冲动是他好几部戏的核心，从第一部《苦涩》到最后一部《罗贝托·祖科》。在父亲的尸体上建造什么样的世界？这是作家在他所有作品中提出的问题。在《苦涩》中，他把拿着刀想杀父亲的儿子搬上舞台，父亲朝他抡起烛台。最讽刺的是，这竟发生在二人互相唱赞歌之后。在《西岸》中是父亲杀死儿子，因为是他把武器给阿巴德来对付儿子的。另一出戏里，在第一个看守眼里，祖科犯下弑父罪行——践踏法律的谋杀，是“一头愤怒的野兽”[④]。整出剧就是关于犯罪之谜的询问。第一幕监狱看守进场，就直接提出谋杀的问题：“第二个看守：你怎么相信人会有刺死或勒死人的想法，首先有想法，然后付诸行动呢？”[⑤]紧接着下一场母亲又提问：“为什么这孩子，二十四年来一直很乖，突然会变疯了呢？”[⑥]无解之谜在倒数第二场还在：“第二个警察：一个杀手本身就是疯子。第一个警察：不一定，不一定。有时候我几乎也想杀人。”[⑦]科尔泰斯暗示的唯一解释，就是死亡本能的胜利。祖科在公园被警察包围，他宣称：“我要杀了这女人，然后朝自己头上开一枪。我这条命无所谓。我

---

① KOLTÈS B-M. Le Jour des meurtres dans l'histoire d'Hamlet[M]. Paris：Les Editions de Minuit，2006：15.

② KOLTÈS B-M. Lettres[M]. Paris：Les Editions de Minuit，2009：182.

③ DOSTOIEVSKI.Les Frères Karamazov[M].Deuxième partie，Livre V，chapitre V.

④ KOLTÈS B-M. Roberto Zucco，suivi de Tabataba - Coco[M]. Paris：Les Editions de Minuit，2011：12.

⑤ KOLTÈS B-M. Roberto Zucco，suivi de Tabataba - Coco[M]. Paris：Les Editions de Minuit，2011：11.

⑥ KOLTÈS B-M. Roberto Zucco，suivi de Tabataba - Coco[M]. Paris：Les Editions de Minuit，2011：17.

⑦ KOLTÈS B-M. Roberto Zucco，suivi de Tabataba - Coco[M]. Paris：Les Editions de Minuit，2011：87.

向你们发誓我无所谓。"[①]当犯下第一次谋杀后，就没有什么能阻挡祖科了。当他越狱以后，立马"踹开了"[②]母亲家那扇向他紧闭的门。他用掺杂着怜爱与残酷的动作邪恶地杀死了母亲。"他抚摸她，亲吻她，紧紧抱住她；她呻吟。他放开她，她已被勒死倒地了。"[③]后来，他还刺杀了警官——法律的维护者，来挑衅法律。随后，又用从警察身上偷走的枪打死了一个孩子，残忍地导致孩子反自然的死亡。从一开始，便没有什么能够阻止他走向谋杀和死亡。在和老先生谈话的时候，他不是自比为"陷入淤泥的河马"吗？"非常缓慢地移动，没有什么能改变他决定走的路或走的节奏。"[④]在临死之前，自信其力量的他声称："当我前进时，我横冲直撞，我看不见障碍，我都没有看它们，它们自己就倒在我面前。我孤独而强大，我是一只犀牛。"[⑤]面对问他是谁的警察，他这样形容："我是杀死父亲、母亲、警察和孩子的凶手。我是一个凶手。"[⑥]连环杀手体现的是原始的死亡冲动。

尼古拉、罗德里翁和祖科，三个人物都毫不犹豫地侵犯，他们在犯下罪行之时道出了自己的名字，因为在这之后就没有回头路，罪行赋予了他们本质。科尔泰斯模仿了塞内加的女主人公在杀死自己孩子后，(就像祖科上屋顶一样)在即将乘翼车飞上天之前说出了"Medea nunc sum"，沃捷将其翻译为"现在我成了美狄亚"[⑦]。这种人的存在观，热奈同样也有，他在《仆人》中让索朗热在犯下谋杀罪行之时说出"现在我们成了勒莫西埃小姐，著名的罪人了"[⑧]。这种观点也使科尔泰斯与热奈成为与萨特一样的人。他们认为：对于凶手来说只有罪行，而对于普通人死亡能赋予一种特定的本质，之前一

① KOLTÈS B-M. Roberto Zucco, suivi de Tabataba - Coco[M]. Paris: Les Editions de Minuit, 2011:68.

② KOLTÈS B-M. Roberto Zucco, suivi de Tabataba - Coco[M]. Paris: Les Editions de Minuit, 2011:14.

③ KOLTÈS B-M. Roberto Zucco, suivi de Tabataba - Coco[M]. Paris: Les Editions de Minuit, 2011:18.

④ KOLTÈS B-M. Roberto Zucco, suivi de Tabataba - Coco[M]. Paris: Les Editions de Minuit, 2011:38.

⑤ KOLTÈS B-M. Roberto Zucco, suivi de Tabataba - Coco[M]. Paris: Les Editions de Minuit, 2011:92.

⑥ KOLTÈS B-M. Roberto Zucco, suivi de Tabataba - Coco[M]. Paris: Les Editions de Minuit, 2011:89.

⑦ VAUTHIER Jean. Medea, adaptation de la tragédie de Sénèque [M]. Paris : Gallimard, 1967:97.

⑧ GENET Jean. Les Bonnes[M]. Paris :L'Arbalète, 1976:90.

定会成为的本质。科尔泰斯承认，1972 年看《美狄亚》是他第一次被戏剧感动。这是塞内加最悲壮也最悲惨的戏剧之一，因为母亲杀死孩子是侵犯之极，妒火中烧之后，没有什么能阻止罪行。由玛丽亚·卡萨莱斯（Maria Casarès）主演的这出戏，对科尔泰斯开启戏剧生涯有很大影响。卡萨莱斯的表演对他来说简直像“雷击般……要是没有这个，我不会搞戏剧，我想不会”①，他在 1988 年，即其逝世的前一年，在与吕西安·阿图恩（Lucien Attoun）的著名访谈中如此坦白。

三、悲剧性

这种疯狂的无所不能，死亡本能的恒在，是所有侵犯的根源，也赋予了科尔泰斯的作品以悲剧性。因为没有什么可以预见他搬上舞台的不可逆的行为。当他对罗贝托·苏科②，这个成为头条新闻的连环杀手和其多次无动机的谋杀好奇时，并不掩饰对这个现代俄狄浦斯的神往，因为他的命运是悲剧性的，其轨迹近乎神秘。他宣称：“这是我第一次写关于真实命运的戏剧，……此人无任何理由地杀人。而对于我来说，他也因此是个英雄。他完全符合本世纪的人，或许也符合前几个世纪的人。”③“我对命运着迷，是的，对悲剧命运。显然所有伟大的命运都是悲剧性的……”④他对吕西安·阿图恩吐露道。如果说大多数时候他创作的是普通人物，总之很平庸的人，但他将他们置于特殊的境遇中，把他们提升到了悲剧英雄的高度。如同高乃依在《论戏剧诗》中的观点，他认为赋予戏剧以悲剧地位的是行动，他称之为“主题”，而不是人物。科尔泰斯在其所有戏剧中不断复制的这个行动，是“相遇”，是相遇激发的碰撞，其结果往往是痛苦的。他在 1970 年 4 月 7 日给于贝尔·吉努⑤的信中写道：“个人的全部和

---

① KOLTÈS B-M, ATTOUN L. Juste avant la nuit[J]. Théâtre / Public, 1997(n°136-137): 24-43.

② 这里是另一处改写：苏科/祖科。

③ KOLTÈS B-M. Une part de ma vie : entretiens (1983-1989) [M]. Paris: Les Editions de Minuit, 1999:27.

④ KOLTÈS B-M, ATTOUN L. Juste avant la nuit[J]. Théâtre / Public, 1997(n°136-137): 24 - 43.

⑤ 演员、导演，戏剧非中心化运动领军人物之一，1969 年科尔泰斯进入斯特拉斯堡国立剧院时，他任东部戏剧中心经理和剧院院长。科尔泰斯只是偶尔去剧院，而主要集中精力在导演自己的戏。科尔泰斯给吉努看其第一部戏剧时，吉努是第一个发现其天分的人，并给予其建议和鼓励。从此二人结下深厚的友谊。

全部的个人在我看来由不同力量构成，相互对峙或结合，个人的平衡，还有人与人之间的关系由这些力量的关系组成。一个人，或一个人物，就像有一种上面来的力量压住地上来的力量，人物在二者之间挣扎，一会儿被一个占据，一会儿又被另一个占据。有时其中一个被称为'命运'，但这在我看来过于概括和简单！人与人之间的关系，就像摆在两片风暴海洋中的两条船，互相撞击，这种冲击远远超过马达的力量。远不止微小、易变、无形的心理特征，我认为每个人身上都有这种对抗，这或多或少沉重的力量有力而不可避免地塑造着一种脆弱的原物质，人物就是从中解脱，或多或少容光焕发，或多或少受折磨，但总是反抗，且一次又一次无限期地陷入超过他本身的斗争中的那个人。"①

希腊和拉丁悲剧擅长以自己的方式在舞台上表演复仇，科尔泰斯像伊丽莎白时期的剧作家一样非常推崇希腊、拉丁戏剧。作为人类暴力明智的观察家，他不断地写复仇悲剧，并赋予其现代性。② 科尔泰斯在《哈姆雷特故事中的谋杀日》和《黑人与狗之战》中展示了复仇的致命后果，其中有父亲被杀，儿子找叔叔复仇，黑人为族人被害而复仇。他改写《哈姆雷特》这部经典复仇剧不足为奇。《哈姆雷特故事中的谋杀日》中的主人公仿佛与复仇同质，他这样自我定义："国王的儿子，受害者的儿子，被老天和地狱推向复仇……"③科尔泰斯将该剧缩减至构成它的主要矛盾，只想保留悲剧的主线，去掉了政治层面，并不着重强调威胁王国的危险。克劳狄斯只稍微提道："那边，王国的尽头，一群不法分子，雇佣军，无法无天。"④他将行动缩小在家庭范围内，只保留了主要人物国王、王后、哈姆雷特、奥菲利亚，加快了事情的进程，以强调命运的不可避免性。

在哈姆雷特尽管犹豫不决但仍迅速地复仇后，《黑人与狗之战》搬上舞台的是复仇的即时性，在冒犯发生之后立刻复仇。阿布里神秘地在夜里潜入公共工程的工地，索要其"兄弟"的尸首，以便按习俗安葬这名在前夜被杀害的黑人工人。整出戏发生在夜里，从黄昏到黎明。通过紧缩的时间，科尔泰斯强调阿布里的决心，他很快就实现了自

① KOLTÈS B-M. Lettres[M]. Paris: Les Editions de Minuit, 2009:115.

② HUBERT M-C. Tragique et tragédie dans le théâtre de Koltès[C]. Aix-en-Provence: Presses Universitaires de Provence, 2013: 49-59.

③ KOLTÈS B-M. Le Jour des meurtres dans l'histoire d'Hamlet[M]. Paris: Les Editions de Minuit, 2006:30.

④ KOLTÈS B-M. Le Jour des meurtres dans l'histoire d'Hamlet[M]. Paris: Les Editions de Minuit, 2006:25.

己的目标。当他明白得不到尸体的时候，就要复仇，这复仇以集体法律的名义有神圣义务的意味。如同安提戈涅即使违反城邦的法律，也要以不成文神法的名义给兄弟复仇，阿布里有责任为其种族兄弟复仇。当他的要求没有得到满足时，他与其他守卫同谋，射死了卡尔——白人工程师凶手。这出可以叫作“阿布里之复仇”的戏剧，以枪声和狗的喘息声结束。这只叫都巴的卷毛狗是卡尔的，卡尔视之如珍宝。剧终，一片寂静，胜利的英雄消失在阴影中，留下其战利品：狗的尸体和狗主人的尸体。

科尔泰斯在他写的唯一一部喜剧《回归沙漠》中也加入了悲剧色调，因为其中讲的是一个女人的复仇：她多年后从其躲避的阿尔及利亚回到出生的城市，唯一的目的是找其兄和城中显贵算账，他们曾控诉她在二战期间与德国人相好，还剃掉了她的头发，好让整个城市都知道她的耻辱。其复仇经过深思熟虑，科尔泰斯这次所选择的复仇的原因，不像其悲剧中的行动那么严重，而且让它在女主人公受冒犯多年以后才进行。她的哥哥以为她是为了逃避阿尔及利亚战争才回来，她却对他说：“我没有逃避任何战争，相反我把战争带到这里来，带到这个美好的城市。这里我有些老账要算。如果说我花了好些时间才回来算这些账，那是因为当时太多苦难让我变温和；而在十五年都没有不幸之后，记忆，还有仇恨，我敌人的面孔又回来了。”①在科尔泰斯的戏剧中，所有的相遇都是暴力的对抗、对决，就像所有的重逢。

科尔泰斯就像他非常推崇的陀思妥耶夫斯基一样，不断地讲述疯狂所产生的灾难，将谋杀置于作品的中心，捕捉死亡本能的各个方面，以强调其摧毁力。其天才之处就在于以一种看待人类灵魂的睿智目光，恢复了在20世纪50年代新戏剧之后就被认为消失了的伟大悲剧。

他呈现的是精神病理学的分类，及其伴随的所有痛苦。用其小说《骑马远逃到城里》中“插入的祷告”的用语来说，其作品提供的是“当代神话”。刚过40岁就早逝的他，是20世纪后三分之一时期法国戏剧界的一个例外。他不属于其同时代人所属的任何流派，不管是威纳维尔的日常戏剧，还是瓦莱尔·诺瓦里纳和菲利浦·米尼亚纳的独白式戏剧形式，且后无来者。

① KOLTÈS B-M. Le Retour au désert，suivi de Cent ans d'histoire de la famille Serpenoise[M]. Paris：Les Editions de Minuit，2006：13.

科尔泰斯戏剧在中国[①]

Koltès' Plays in China

吴亚菲[②]

Wu Yafei

摘要:在登上舞台之前,科尔泰斯戏剧是先从学术界进入中国人的视野的,探讨的常见主题有后现代、暴力、语言的诗意、人的欲望等。随后,视角从文本的文学性过渡到了舞台的艺术性。在中国,在一些艺术节、主题展演等契机下,科尔泰斯戏剧得以与观众见面。这些创作以一种跨文化的方式展现科尔泰斯戏剧,在不同创作环境下显示出呈现策略的差异化。此外,除了对戏剧本身在美学实验性与剧场表现手段方面的探索,还出现了一些"本土化""搬移"等倾向。

关键词:科尔泰斯;文本研究;舞台创作;跨文化剧场;呈现策略

Abstract: Before the stage production, Koltès's plays first entered the Chinese vision from the academic circle. The common themes include postmodernism, violence, poetic language, human desires, etc. Then the critical perspective transited from the literariness of the text to the artistic character of the stage. In China, in certain festivals, theme shows and other opportunities, Koltès's plays were met with the audience. These productions present his works in a cross-cultural way, showing the

---

① 本文发表于《戏剧》2020 年第 4 期。

② 贵州师范大学瑞士研究中心专职研究人员,法国埃克斯—马赛大学法语语言文学博士,上海戏剧学院戏曲戏剧学博士。主要研究领域为法国、瑞士戏剧,中西戏剧的比较与接受。埃克斯—马赛大学亚洲研究所合作成员,参与中国文学研究与翻译组、远东文学法语翻译统计组工作。主持教育部人文社科课题"21 世纪法国戏剧写作的新形式研究"(20YJC760109),参与国家社科基金重大项目"当代欧美戏剧研究"(19ZD10),参与《中国大百科全书》第三版戏剧卷编撰工作,译著有《戏剧理论——从柏拉图到布莱希特》(合译)。

differences in presentation strategies in different environments. In addition to the exploration of aesthetics and technology, there are also some tendencies of "localization" and "transposition".

Keywords: Koltès, Text study, stage composition, cross-cultural theatre, presentation strategies

贝尔纳-玛丽·科尔泰斯是法国当代非常重要的剧作家。20 世纪 70 年代末开始至 80 年代,法国戏剧发展经历了一个重要的转折期,戏剧处在其社会政治作用的争议、"文本中心制"与"舞台中心制"的博弈中。正是在文本衰落,舞台创作占据主导地位的时候,在萨拉扎克(Jean-Pierre Sarrazac)所预言的"戏剧的未来"①,出现了科尔泰斯的戏剧。其剧作在以新写作的面目出现的同时,又具有"古典主义"的美;在承载文学性、文本性的同时,也让戏剧性的问题受到拷问。其戏剧享有国际声誉,被译为 30 多种语言,在世界众多国家都上演过。本文主要考察科尔泰斯戏剧在中国②的研究、舞台创作及评论,分析总结其特征与影响。

一、科尔泰斯戏剧在中国大陆

在登上舞台之前,科尔泰斯戏剧首先是从学术界进入中国人的视野的。探讨的常见主题有后现代、暴力、语言的诗意、人的欲望等。早在 1994 年,宫宝荣便在《当代世界名家剧作》中翻译了《黑人与狗之战》的片段。2001 年,宫宝荣在中央戏剧学院学报《戏剧》上发表了题为《贝-纳·科尔泰斯:法国当代剧坛一巨匠》的文章,第一次向中国读者介绍了科尔泰斯的生平及创作,分析其"古典之美与现代诗意兼而有之的风格"③。同年,杨国政在《外国文学动态》发表《现代人的启示录》一文,主要从文学的角度介绍了科尔泰斯剧作的现代性。他指出,科尔泰斯"用虚构的作品揭示现代人的精神需求和困境"。④ 2002 年、2005 年,宫宝荣又陆续发表两篇文章,具体分析了《黑人

① SARRAZAC J-P. L'Avenir du drame[M]. Lausanne: L'Aire, 1981:1.

② 在不同的中文翻译版本中,作者与剧作的译名均有差异,本文仍保留了各自译名。

③ 宫宝荣. 贝-纳·科尔泰斯:法国当代剧坛一巨匠[J]. 戏剧, 2001(1):23.

④ 杨国政. 现代人的启示录[J]. 外国文学动态, 2001(4):21.

与狗之战》的"'后现代'的古典美",以及《罗伯托·祖科》的"若干'后现代'特征"。同时,在2003年,宫宝荣翻译了亚尼克·芒什尔的《关于当代法国戏剧写作中的若干尝试》一文,文章重点介绍了科尔泰斯,指出其所有剧作都富含"隐喻与诗意的图像"①。此后,几乎间隔十年才又出现相关论文,比较有代表性的也多是文学角度的研究,如法国专家玛丽-克洛德·于贝尔在谈"贝克特之后法国戏剧的发展"时,将科尔泰斯单独列出,作为"二十世纪后三分之一时期法国戏剧界的例外"②。还有蔡燕论述了《科尔泰斯的暴力神话》(2013),赵英晖探讨了科尔泰斯戏剧的叙事性、独白的跨体裁性,及科尔泰斯戏剧中的"争辩"。此外,宫宝荣的两部专著《梨园飘香塞纳河——20世纪法国戏剧流派研究》(2008)、《从荒芜之地到厨房浴室——"五月风暴"之后的法国戏剧》(2011),均详细论述了科尔泰斯戏剧。由宫宝荣主编的《外国戏剧鉴赏辞典》(2010)收录了科尔泰斯的《黑人与狗之战》《罗伯托·祖科》两部剧作。宫宝荣还为《中国大百科全书》撰写了"科尔泰斯"的词条。

2019年,在科尔泰斯逝世30周年之际,发生了几个标志性事件。国内首次"科尔泰斯戏剧研究国际研讨会"在上海视觉艺术学院举行。同时,由宁春艳、宫宝荣、蔡燕翻译的科尔泰斯戏剧集由中国传媒大学出版社出版,其中包含了《孤寂在棉田》《罗贝托·祖科》《回归沙漠》《西岸》《萨蓝热》《黑人与狗之战》《森林正前夜》7个剧本。在研讨会期间,宁春艳与上海视觉艺术学院学生进行了科尔泰斯剧本的片段朗读。此次研讨会有国内外学者、导演、演员、译者等专业人士参与。其中,宫宝荣探索了"科尔泰斯戏剧美学思想",宁春艳解读了"科尔泰斯戏剧语言的时空构建",蔡兴水作了"科尔泰斯剧作综论",徐枫探讨了"日常生活政治与微观生命体悟",还有赵英晖论述了"科尔泰斯戏剧的叙事性",钟海清探讨了科尔泰斯"独白戏剧中的叙事维度",蔡燕分析了"科尔泰斯《罗贝托·祖科》中的悲剧性",汪一兰研究了"独白解构文本——以科尔泰斯作品为例探析现代独白对文本开放性的表达与回归"等。本文作者也以本文参会。外国专家带来了一些科尔泰斯戏剧在法国及世界的创作情况,比如沃尔兹的"科尔泰斯戏剧——一个内行观众的见证与回忆",福特里耶的"科尔泰斯戏剧在德国、俄罗斯和乌克兰",杜布雷的"现代歌剧《西岸》的创作过程"等。这次会议,从文学角度进行的文本解读占有较大比例。总的来说,这些研究一定程度上普及了科尔泰斯戏剧,肯定

---

① 芒什尔. 关于当代法国戏剧写作中的若干尝试[J]. 宫宝荣,译.戏剧艺术,2003(5):6.

② 于贝尔. 贝克特之后法国戏剧的发展[J]. 戏剧艺术,2012(2):15.

了其重要价值，对其美学思想、语言及结构特征、体裁类型等均有深刻的分析与阐述，并为其较为晦涩的文本做了舞台演出接受的准备。

有着悠久历史和传统的法国戏剧对世界戏剧有着重要影响，许多的先锋戏剧、新潮流均源自法国。而中国现代戏剧的理论、范型均来自西方，其中自然包括法国戏剧。在当代法国戏剧中，科尔泰斯戏剧以其新锐的探索和鲜明的特点显示着贝克特之后承上启下的重要历史作用。同时，它将对戏剧本身的研究引向更本质化的思考，并在一定程度上推动着当代西方戏剧的趋势与演变以及戏剧理论、戏剧史研究。因此，在中国研究和搬演科尔泰斯戏剧，对于推动中国当代戏剧的探索发展来说，也具有重要意义。

当代语境下，戏剧与社会、政治、经济的关系正在发生深刻变革，处在其中的人的感官体验、精神状态与需求也在变化。中国戏剧也正经历着从现代向当代的转变，从成型的观念与范式转向多样性并存的杂质化的过程。这个过程必然是复杂的，想要完成它就必须开阔视野、兼收并蓄，更需要新的源泉，特别是具有开拓性、探索性的剧作。这既提出了写作上的理论思考，也提出了舞台实践的问题。不管是对于学术领域的研究，还是舞台上的创作实践，科尔泰斯戏剧都为我们提供了一种范例。不管是对戏剧研究者、实践者，还是对观众的认知与接受，其影响都是一场洗礼。再者，全球化背景为跨文化戏剧带来了机遇，以跨文化视野展开研究与实践，也能够超越戏剧本体论的范畴，具有更广泛的文化“比较”意义。

上演科尔泰斯的剧作，得益于一些中法交流活动，以及一些新锐导演、剧团的创作。在一些艺术节、主题展演、“新文本运动”等契机下，中国出现了一些科尔泰斯戏剧的舞台创作，其中不乏中外合作的演出。科尔泰斯戏剧不同于我们已熟知的许多西方传统戏剧，它提供了一种“不可能的”文本：整篇的独白，语言内部的动力与张力，诗意与寓意等显著特征，都体现出了与舞台的不兼容性。这种有时挣脱了戏剧性的写作，具有模糊性与实验性的体裁，对于中国舞台演出与观众接受都具有相当大的挑战性。中国现代戏剧被称为“话剧”，其概念强调的是“话”的交流功能、逻辑关联的“逻各斯”。而当科尔泰斯的“话”远离了这些核心意义，只剩下语言本身时，语言的诗意和想象力、人的主体性等哲学蕴意又该如何搬上舞台？

下面这些在“中法文化交流之春艺术节”框架内的舞台创作围绕着“话”——语言，提出了自己的方案。

中国大陆首次上演科尔泰斯的戏剧，是2008年艺术节上宁春艳导演的《森林正前夜》，地点在重于艺术实验性的北京9剧场后SARS小剧场。法籍华裔导演宁春艳具有双重文化背景，她在此之前成立了宁春剧社，一直致力于推广法国当代戏剧，导演过《犀牛》《无动物戏剧》等剧，也翻译了一些"法国当代经典戏剧"作品，其中就包括《森林正前夜》。导演在这部写于20世纪70年代的剧作中，看到了其与当下的时代共性，这种共性是超越国界的，导演为此创作了中法演员用两种语言分别演绎的两个版本。

后来的两次创作，一个是2012年艺术节上奥利维·马西斯(Olivier Massis)与宁春艳在北京蓬蒿剧场合作的《孤寂在棉田》。演出同样以"跨文化"的合作形式呈现：一位中国演员与一位法国演员各自用自己的母语演绎。对此，一些评论较有分歧，认为图解的方式消解了诗意，演出呈现出的特定的中西文化差异并非原作本意等。另一个是2013年艺术节上让-保尔·卢魏(Jean-Paul Rouvrais)创作的《森林正前夜：闪光》。这次由法国演员用中文来阐释原作中"外国人"的陌生感。导演选取了原作中的一些片段进行改编创作，呼应题目中所加的"闪光"二字，并通过重复、变化等特殊方式来挖掘文本的深层寓意。郭思嘉认为，这样的改编"改变了原著的面貌，削弱了文本中的内涵蕴意与爆发力"。[①] 而在"艺术节"的活动框架内，该创作得以在中国成都、杭州、上海、珠海、广州、武汉、乌镇七个城市进行巡演。

此外，还有一个艺术节以外的创作，那就是2013年由宫宝荣翻译、赵穆导演，由上海戏剧学院学生创作的《黑人与狗之战》。此次创作最大的特点是尽可能忠实于原著，这可以从剧情简介中窥见一斑。简介中对该剧近乎"古典主义"的戏剧情节交代详尽，直至细节，力图让观众了解原作。不过，因为在校园内演出，传播影响的范围较为有限。

最后，2019年12月，上海大剧院小剧场演出季迎来了法国导演阿兰·迪马尔(Alain Timar)在阿维尼翁奥勒剧院(Théâtre des Halles)创作的《孤寂在棉田》。这次完全"外来"的创作，在一定程度上展示了法国当代舞台艺术的发展状况。其中加入了"第三个角色"鼓手，为看似无戏剧冲突的对话演示了其内在节奏，并烘托了气氛。演员主要是通过文字语言及肢体语汇进行表演的。

总体看来，这些演出多较为忠实于原作，并以文化交流和校园实践方式为主，具有一定的实验性质，对观众的影响有限。

---

① 郭思嘉. 都市樊笼中挣扎的心：独幕剧《森林正前夜：闪光》[J]. 上海戏剧，2013(6)：26.

图 1 《森林正前夜:闪光》剧照
2013 年 5 月中国巡演,主演:西利·杜布洛
© 摄影 法国释放剧团 Cyril Dubreuil

自从 20 世纪 80 年代改革开放开启了一个新的时代以来,中国当代戏剧舞台对西方戏剧的接受经历了几个阶段。80 年代是一个热潮时期,西方戏剧理论被广泛引进,具有一种普遍的现代"启蒙意义",对"荒诞派戏剧"剧作和理论的关注与实践是其中的一个热点。而从 90 年代开始,在追求主旋律和民族化的氛围中,西方戏剧开始退潮。国内戏剧界乃至文艺界引进西方新的创作和理论很少,因此,诸如科尔泰斯这样的著名剧作家的作品在国内的传播很有限。而 21 世纪以后,这种状况得以渐渐改善,许多优秀西方当代剧作家被引进国内。但又因为市场化等因素,像科尔泰斯剧作这样小众化、个人化、重实验探索的戏剧也只能在小环境里得到一部分人的关注,进而研究、实践与传播。无疑,科尔泰斯的戏剧在体裁、人物、行动、话语、故事等方面对传统戏剧的消解与重构,尤其是在贝克特之后,不仅为法国,也为世界和我们提供了新的戏剧经典范例。事实上,科尔泰斯给中国戏剧的启示,在于他向我们展示了一种特别的戏剧文本的可能性,带来了一种对戏剧本质性的思考,尤其是在当今的戏剧环境下,让我们思考应该如何认识文本与舞台演出之间的关系、戏剧又当如何去反映现实等问题。

二、科尔泰斯戏剧在中国港澳台地区

1997年,台湾地区台北艺术大学杨莉莉教授翻译的科尔泰斯的三部主要剧作《黑人与狗的争斗》《在棉花田的孤寂》《侯贝多·如戈》和另一部极简短的戏剧《达巴达巴》,收录在《戈尔德思剧作选》中出版。该选集中还汇集了杨莉莉的三篇详细论述科尔泰斯其人其作的论文。同年,杨莉莉的专著《戈尔德思剧作研究》出版。1998年,杨莉莉在台湾以引进西方思潮为主的著名杂志《当代》上发表了《疯狂杀手或神话英雄——论戈尔德思之〈侯贝多·如戈〉》一文,随后还陆续在《PAR表演艺术》等杂志上发表了几篇科尔泰斯戏剧的剧评。除此之外,港澳台地区对科尔泰斯戏剧进行的深入系统性的研究成果较少。杨莉莉的翻译与研究对港澳台地区的影响比较大,使科尔泰斯的戏剧达到了一定的普及度,这些地区的相关评论大多引用其论文,舞台创作也多以其译本为准。在演出上,港澳台之间的联系较为紧密,常有交流合作。受欧美当代戏剧创作方法的影响,这些地区的演出相对比较自由,科尔泰斯戏剧成为舞台创作的"原材料"。

说起科尔泰斯戏剧在香港的传播,不得不提香港的一个剧团——前进进戏剧工作坊(On & On Theatre Workshop,下文简称为"前进进")。"前进进"从2006年开始引进欧洲具有"新思维"的文本,2008年在香港康乐及文化事务署举办的"新视野艺术节"上创作演出了科尔泰斯的《孤寂在棉田》。导演为工作坊的艺术总监陈炳钊,21世纪以来他便活跃在香港剧坛,专注于实验性创作。陈炳钊认为,科尔泰斯这部戏的文本具有很强的戏剧性。其创作较忠实于原作文本,但他将剧名改为了《鲸鱼背上的欲望》。题名是出于原剧本中仅提过一次的"鲸鱼的背部"[①]和导演对该剧"欲望"主题的解读。在演出海报上,甚至真的出现了鲸鱼跃出海面的情景。海报以港湾为背景,天空中悬挂着巨大的红唇,红唇上有只巨大的蚊子,近景的岸边放着一台电视机,屏幕中的裸体与岩石上躺着的裸体接成一体,图像与意境直接阐释了新剧名的含意。演出通过鼓声、灯光等手段变化显示节奏。原剧中的两个人物由香港本地演员及台湾莫比斯圆环创作公社的演员饰演,三男三女分别饰演三位"贩子"、三位"顾客"。他们穿着不

① KOLTES,B-M.Dans la solitude des champs de coton[M]. Paris: Editions de Minuit, 1987:46.

同且代表着形色各样的人，用粤语和普通话表演，同时也演绎人的都市“欲望”。

2012年，这个以“实验制作为主轴”的团队，在香港民政事务总署艺能发展资助计划下，正式推出了为期三年的“新文本运动”，以戏剧节、研讨会、讲座、大师班等形式开展，致力于欧洲新文本的探索与推介。2015年起，“新文本运动”进入第二阶段——开始新文本的本土转化。2016年，“前进进”举办了当代剧场大师班“21世纪法国剧场新象”，主讲人杨莉莉从欧洲新一代导演崛起的背景谈到活跃在法国当代剧场的导演创作，最后总结了“科尔泰斯——从法国到华语世界”的情况。2017年，“前进进”又一次迎来科尔泰斯戏剧，邀请了法国导演法兰克·迪麦可(Frank Dimech)前来主持工作坊，与剧团演员合作《西边码头》(又译《西岸》)。该剧2018年赴法国演出。导演在剧中比较自由地对科尔泰斯的文本进行了解构，将演出分解为相对独立的场景片段。演员表演从文本中提取的行动、动作，呈现出一种近乎人类原始状态的对峙，并通过肢体语言表达出了人的生存或求生的状态及人与人之间的暴力关系。

图2　香港同流剧团邓伟杰创作的《无动机杀人犯》剧照
照片由 WeDraman Group Limited 提供

除了前进进剧团，香港同流剧团(We draman)于2010年在香港文化中心创作演出了科尔泰斯的最后一部剧作《罗贝托·祖科》。导演兼翻译邓伟杰同样对标题做了改动，将标题变为了《无动机杀人犯》。同流剧团同样较为关注具有思辨性、深刻思想内涵的西方剧作。从主旨、定位、运动及创作等方面，可以看出两个剧团对科尔泰斯戏剧的认知重点在于“新”，他们的跨文化创作试图通过借鉴西方戏剧的“新意”来实现本土观照。值得注意的是，“同流”与“前进进”都是获得香港官方资助的剧团。因此，引进欧洲新的戏剧理念在某种程度上也是受到肯定与支持的。但是，从演出的评论来看，这些演出距离真正的本土化还有差距。如有香港评论家认为，香港观众尚未准备好接受科尔泰斯的戏剧，上述两个创作差强人意，难以植根观众。①

澳门政府近年来对戏剧的资助减少，行业状况不容乐观，面临公平原则、政策导向、创作受限等问题，本土创作缺乏活力。在这种情况下，澳门的两次科尔泰斯的戏剧演出主要得益于艺术节的举办与中外合作。两次创作均在当地重要的文化场所——澳门旧法院楼的演出厅进行。无疑，科尔泰斯的文本与外国导演的创作也给澳门戏剧带来了一些新的东西。

科尔泰斯戏剧在澳门的第一次演出是在 2015 年的澳门国际艺术节上，法国导演法兰克·迪麦可与澳门的梦剧社联合创作了《侯贝多·如戈》(又译《罗贝托·祖科》)。该导演素来以风格大胆前卫著称，近年来活跃在亚洲舞台上，多次创作科尔泰斯的戏剧。在其创作中，包括上述在香港创作的《西边码头》，突出了科尔泰斯戏剧中的“暴力”成分。第二次科尔泰斯戏剧演出也是在澳门国际艺术节上，即 2018 年卓剧场(Dirks Theatre)创作的《丛前黑夜》(又译《森林正前夜》)。该剧由爱尔兰人斯奈德·如席(Sinéad Rushe)导演，由中国澳门、香港及新加坡和韩国等地演员主要用英文演出。演出通过扩音器对声音的塑造，增强了听觉与想象的联系。在这两次演出中，都设有“内容涉及暴力及成人题材”的观前提示和演后分享会。这在一定程度上反映了演出方对观众预期与接受持较为谨慎的态度。

在学术影响与运行机制、商业化与实验性、观众与演出、评论与演员等因素相互作用的规则与生态中，台湾当代剧场也暴露出一些不平衡的问题。下面将提到的艺术节、主题展演等活动都体现了一种通过外国剧作来促进、更新台湾戏剧的愿望。除了 2009 年台湾中山大学剧场艺术学系的校园创作《侯贝多·如戈》，科尔泰斯的戏剧得以多次在“两厅院”②中的“戏剧院”的实验剧场上演，但基本上是在“国际剧场艺术节”的框架内进行。2008 年首届国际剧场艺术节便明确了与世界同步，让观众了解世界

① http://www.newwritinghk.net/onandon/displayarticle_i.php?idx=43.

② 台湾“国家戏剧院”与“国家音乐厅”合称“两厅院”，在台湾是设备和体制最完善的艺术表演场所。

图 3　香港同流剧团邓伟杰创作的《无动机杀人犯》剧照
照片由 WeDraman Group Limited 提供

潮流，同时使台湾艺术国际化的主旨。艺术节在剧目安排上，倾向于引进外国优秀剧作，但这些作品往往在专业圈里普及度较高，而对普通观众来说还比较前卫，接受度也有限。

图 4　王嘉明导演的 *R.Z.*
台湾创作社剧团提供，摄影：胡馨予

科尔泰斯戏剧在台湾的首次演出也是在 2008 年。王嘉明导演了 *R. Z.*，即《罗贝托·祖科》的外文首字母缩写。导演对原作的改动较大，整个演出打乱场次次序，以自创的一套语言来自由阐释，用广东话或一种“外星语”取代原文本。在舞台上一个类似于站台的框架内，四名演员分别扮演多个角色，有些角色戴着面罩，共同演绎拼接的、无序的人生片段。对于如此创作，有些评论对导演的策略及改动持保留意见，如台北艺术大学戏剧系叶根泉称其“陷入作茧自缚的语言迷宫”①。无独有偶，傅裕惠感叹，有一种“言犹未尽，意犹未全的遗憾”②。

2010年的国际剧场艺术节上，黎焕雄领导的人力飞行剧团(Mr. Wing Theatre Company)同样在“戏剧院”实验剧场创作了《在棉花田的孤寂》。导演惊叹于该剧的独特体裁与文本的“高难度”，提到其非叙事性、无戏剧冲突，以及法语语言的特性——大量使用的书面特殊时态，都难以在舞台表演中呈现，但又被这种独特之处及其对人心欲望的探索吸引。演出比较忠实于原作的文本对话，但介于独白与对白、哲学辩论与诗意表述之间的文本对舞台演出的人物、对话、结构层次等又留有开放性。剧中五位演员分别饰演仅有的两个角色：通过多层次心理分析将人物分为三个“商贩”、两个“顾客”的“人格类型”，但仍然保持二人的对峙，先是一个主导，一个拒绝或回应，之后这种较量又反转过来。插入的两首歌曲将演出分为三个段落。该剧独特的类型对于台湾观众是一次新体验，但其反映的现代人在欲望中迷失自我的困惑，是创作者希望打动观众的支点。

2018年的国际剧场艺术节上，法国导演罗兰·奥泽(Roland Auzet)与中国台湾演员合作，带来了另一个版本的《在棉花田的孤寂》。此次创作台词上较忠实于文本，但由两位女演员饰演剧中的“商贩”与“顾客”，即从女性的视角阐释“欲望”。方式也比较特别。同样在“两厅院”，但这次演出所在的生活广场是一个露天场所。导演打造了一个沉浸式声音剧场，观众戴上耳机“窃听欲望的对话与私语”。但是，达到的实际效果未必理想，观众的观看体验受到周围环境的影响，有评论称这种方式分离了视听与场域。

此外，艺术节之外的唯一一部科尔泰斯戏剧演出，为2017年由李铭宸改编创作的《戈尔德思：夜晚就在森林前方》，地点也是在“戏剧院”的实验剧场。该导演关注当代艺术，风格以探索实验性著称。其改编在创作主调上与原文有一定程度的呼应，保留了大段独白的方式，但仅用了原文的一小段作示范之用。实际上，他和编剧重新创作了一个全新的剧本，做了一场语言“实验”。导演试图将科尔泰斯对当时法国社会的关

① 叶根泉．陷入作茧自缚的语言迷宫[J]．PAR表演艺术，2008(191)：40.

② 傅裕惠．言犹未尽，意犹未全的遗憾[J]．PAR表演艺术，2008(184)：45.

注“搬移”到当今的中国台湾，以反映台湾社会现状，尤其是台湾剧场的生态状况及困境。原剧作表现社会境况和边缘人的挣扎，而新剧中的人物成了热爱剧场艺术但迷失在现代生活中的人。原作中唯一的人物由多位演员表演出不同角色，向观众直接诉说。因此，与其说是导演创作了科尔泰斯的戏剧，不如说是借用了作家的创作动机，探讨了剧场、戏剧与“真实”的关系等问题。这次创作虽不在艺术节框架内进行，但却是“新点子剧展”的压轴之作。由“两厅院”组织的“新点子剧展”[Innovation series，实验剧场(Experimental Theatre)]“后·真相”的主旨①非常明确，以创新、实验为主，从经典剧目出发，通过“重写”“重组”等手段创作新剧，实际上是完成了一种外国戏剧的本土转化。

总体来说，科尔泰斯戏剧在港澳台地区的演出比较多元，多具有实验性质，有各具特色的本土创作，也有形式新颖的国际合作。创作者们将舞台演出策划成一场共情的集体体验，从视觉、听觉上去营造氛围。表演成分中，演员、语言、身体等占主要地位，而故事、情节退居次要，舞台空间得到一定拓展，总体表现出一些明显的当代戏剧的剧场性特征。这些跨文化的实践既具有多元文化视角，又立足于本土性，带有较明显的自身文化诉求。

结　语

在中国，科尔泰斯的戏剧以一种新文本的面目出现。而这种“新”不仅吸引着研究者，也回应了创作者寻求新源泉的意愿，既是相对于法国传统戏剧的“新”，也是相对于中国戏剧的“新”。对于此“新”意，每个创作者有着不一样的阐释。

这些创作可以是以实验性、文化交流为主，也可以是以反映现实为目的；可以是自由改编的，也可以是非常忠实于原著的；可以在小剧场、校园内演出，也可以在大剧院演出；可以在艺术节上演，也可以在主题展演、“新文本运动”中呈现。创作者以自己的方式展现科尔泰斯独特的语言，可以从语言本身的形式切入，运用外语、双语、方言等方式，也可以采用截取片段、改写、拼接等手段。不同创作环境、文化背景的创作显示

① 不以“忠实”搬演一个剧本为依归，而是以一位剧作家为主体，通过深入理解与“重写”的手法，或以多个文本的串接、拼贴与重组，或以全新文本对照剧作家写作的核心命题，或重新梳理剧作家创作脉络与意涵，展现导演与剧作家积极对话的企图。

出呈现策略的差异。有时追求的甚至是相反的效果，如前所述，有的要戴耳机使其局限，有的用扩音器使其扩大。

除了对戏剧艺术本身在美学实验性与剧场技术方面的探索，还出现了一些“本土化”“搬移”等倾向，从而关注当下，反映现实，探讨人的身份认同、现代生存环境、精神困境等主题。创作者运用科尔泰斯戏剧中的文本，或动机，或故事，或主题，以当代视角去阐释人的孤独、欲望、迷茫等现代内心诉求，或传递剧作家的某种思维方式、价值观念与心理状态。演出以跨文化戏剧的视角与方法展示出创作者如何以西方戏剧作为戏剧实践的思想资源，在交流和对比中显示出舞台审美、理念差异，以及更普遍意义上的文化差异。

而观众层面具有共性的普遍现象是，对于较忠实于原著的创作，观众接受起来不一定理想，而对于较自由的改编创作，专业观众则又难以完全认可。因此，观众、评论方面的接受对演出创作提出了跨文化剧场中融合与适应的问题。

同时我们也看到，在中国的不同地区，对科尔泰斯戏剧的创作呈现出相对的独立性与多样性特点，创作动机、对西方戏剧的态度、表演形式、宗旨与定位、场地的性质都体现出较大的差异性。

总之，这些创作都展现了科尔泰斯戏剧的当代性，以及较明显的当代戏剧的剧场性特征和跨文化戏剧特征，也在一定程度上反映了许多当代西方戏剧的发展趋势，以及中西方戏剧交流在交流途径、演出创作定位和相互关系权衡等方面的一些特点。

后戏剧剧场表演

——科尔泰斯戏剧的表演创作谈

Postdramatic Theatre Performance：

Insights into the Performance Creation of Koltès' Plays

孙德元[①]

Sun Deyuan

摘要：作为第一个并先后两次在中国出演法国当代戏剧大师贝尔纳-玛丽·科尔泰斯戏剧作品的演员，笔者从创作过程的感性认识入手，以演出分析的方法，力图从表演艺术创作的剧场性、假定性、个性化角度去解读科尔泰斯的作品，并试图对后戏剧剧场表演创作的方法和规律进行初步的探讨。

关键词：法国戏剧；科尔泰斯；戏剧表演

Abstract：As the first actor who has appeared twice in China in the plays of French contemporary theater master Bernard-Marie Koltès，this article，starting from the perceptual understanding of the creative process and with the method of performance analysis，tries to interpret the works of Koltès from the perspective of theatricality，hypotheticality and individuality in the creation of performing arts，and tries to make a preliminary discussion

① 中国传媒大学戏剧影视学院表演系副教授、硕士研究生导师、表演系党支部书记、表演系表演教研室主任，入选"北京市文联首都优秀中青年文艺人才库"，现为中国戏剧家协会、北京戏剧家协会、中国电影家协会、北京电影家协会、中国电影表演艺术学会会员。专注于戏剧、电影、电视剧表演理论及创作实践，曾获第八届北京高校青年教师教学基本功比赛的多个奖项，并主演电视剧《跑马场》《国家审计》等、电影《同桌的你》《都市童话》等、话剧《窒息》《森林正前夜》《孤寂在棉田》《灵魂厨房》《无动物戏剧》《巴比罗大街》等，导演话剧《欲望花园》《安提戈涅.remix》《海上明珠》。其指导和参与表演的影视、戏剧作品曾获第30届电视剧"飞天奖"优秀电视剧提名奖，中国金鸡百花电影节第三届国际微电影展映优秀作品奖，还曾在金刺猬大学生戏剧节、第一届亚洲大学生电影节、北京大学生戏剧节、2019迈阿密—美洲·中国电视艺术周等获奖。

on the performance creation under the methods and laws of postdramatic theatre.

Keywords: French theater, Koltès, theater performances

我有幸能够成为中国大陆第一位饰演科尔泰斯作品的演员，而且先后演了两部，所以我对科尔泰斯的亲密接触还是有一些创作感悟的。我觉得第一点就是对传统表演观念的一个挑战，中国现代戏剧的表演观念是以现实主义为主的，要求演员根据现实生活的真实，再现舞台形象的真实，塑造鲜明生动的典型形象。在中国，这已经成为一种普遍的戏剧表演观念，甚至演化成一种一统天下的表演观念。我赞同先前发言的那位老师说的，科尔泰斯带给我们的反思很多，他向我们展示了戏剧或者表演观念的另外一个层面上的东西。而科尔泰斯大部分作品的表演创作，我觉得并不适用于这种传统单一的现实主义表演观念，因为剧中的人物不具有现实主义戏剧的典型性，人物的性格比较模糊、复杂、多变，而且具有不确定性，大段的台词直接或间接地表达了人物的情绪、意识和思想。对于在 11 年前还比较年轻的我来说，这确实是对表演观念的冲击和挑战。和宁春艳老师一起工作时，经过了一段时间的观念冲突之后，有一个瞬间我联想到了贝克特的《等待戈多》，于是我就迅速放弃了去塑造典型人物形象的想法，转而把重点放在人物的当下，并结合自己当时的感受，去个性化地表达，强调演员个体在剧场演出中的在场性。我觉得这样就让我抛开了很多杂念，有好几个瞬间，我感觉自己就是《森林正前夜》里面的那个人。在这样的表演观念转变之下，现实主义表演创作的那种逻辑缜密的分析，贯穿舞台行动的最高任务，角色行动和人物关系，以及矛盾、冲突等等那些方法好像都失去了功效。比如说，在刚拿到《森林正前夜》剧本的时候，我整个人都是懵的，独角戏对一个演员是极大的考验，而且整个剧本就是一句话的这种特殊结构，我之前从来没有接触过。摆在我前面的还有很多问题，比如：这个人是谁？他对谁说话？他为什么这么说话？他的逻辑是什么？他的目的是什么？他的欲望是什么？一系列的问题充斥在我的脑子里。我的工作方法是，虽然是一整句话的剧本，但是我们首先还是要分割它的意群，按照语言的意思分割成大的段落，然后根据台词的内容和语言逻辑进行分句判断。虽然全剧没有一个句号，但是我在创作的时候，必须给它画上一个相当于句号的分割线。角色的台词有时候是连贯的，逻辑清晰，但有的时候是非常跳跃、破碎的。那个时候因为所掌握的科尔泰斯的生活资料和对当时法国社会的了解不多，所以我采用了一种比较偷懒的办法，就是不深究，其实说白了就是管他呢，就这么演了，遇到跳跃性和零散破碎的衔接，实际上就是生转硬跳。但是，生转硬跳在我以往的创作当中是不会出现的一种行为，因为在现实语境当中，科尔泰斯这么写肯定有他内在的逻辑和原因，只是我们还没有深入到他的内心，没有体会到这种逻辑。我想，如果当时有更多背景材料的支撑，或者能有什么其他的灵感，可能生转硬跳的问题会迎刃而解。但是反思之后，我认为在后戏剧剧场的语境当中，这种生转硬跳的方法，似乎给演员打开了一扇窗户，就是这种多种元素的拼贴、碰撞，逻辑的跳跃，内容的碎片化，其实本身并没有表面的关系和连接，而其内在的逻辑精髓就在于呈现本身。也就是说对剧作家眼中混乱现实的一种原始的呈现，我觉得它包含了文本本身的意义。文本在剧场当中被解读的瞬间，其中包含了演员个体对文本的理解和阐释，演员和观众在剧场中的在场感受等等，也就是说这种不深究的生转硬跳有不确定性、即兴性和剧场性。在不同场地的表演会产生不同的感受和意义，这在当时的演出过程中也带给我很多的灵感和瞬间，包括在昨天的朗读表演过程中，我实际上也有了一些新的感受。对于台词的处理，我忘记了在哪个材料里面看到过，科尔泰斯要求演员在说台词的时候，要带着一种尿急的小学生被逼着背课文的感觉。在我看来，这不仅仅是对演员说台词时的那种节奏快、语调平的要求，因为小学生背课文都语调平平的，而是要演员表现出角色的一种极强的倾诉、表达和交流的欲望，他急不可耐地想要把自己的所有的想法告诉对方。虽然剧本是由法语翻译成中文的，汉语和法语之间有很多差异，但所幸在我的两次排练过程中，都有法国演员的参与，还有宁老师的亲自指导，这让我能够从他们身上借鉴很多法语的节奏和语调并将其结合到中文的表达当中，我就是以加强台词的节奏控制和语调的变化，尽可能表现出台词的韵律感，而不仅仅追求表面的语言速度快慢的变化。我具体的创作感受也是比较感性的，比较零散的，如果之后大家还有什么问题的话我们还可以再进行深入的讨论。我能出演科尔泰斯的作品是莫大的荣幸，另外我也有一些遗憾，因为那个时候我还不是很成熟，对于科尔泰斯的了解也不是很深入，算是摸着石头过河，凭借着很多直觉进行创作，算是抛砖引玉。我希望将来还有机会的话，能够再次出演科尔泰斯的剧作，也希望科尔泰斯的剧作在中国的演出不仅仅停留在文本的分析上，而是真正地走入剧场，成为一个在剧场里面能够上演的作品，谢谢大家！

图 1　《森林正前夜》中国首演(北京 9 剧场，2008 年)场刊

©风得信设计·阿东

图 2　《孤寂在棉田》海报(中国首演 2012 年 5 月，北京蓬蒿剧场)

©海报设计·宁苑

图 3 《孤寂在棉田》中国首演剧照
主演：Régis Maynard，孙德元

科尔泰斯剧作《西岸》的改编

——从戏剧到歌剧

Adapting *Quai ouest* into an Opera Libretto

弗洛朗斯·杜布蕾(Florence Doublet)①

翻译:赵英晖② 校译:宁春艳

摘要:法国斯特拉斯堡的莱茵国家歌剧院将科尔泰斯的剧作《西岸》改编成了歌剧,由法国作曲家雷吉·康波(Régis Campo)作曲,于 2014 年 9 月上演。本文主要探讨将当代戏剧作品改编成歌剧剧本时面临的困难和改编中的可圈可点之处。

关键词:法国当代戏剧;科尔泰斯;歌剧演出

Abstract: Difficulties and satisfactions in the work of adapting a contemporary theatrical piece into an opera libretto, and in this case, the piece *Quai ouest* by Bernard-Marie Koltès, opera created in September 2014 at the Opéra National du Rhin and composed by the French composer Régis Campo.

Keywords: Contemporary French theatre, Koltès, opera performances

将科尔泰斯的剧作改编成歌剧,常常能引起作曲家、导演,甚至法国内外的歌剧院的兴趣。似乎科尔泰斯在世时曾受法国著名作曲家皮埃尔·布列兹(Pierre Boulez)之邀创作歌剧,但未果,弗朗索瓦·科尔泰斯(François Koltès)也许能就这个问题向

---

① 2009 年于贝南国际戏剧学院主持科尔泰斯作品中的“交易”(deal)主题工作坊。2007 年于巴黎多所院校主持戏剧工作坊。2014 年在雷吉·康波(Régis Campo)作曲的歌剧《西岸》中担任副导演、合作编剧,该剧先后在法国斯特拉斯堡的莱茵国家歌剧院和德国的纽伦堡国家剧院上演。2007 年在加里波第剧院演出的科尔泰斯剧作《征程》(*La Marche*)中担任导演助理及服装设计。2006 年在伊夫里剧院演出的 J. Probst 的剧作《小牛》(*Torito*)中担任舞台指导。2004—2005 年担任《孤寂在棉田》副导演,该剧在巴黎城市剧院及波尔多、奥尔良等地巡回演出。2001—2002 年担任《西岸》副导演,该剧在法国斯特拉斯堡国立剧院、巴黎城市剧院、奥尔良演出。

② 本译文为译者主持的国家社科基金一般项目“当代法国戏剧理论焦点问题研究”(项目编号:22BWW059)的阶段性成果。

我们提供一些信息。我在20世纪90年代初也曾有过为日内瓦歌剧院改编科尔泰斯的最后一部作品《罗贝托·祖科》的计划，2015年有过为意大利那普勒斯歌剧院改编同一剧作的计划，但这两个计划都被搁置了。

2011年，法国梅兹歌剧院排演的科尔泰斯早年的作品《哈姆雷特故事中的谋杀日》世界首演，由皮埃尔·迪卢瓦（Pierre Thilloy）作曲，剧本是科尔泰斯原作的全本。

《哈姆雷特故事中的谋杀日》是科尔泰斯对莎士比亚剧作的改写，我们可以笼统地说这是一部浓缩版《哈姆雷特》，人物减少为4个（哈姆雷特王子、克劳狄斯、乔特鲁德和奥菲利亚），以家庭矛盾为故事的核心。

直到2014年10月，我们才终于看到基于科尔泰斯成熟期作品创作的歌剧——《西岸》。

这次创作由斯特拉斯堡的莱茵国家剧院和德国的纽伦堡国家剧院联合发起，谱曲工作交由年轻的法国作曲家雷吉· 康波完成。

老实说，我参与这个计划纯属偶然，而且，我加入时，计划已进入实施阶段。

制作方委托德国著名的小说家和歌剧剧本编剧克里斯多夫·克林克（Christophe Klimke）进行歌词创作，据克里斯多夫·克林克自己说，他不懂法语（他不会读也不会说法语），并且，用我们内行的话来说他不是做科尔泰斯的！

总之，科尔泰斯的世界对他来说相当陌生。他改编过很多其他当代作家的作品，例如皮埃尔-保罗·帕索里尼（Pier Paolo Pasolini），但从没有改编过科尔泰斯的。

克里斯多夫·克林克在创作《西岸》的歌剧剧本时，是由《西岸》的德文译本[由西蒙·魏尔勒（Simon Werle）译，非常忠实于原作]出发的，但他几乎完全脱离了《西岸》的故事和8个主要人物的经历。

我们在歌剧《西岸》中只能找到原作中的几个人物，从他们的话语中可以发现一些表述、一些短语、一些感叹来自德文译本，但借用德文译本并不是为了讲述同一个故事。

我作为导演助理参加过一次制作方的会议，作曲雷吉· 康波表达了他的担忧。他说，这个歌剧剧本没有呈现原作，没有了那种“抒情性”，那种使他能够创作出符合原作的音乐剧情的“抒情性”。面对这样一个歌剧剧本，他感到不知所措。

或者可以说，克里斯多夫·克林克做出的不讲故事的决定似乎使作曲家的音乐想象和创作欲望枯竭了。

在科尔泰斯的作品中，我对《西岸》很熟悉，因为几年前我作为导演助理接触过这个剧本。那是由让-克里斯多夫·塞伊斯(Jean-Christophe Saïs)导演，在巴黎城市剧院和斯特拉斯堡国立剧院演出的……

出席会议的人员纷纷转向我，问道："你能讲讲你对这个歌剧剧本怎么看吗？"

我无权对克里斯多夫·克林克的歌剧脚本的文学价值进行评判，但是，根据我对原作的了解，我完全同意作曲家的意见：《西岸》的故事、那座仓库(仓库本身就是一个人物！)、那神秘的氛围、那 8 个人物都消失了……

继而，我被赋予了共同创作歌剧剧本的重任，我们和导演一起从零开始重新创作。

我已在剧院中接触过这部原作，这对创作歌剧剧本来说是一个不可否认的优势：我很熟悉这些人物，我已经目睹过他们被演绎出来，我也同样熟悉《西岸》的故事和那相当复杂的剧情的不同发展阶段。而且我也知道当这个故事从文本走上舞台时会出现的困难，我的脑海中还有科尔泰斯的文字，他特有的音乐性很容易被辨认出来，并且以那么强烈突出的方式在《西岸》人物众多精彩的独白中爆发出来。

最后一点在将科尔泰斯的文字转变成歌剧剧本时尤其令人担忧，或者说对改编而言令人生畏。

基于双重的"令人生畏"，我们决定删减塞西琳(就是剧中的那个母亲)面对阿巴德(那个不说话但却在《西岸》中无处不在的人物)时那段绝妙的独白，1986 年 4 月谢侯导演的这出戏上演时，这段独白曾被伟大的悲剧演员玛丽亚·卡萨莱斯(Maria Casarès)演绎过。

请允许我在此朗读一个片段：

> ……因为你，无父无母、无根无底无语言、没有名字、没有上帝、没有签证地来到这里，一个接一个的不幸时刻就到来了。都怪你，把不幸带到了我们家，它爬上楼梯、撞开了我们的门，掀起了悲惨的开始、没钱的开始，需要光线时的黑暗的开始，太阳也拒绝西沉了，轮船不靠站的开始，尊贵的人们开始抛弃他们的房子，混乱、诅咒、刀枪的开始，夜里的恐惧、白天的恐惧、并排擦肩的恐惧……日夜从此颠倒，藏在头发里的苍蝇开始传染给我们血液病。从前，太阳就是太阳，它听从手指和眼睛；而夜晚就是睡眠的时间，门上有锁，关闭的窗户有玻璃，自来水龙头里有水流。但是你们喝尽了我们水管里最后一

滴水，你们给谁都没留一滴。从前，这儿的一切都是好的，我们腿不疼、背不疼、脖子不疼、眼睛不疼，不发烧不失眠，不肚子疼也不胸口疼……那么我们的身体直挺强健，走起路来肩开背松。但是您的耻辱慢慢让我们的肩膀弯曲了、低下了脑袋，而这就是我们的不幸的开始。我不想再看见你了，我什么也不想见了。①

怎么做才能缩短、切分、简化这段独白呢？其中的每个词都有它对于整体而言的意义，都是暗喻，都是整体音乐性的一部分。不背叛也不弱化作者的思想，并且给作曲家提供同样具有启发性的画面，提供能够帮助他创作并继而本身也可以被演绎、歌唱和演出的歌词……

我和另外一个歌剧剧本创作者一起，从原作出发写出了第一版，如果我没记错的话，我们总共写了 18 个版本！先是注重缩短原文，但保留主要剧情，保留发生在仓库阴暗处推动故事进展的一系列“交易”(deal)中所有的主要事件。我们很快将第一版交给了作曲家，希望它能让作曲家构想出自己的歌剧，能让作曲家开始工作、开始作曲。事实上也的确如此。

后来，我们给他提供了一组关于人物的描述，尽可能细致的描述。首先是对地点的描述，因为地点从某种意义上说是《西岸》的主要人物。富商莫里斯·寇弛开着他的捷豹汽车来此想要自尽，但他迷了路。他忠实的女秘书莫妮克状态几近疯狂，不知道自己为什么来到了这里。生活在西岸的一家人：母亲塞西琳，南美人，以行乞兼卖淫为生，疾病缠身，生命垂危；父亲罗道夫，退役老兵，性格执拗；儿子夏尔心执一念，即逃离此地、逃离自己失败的人生境况；他的妹妹克莱尔也心执一念，即不让哥哥走或者跟哥哥一起走。还有伐克，一个难以归类的小流氓，准备在黑漆漆的仓库里对克莱尔下手。最后还有阿巴德，一个一语不发的黑人，谜一样的人物，但却是这部当代悲剧的中心人物。

我记得雷吉·康波是在读这些细致刻画的人物肖像时，想象出了儿子夏尔的音乐世界：一把电吉他，一种介于摇滚和蓝调之间的音乐。电吉他就这样出现在了乐池中！这是他一开始完全没有料到的，扮演夏尔的是莫扎特男高音朱利安·贝尔(Julien Behr)，他对自己的这部分音乐颇感兴奋，他感觉自己像个摇滚歌星，这在他的男高音

① 科尔泰斯.西岸[M].宁春艳，译.北京：中国传媒大学出版社，2019：80-81.

图 1　歌剧《西岸》剧照
音乐：Régis Campo，导演：K.Frédéric，法国斯特拉斯堡国家歌剧院，2014 年
© 摄影 Nicolas Descôteaux

歌唱生涯中史无前例……

我们的工作在作曲家和歌剧剧本创作者的频繁交流中继续，因为故事线索已经理清了，所以我们没有按照故事的时间顺序创作，而是按照雷吉 · 康波的愿望和要求，也按照我们给自己设定的限制：让观众看到、听到一个可理解的故事，忠实于剧作家的诗意世界。并且，就实用角度而言，这样做也是遵守时限要求，即创作一出大约 1 小时 30 分钟到 1 小时 40 分钟的歌剧。

原作没有幕间休息，演出时长略超两个小时，具体时长根据不同的演出版本而异。

我们在第三或第四版中改编了原作的开头几场，改编的同时会注意不让改编或者去掉的成分影响观众对后来场次的理解。

歌唱演员的角色分配也同样起到了改变的作用。

当雷吉 · 康波完全分派好角色，尤其是女性角色（女高音 Mireille Delunsch 饰莫妮克、女中音 Marie-Ange Todorovitch 饰塞西琳、花腔女高音 Hendrickje van Kerckhove 饰年轻的克莱尔）的时候，他请我们考虑一个集合三个女声的场景。在古典歌剧中经常有女声三重唱，比如在莫扎特的歌剧中，雷吉 · 康波意识到剧情给他提供了这样的可能性，所以要安排一段女声三重唱。在某一场的结尾处（原文 96—97 页）[①]，三位女性共处台上，那是在塞西琳去世之前，这个场景为我们提供了将三个人物联合起来的

---

① 科尔泰斯.西岸[M].宁春艳，译.北京：中国传媒大学出版社，2019：157-158.——编者注

机会，将她们的台词混融在一起，创作一个三重唱。我认为这是歌剧中的一个非常震撼、非常成功的音乐时刻：“……夜晚将很快降临……我们可以哭泣……”

从最初的几个版本开始，我们就请雷吉·康波注意剧中的一个特别的情景，即原作结尾（原文 79—86 页），在这个场景中，全部 8 个人物都在场。

所以这个场景使他能够创作一个大规模的合唱，发挥乐池里乐器的所有可能性，但是很可能非常难以想象，这一段我们写了又改改了又写，更多的是根据音乐，而不是根据原文。这时候，是真正的音乐创作（音乐的旋律、节奏变化、广度）引领着段落的改编，实现了歌剧剧本的最终定稿。

这次的改编工作主要基于曲作者和我们歌剧剧本创作者之间不断的交流，这样的交流对联合创作这部歌剧作品而言具有实质性的意义。作为对这项工作的最后说明，我跟大家谈一谈克莱尔对她哥哥夏尔的最后一段独白[①]，结尾几句如下：

> 如果我跟你说我可以爱你，夏尔理，像别人从没爱过你那样呢？我呢，我可以爱你，不论白天黑夜，不管春夏秋冬，无论怎样、哪管何地、此处他方。如果我跟你说我这么地爱你，夏尔理，你的好处就是我这般爱你，而我可以继续也能继续爱下去，夏尔理，就像别人从来不可能爱你那样呢？
>
> 【克莱尔望着远去的夏尔。入夜】

非常美的独白，是爱的颂歌，克莱尔对她哥哥夏尔理的爱，一首绝望的、痛心的颂歌，如同一首情歌。我们向雷吉·康波提出建议，希望他创作出一首带叠句的情歌，叠句部分是我们写的：

“我，我都可以爱你，不论白天还是黑夜……我，我都可以爱你，不论冬天还是夏天，夏尔理……”

我最后举这个例子，是因为这个例子很好地说明了歌剧剧本写作的主要限制：语言的分句艺术，或者说尤其是词语的节奏、句子的节奏应当与音乐的分句艺术配合。在这一点上，科尔泰斯文字的改编尽管困难，却还是给我们带来了惊喜。因为科尔泰斯的剧作是一种特别有节奏、特别有音乐性的文字，克莱尔的这段独白很好地说明了这一点。因而，科尔泰斯的作品让人产生将之改编成抒情作品的想法就不足为奇了！

---

① 科尔泰斯.西岸[M].宁春艳，译.北京：中国传媒大学出版社，2019：161.——编者注

科尔泰斯《罗贝托·祖科》中的悲剧性[①]

On the Tragic Nature of *Roberto Zucco*

蔡 燕[②]

Cai Yan

摘要：作为科尔泰斯的最后一部作品，《罗贝托·祖科》一直颇受争议，但又被公认为科尔泰斯最杰出的戏剧作品之一。科尔泰斯在《罗贝托·祖科》的创作中融入了古希腊悲剧的核心概念和创作手法，同时他又受到莎士比亚悲剧的影响，使得《罗贝托·祖科》突破了古典主义的束缚，在时间性、情节结构等方面发生了转变。并且他在作品中融入自己新的悲剧创作手法，使之表现出后现代戏剧的特征。《罗贝托·祖科》的悲剧性，一方面是对古典主义的接受和吸纳，另一方面又有着后现代的视域和探索。通过对一个英雄形象的塑造和寓言的建构，科尔泰斯超越了其以往的戏剧创作方法，在写作技巧和语言艺术上都达到了新的高度。

关键词：贝尔纳-玛丽·科尔泰斯；《罗贝托·祖科》；悲剧性；古希腊悲剧；莎士比亚；后现代戏剧

Abstract: As the last play of Koltès, *Roberto Zucco* has been controversial but also recognized as one of the most outstanding works of the author. In the creation of *Roberto Zucco*, Bernard-Marie Koltès incorporated the core concepts and creative techniques of Greek tragedies. Influenced by Shakespeare's tragedy, *Roberto Zucco* broke through classicism and made

① 本文发表于《戏剧》杂志 2020 年第 4 期。

② 上海戏剧学院外国戏剧研究中心助理研究员。毕业于复旦大学外国语言文学学院法语语言文学系。2017 至 2018 学年在法国巴黎第十大学戏剧系做访问学者。研究方向为 20 世纪法国戏剧文学及其理论。翻译有《我的故事：SOS 泰坦尼克号》、《幽灵的困境——非洲当代戏剧》(合译)、《幻变——东欧当代戏剧选》(合译)、《罗贝托·祖科》、《只不过世界尽头：法国戏剧家拉戛尔斯剧作选》等多部作品。

difference in terms of timeliness, plot structure, and so on. By integrating his own new tragedy writing techniques, Koltès made *Roberto Zucco* show the characteristics of postmodern theatre. The tragic of *Roberto Zucco*, on the one hand, is reflected by accepting and absorbing classicism, on the other hand, shows the exploration in the context of postmodernism. Through the shaping of a hero and the construction of fables, Koltès has improved his theatrical methods and reached a new height in both writing skills and language arts.

Keywords: Bernard-Marie Koltès, *Roberto Zucco*, Tragic, ancient Greek tragedy, Shakespeare, postmodern theatre

《罗贝托·祖科》是科尔泰斯生前的最后一部作品,完成于1988年秋天。1989年4月,他因艾滋病入院,并在4月15日离开了人世。1990年4月,这部作品由德国导演彼得·斯坦因(Peter Stein)执导,在柏林的邵宾纳剧院首演,演出语言为德语。之后,这部作品被多次搬上舞台,在欧美当代戏剧中有着重要的影响。

祖科可能是科尔泰斯所有作品中最为黑暗的一个人物,这甚至让该剧在法国上演时激起了民愤,民众阻止其被搬上舞台。剧本取材于真实的社会案件:一个杀死了自己父母、警察以及儿童的无动机杀人犯苏科。然而,科尔泰斯毫不掩饰对他的着迷:"我在地铁里看到张贴着的通缉令。我从电视上了解着他的故事,一天又一天,直到他自杀死去。这是一条不可思议的古代英雄的道路。"①

可怕的连环杀手往往有很大的震撼力,因为他们的存在暴露了其所处社会的缺陷和危机,从某种程度上说,他们也是社会的缩影,虽然是畸形和黑暗的。他们的经历展现出人类生存的困境。而一个无动机的杀人犯让人对其更加好奇,或者说对暴力产生的本质感到好奇。这样一来我们就能够理解为什么科尔泰斯会对苏科着迷,并且不遗余力地将之塑造为一个悲剧故事中的英雄。本文试图通过分析这一剧作中的悲剧性来拨开这部充满神秘性的杰作的迷雾,进而更深入地探索科尔泰斯的戏剧创作手法。

① KOLTÈS B-M. Une part de ma vie[M]. Paris: Éditions de Minuit, 1999: 145.

一、古希腊悲剧的基础

对于科尔泰斯来说,他第一部真正深入接触的戏剧作品是古希腊悲剧《美狄亚》。作品中的悲剧元素和谋杀的暴力情节对其日后的创作有着深远的影响。科尔泰斯坦言:"我对于命运有一种迷恋,对于悲剧的命运。所有伟大的命运都是悲剧性的。"①而对于祖科的屠杀之路,他做了这样的总结:"这是一条古典主义的道路,我想说,是古希腊式的。"②因此,他有意识地将古希腊悲剧的核心概念和创作手法融入《罗贝托·祖科》的写作中。

在《诗学》第六章,亚里士多德给出了悲剧的定义:"悲剧是对于一个严肃的、完整的、有一定长度的行动的摹仿;它的媒介是语言,具有各种悦耳之音,分别在剧的各部分使用;摹仿方式是借人物的动作来表达,而不是采用叙述法;借引起怜悯与恐惧来使这种情感得以陶冶。"③亚里士多德在其著名的"过失论"中说,理想的悲剧性格应该是"不十分善良,也不十分公正,而他之所以陷入厄运,不是由于他为非作恶,而是由于他犯了错误"④。因为只有这样,才能引发人们的"怜悯与恐惧"之情。我们注意到,科尔泰斯在塑造祖科这个人物的时候,有意地将其性格中沉静甚至是温柔的一面展现出来,例如在提到祖科的名字时反复出现"dolce"(温柔)这个词。而在"弑母"这一场中,祖科的母亲质问祖科:"24 年来都那么乖的孩子,突然就变成了疯子?你是怎么走岔路的呢,罗贝托?谁在你笔直的路上横放了一根木头,让你跌入了无底洞?"⑤我们可以认为,祖科在进行这一系列杀戮之前,是一个循规蹈矩的"正常人"。就连他的母亲都不清楚这巨大的改变是如何发生的。在第四场"侦探的忧郁"中,通过妓女的描述,我们看到了祖科在人们眼中的形象,"那个最近刚来的男孩,他不说话……但是,他的眼神那么温柔;这个帅哥,确实是……"⑥而在"地铁"这一场,祖科道出了他对自己的看法:

① KOLTÈS B-M.Entretien avec Lucien Attouen[M].Théâtre/Public,N°136-137,1997:38.
② KOLTÈS B-M.Entretien avec Lucien Attouen[M].Théâtre/Public,N°136-137,1997:38.
③ 亚里士多德.诗学[M].罗念生,译.北京:人民文学出版社,1962:19.
④ 亚里士多德.诗学[M].罗念生,译.北京:人民文学出版社,1962:25.
⑤ KOLTÈS B-M.Roberto Zucco,suivi de Tabataba[M].Paris:Éditions de Minuit,1990:17.
⑥ KOLTÈS B-M.Roberto Zucco,suivi de Tabataba[M].Paris:Éditions de Minuit,1990:30.

我是个正常人，有理智的人，如果我不是坐在你身边的话你会注意到我吗？我曾以为，最好的平静生活的方法就是像一块玻璃那么透明，像是石头上的变色龙，在墙壁之间爬过，没有颜色也没有气味；人们的眼光在你身上穿过，看到的是你身后的人，仿佛你不存在一样。成为透明是一项严酷的任务；这是一项工作；隐身是一个很古老很古老的梦想。我不是一个英雄。英雄是罪犯。没有一个英雄的衣服不是浸透了鲜血的，而鲜血是世上唯一无法被视而不见的东西。这是世上最容易被看到的东西。当一切被摧毁，末日的雾霭将大地笼罩，留下的将是英雄们被鲜血浸透的衣裳。我，我学习，我是个好学生……明天开始，我要回学校听语言学的课。我将会在那里，在不起眼的人当中不起眼，在普通生活的浓雾中安静而认真……我就像一辆列车，安静地在草原上驶过，没什么能让我脱离轨道。我就像一头陷入泥沼的河马，非常缓慢地移动，没什么能够改变它已经决定走的道路和节奏。①

那么，如同我们所有人一样普普通通的祖科是如何脱离了轨道，展开无情的杀戮的呢？在古希腊悲剧中，人的意志与命运的冲突是常见的主题，主人公面对凌驾于自己之上的强大力量进行激烈反抗，即便明知投入战斗必然以失败告终，在这个过程中就产生了一种令人震撼的悲剧效果。亚里士多德将传统的"命运悲剧"发展为"过失悲剧"——"不是由于他为非作恶，而是由于他犯了错误"。这种过失既包含判断不明的错误也包括道德选择的错误。祖科这样解释自己的屠杀行为："我没有敌人，我也不攻击人。我不是出于恶意碾碎其他的动物，而是因为我没有看到他们，一脚踩在了他们身上。"②这是一种接近于俄狄浦斯的过失。受到一种无法抗拒的"不可知的力量"的摆布，他才犯下了错误。屠杀并非他的目的，而是他在抵抗命运的行进过程中不得不产生的行为，甚至可以说，祖科的杀戮就是他的命运。

要理解这种行为的发生，我们还要引出古希腊悲剧的几个重要的概念：倨傲（hybris）、迷狂（bakcheia）和净化（katharsis）。索福克勒斯笔下的俄狄浦斯不愿受到预言的摆布最后却发现自己在不知情的情况下弑父娶母，无法推翻的神谕使之痛苦万分；

① KOLTÈS B-M.Roberto Zucco，suivi de Tabataba[M].Paris：Éditions de Minuit，1990：36.
② KOLTÈS B-M.Roberto Zucco，suivi de Tabataba[M].Paris：Éditions de Minuit，1990：92-93.

而在欧里庇得斯的《美狄亚》中，女主角坚定、果断，在父权社会中用一种惨烈的方式与命运进行着斗争，却无法摆脱被抛弃的命运，最后怀着毁灭的决心，亲手杀死自己的孩子，与命运同归于尽。古希腊悲剧中的人物都竭尽全力，誓要摆脱命运、神力的主宰，想要取得最终的胜利，最终还是陷入了毁灭的处境。

通过"弑母"这一场，我们可以更好地理解这些概念在祖科行为中的展现。祖科始终在寻找的是挣脱被束缚、人与人之间封闭的一种状态，为此他可以挑战一切，包括自己的家庭，这种认为自己可以超越人类、超越一切的感受是他的"倨傲"。祖科回家想要拿他的工作服，但是母亲拒绝给他，她的理由是衣服是"恶心的，要洗干净"①。他们之间进行着对话，但是他们都被封闭在自己的世界里面，无法建立真正的沟通。我们可以看到他们之间的冲突是如何被激化的，这时候的祖科陷入"迷狂"的状态，将母亲杀死。而最后，母亲的死亡被描述得异常平静："他靠近她，抚摸她，拥抱她，掐紧她；她呻吟。他放开她，她倒地，被掐死了。"②观众面对这样的情景，会产生恐惧和怜悯交杂的感情，从而得到"净化"。而安娜・于贝斯菲尔德(Anne Ubersfeld)用亚里士多德悲剧的两种情感之一的"同情"解释科尔泰斯在观众中激发的情感："这种情感让观众趋向于与其说是认同，还不如说是友善，包括和罪犯及坏人的，这种关系使得我们共同面对人类最重要的感受之一：对爱的需求。"③

歌队这一古希腊悲剧的重要形式也被科尔泰斯充分运用到了《罗贝托・祖科》这部作品中。歌队所扮演的叙事者和评论者的角色在这部剧中得到了保留。他们一方面起到推动情节发展的作用，使得场面更加生动，另一方面又与演员产生互动，和旁白作用相似。

首先，在公园绑架妇女枪杀孩子这一场中，周围的旁观者们成了歌队。一方面，他们对祖科和妇女儿童之间的互动进行着叙述，例如：

一男子：看他在发抖。

祖科：别过来，老天。趴下。

一女子：孩子让他害怕了。

---

① KOLTÈS B-M.Roberto Zucco，suivi de Tabataba[M].Paris：Éditions de Minuit，1990：15.

② KOLTÈS B-M.Roberto Zucco，suivi de Tabataba[M].Paris：Éditions de Minuit，1990：18.

③ UBERSFELD A.Bernard-Marie Koltès[M]. Arles：Actes Sud，1999：141.

祖科：现在，手放在身子两边。过来。

一女子：他怎么让他手放两边爬过去呢。

一男子：可以的，可以的。我也许就可以。

祖科：慢慢地。手放到背上。别抬头。别动。（孩子有个动作。）一动也不能动，否则我杀了你妈。

一男子：他也许会的。

一女子：当然，他会的。可怜的小家伙。

……

一男子：警察来了。

一女子：现在，他有理由发抖了。

一男子：太好了。太好了。

……

一男子：警察没过来。

一女子：他们屄了。①

另一方面，也对其行为以及事态的发展进行着评论：

一男子：不。这是种策略。他们知道他们在做什么。他们有我们不知道的方法。他们知道他们在做什么，相信我。这家伙完蛋了。

一男子：估计那女的也完蛋了。

一男子：舍不得孩子套不到狼。

一女子：但是他不能碰小孩，千万不能碰小孩，老天。②

但是较为特殊的是，扮演歌队角色的人物也参与到了故事的发展中：一男子从妇女的口袋里掏出了钥匙，给了警察。和古希腊悲剧中的歌队传统形象不同的是，这里的歌队人物形象是滑稽甚至是有些愚蠢的，在紧张、暴力的情节发展中显得有些突兀，从而制造出一种特殊的艺术效果。

---

① KOLTÈS B-M.Roberto Zucco，suivi de Tabataba[M].Paris：Éditions de Minuit，1990：60.

② KOLTÈS B-M.Roberto Zucco，suivi de Tabataba[M].Paris：Éditions de Minuit，1990：62.

而在最后一场"太阳下的祖科"中,又出现了歌队与主角之间的对话。但是这里并不像公园绑架那一场一样存在人物角色的实体,而是仅有几个声音对祖科的行为作出询问和评价:

一个声音:你的力量是从哪里来的,祖科,你的力量是从哪里来的呢?

祖科:我往前的时候,就猛冲,我看不到障碍,正因为我看不到他们,他们在我的面前自己倒下了。我孤单但是强大,我是一头犀牛。

一个声音:但是你的父亲呢,还有你的母亲,祖科。不能碰自己的父母。

祖科:杀自己的父母是正常的。

一个声音:但是孩子,祖科,不该杀孩子。杀敌人,杀有自卫能力的人,但是不该杀孩子。

祖科:我没有敌人,我也不攻击人。我不是出于恶意碾碎其他的动物,而是因为我没有看到他们,一脚踩在了他们身上。

一个声音:你有钱吗?有钱藏在什么地方吗?

祖科:我没有钱,哪儿都没有。我不需要钱。

一个声音:你是一个英雄,祖科。

一个声音:是哥利亚巨人。

一个声音:是参孙。①

祖科则对声音的问询作出回应,全剧以他的毁灭而告终。这几个声音代表着一般的伦理道德与主角进行着对话交流,也传递出普通观众观剧时的感受和情绪,合唱队在劝导主角,他们似乎代表着理智的声音,然而在这样的劝诫和警告中,祖科仍然一意孤行,一步步地走向其悲剧的宿命,其所造成的激情才能够给观众以巨大的震撼。在这一场中,主角祖科表现出的"倨傲""迷狂"和最后毁灭性的结局以及给观众带来的"净化"效果完全沿袭了古希腊悲剧。

综上,我们注意到,尽管最初是连环杀人犯苏科的社会事件促使科尔泰斯着手创作这个剧本,但是他在创作中有意识地脱离了现实的指向,而将其提升至对于人性和宿命的探讨。在这个过程中,古希腊悲剧的形式和理论起到了基础性的作用,将祖科

① KOLTÈS B-M.Roberto Zucco,suivi de Tabataba[M].Paris:Éditions de Minuit,1990:92-93.

从一个杀人犯逐步塑造为不断前进、挑战人类命运、用自己的毁灭警醒世人的“英雄”。但是，从结构上说，《罗贝托·祖科》并没有遵守古典主义作品关于时间、地点和行动上保持一致性的“三一律”原则，因此并不能被称为古典主义悲剧。

二、莎士比亚悲剧的影响

在准备创作《罗贝托·祖科》的同时，科尔泰斯还在给导演吕克·邦迪（Luc Bondy）翻译莎士比亚的《冬天的故事》（1987 年末至 1988 年初）。一直以来，科尔泰斯的戏剧创作就深受莎士比亚戏剧的影响，其中最重要的作品无疑是《哈姆雷特》。1973 年，当时只有 25 岁的科尔泰斯为岸边剧团（Théâtre du Quai）创作改编了《哈姆雷特故事中的谋杀日》（*Le Jour des meutres dans l'histoire d'Hamlet*），他只保留了莎士比亚原作中的四个人物——哈姆雷特、他的爱人奥菲利亚、他的叔叔克劳狄斯和母亲乔特鲁德，将自己创作的核心集中在了原作中人物的家庭关系上。之后，《哈姆雷特》的复仇主题也在科尔泰斯的多部作品中得到了延续：例如，《苦涩》（*Les Amertumes*）中女儿为了让其父亲蒙羞而去做了妓女，以此来对他进行报复。《黑人与狗之战》中阿布里为了寻找同伴的尸体来到工地，意识到自己是不可能拿到尸体之后，他杀死了卡尔来实施报复。就连与科尔泰斯有着紧密合作的法国著名导演帕特里斯·谢侯（Patrice Chéreau）也表示：“我阅读和理解《哈姆雷特》的方式和科尔泰斯有很大的关系。”①他表示：“在《哈姆雷特》中，主角通过独白直接面对观众。科尔泰斯对于独白的频繁使用使得我能够让演员朝着类似的方向工作。”

事实上，我们在《罗贝托·祖科》中也能够深切地感受到莎士比亚的悲剧创作手法和《哈姆雷特》一剧的影子。

首先，科尔泰斯在剧中有意识地创作了与《哈姆雷特》相关的一些场景。例如，在《哈姆雷特》中，第一幕第一场是两个守卫在城堡巡逻，他们的对话交代了国王去世的故事背景，这一场在两人发现国王的鬼魂中结束；而在《罗贝托·祖科》中，第一场是两个看守在监狱围墙上巡逻，他们之间的谈话引出了故事发生的背景，即祖科杀死了父

---

① CHEREAU P. Patrice Chéreau, les années Koltès, propos recueillis par Frédéric Martel[J]. Magazine littéraire, n°395, février 2001:26.

亲被关进监狱，最后，这一场在他们发现有人越狱中结束。我们甚至可以说这一场是对《哈姆雷特》的仿写。《罗贝托·祖科》的第十三场被命名为“奥菲利亚”，这也直接表明了剧本和《哈姆雷特》之间的特殊联系。这一场呈现的是姐姐的一段长独白。在这段话中，她表达了对于男人的厌恶之情、对哥哥的痛恨和指责，以及她守护妹妹的使命和想要寻回妹妹的渴望。

> 是他的哥哥，那些老鼠中的一只，那头臭烘烘的猪，那个腐烂的男人把她弄脏的，把她带进了污泥中，拖着她的头发把她扔进了他的粪便里。①

污泥中的妹妹也很容易让人联想到奥菲利亚的溺亡。

而在结构上，《罗贝托·祖科》和《哈姆雷特》一样，也运用了构建多条人物线的方法：祖科的家庭、女孩的家庭、被绑架的小男孩和母亲，这几个完全不同的家庭的故事通过祖科的逃亡之路交织连接。与科尔泰斯的其他几部作品一样，《哈姆雷特》中的人物关系被置于普通的家庭。法国导演布鲁诺·伯格兰（Bruno Boêglin）认为：“祖科是进入家庭并将之摧毁的陌生人。”②对于小女孩的家庭而言，小女孩与祖科的相遇唤醒了她对性以及逃离亲情束缚的欲望，而她原本的家庭关系也随着这一变故全然瓦解。被绑架的小男孩和母亲之间的关系本来是疏离的，但是祖科的绑架这一意外反而使两个人靠近了，但是可惜的是，最后他们之间的故事是以母亲看着孩子死去收场的。的确是祖科的到来导致了悲剧的发生，但实际上危机本就潜伏在这些家庭之中，沟通的障碍和彼此之间关系的制约导致了暴力的产生，祖科的出现给了他们“信号”，就如同祖科在火车站逃亡时所说：

> 这是些杀手。我从没有在同一时间看到过那么多的杀手。只要他们的脑袋里有一丁点信号，他们就会互相残杀。③

家庭关系中的权力制约导致的暴力与《哈姆雷特》中的政治复仇的本质是相同的。

---

① KOLTÈS B-M.Roberto Zucco，suivi de Tabataba[M].Paris：Éditions de Minuit，1990：84.

② BOEGLIN B. Roberto Zucco est une pièce où le sentiment d'urgence est très fort，propos recueillis par Rostom Mesli[J]. Magazine littéraire，n°395，février 2001：46.

③ KOLTÈS B-M.Roberto Zucco，suivi de Tabataba[M].Paris：Éditions de Minuit，1990：79.

除此之外，《罗贝托·祖科》也包含了莎士比亚悲剧中的一些重要主题："与暴力谋杀的关系、与团体的关系，还有监禁和死亡。"[①]祖科和哈姆雷特一样，他们都试图打破禁锢。对于哈姆雷特来说，"丹麦是一所监狱"，他所承担的责任，"生存还是毁灭"的问题，让他必须付诸斗争，尽管他感受到自己无力承担，因此彷徨犹豫，但他最后依然挑起重担、展开行动。莎士比亚在此剧的创作中重点表现了主角在面对命运时内心的思想斗争，而在《罗贝托·祖科》中，"地铁"这一场也表现了祖科的矛盾和犹豫，他本认为"最好的平静生活的方法就是像一块玻璃那么透明，像是石头上的变色龙，在墙壁之间爬过，没有颜色也没有气味；人们的眼光在你身上穿过，看到的是你身后的人，仿佛你不存在一样"[②]，在内心深处，他并不想成为英雄："我不是一个英雄。英雄是罪犯。没有一个英雄的衣服不是浸透了鲜血的，而鲜血是世上唯一无法被视而不见的东西。这是世上最容易被看到的东西。"[③]他清楚斗争的结果必然会有杀戮和毁灭，但是最后他还是选择走上这条道路。

从这个角度来说，祖科可以说是另一种形式的哈姆雷特，他们都凭借自己的力量，孤身一人投入行动，把一切困难撇在一边。同时，他们为了达到自己的目的所展开的行动也带来了一系列可怕的后果，甚至累及无辜者；最后，他们为了躲避深渊却陷入了深渊。在这两个剧本中，事件不断驱使着主人公前进，使得他们从本来的内心矛盾中突围，被推动着去做出一些可怕的行为，最后自己也不得不面对毁灭。相同的故事脉络也体现了两个悲剧的一致性。

除此以外，我们还需要注意到莎士比亚对于科尔泰斯戏剧创作方法的影响。与莎士比亚相似的是，科尔泰斯也在一些悲剧性的场景中加入了喜剧性的元素，例如第十场"绑架"中男人女人之间的对话。在恐怖紧张的氛围中加入滑稽的元素，获得了一种荒诞的效果。

同时，在时间性上，与科尔泰斯之前创作中遵循的古典主义"三一律"不同，他注意到了莎士比亚在戏剧创作中的突破："在翻译莎士比亚的时候，我注意到他并不在意时间，他会一下子跳过 15 年，只是解释一下跳了 15 年。他总是转换地点，他的人物在有

① HOFFERT Y. Roberto Zucco/Hamlet. Résonances et diffractions, Relire Koltès [M]// HUBERT M-C, BERNARD F. Aix-en-Provence: Presses Universitaires de Provence, 2013: 194.

② KOLTÈS B-M. Roberto Zucco, suivi de Tabataba[M]. Paris: Éditions de Minuit, 1990: 36.

③ KOLTÈS B-M. Roberto Zucco, suivi de Tabataba[M]. Paris: Éditions de Minuit, 1990: 37.

什么要说的时候就上场说,说完了就下场。"①因此,《罗贝托·祖科》中的时间也是非线性的,几个场景的时间是模糊的,甚至没有前后的联系,这里也体现出研究莎士比亚对科尔泰斯的戏剧创作带来的改变,正如学者雅尼克·赫凡尔(Yannick Hoffert)指出的:"两部作品之间是回响和衍射的关系。科尔泰斯所采用的戏剧诗学和对于戏剧核心要素的运用深受莎士比亚的影响。"②

三、后现代戏剧的特征

上一章中论及莎士比亚对科尔泰斯戏剧创作方法的影响时,提到了时间的改变。事实上,《罗贝托·祖科》中的时间不仅仅是像莎士比亚作品那般可以快速地跳转,而且还是打乱的,各个场景之间的时间间隔是模糊的,一些场景与主线的行动发展甚至是完全脱离的,比如说第六场"地铁"和第十三场"奥菲利亚"。传统的线性叙事结构被不同场景的拼接取代。学者安娜-弗朗索瓦兹·本哈姆(Anne-Françoise Benhamou)认为,《罗贝托·祖科》是科尔泰斯"最电影化的一部戏剧作品"③,这是因为作品中对于电影技巧的运用尤为突出。这部作品不像传统的戏剧作品那样分为几幕几场,而是由十五个场景组成。每个"场景根据情节发展的需要就像'电影镜头'般连接起来"④,这种拼凑和整合的手法犹如电影蒙太奇,将时间和空间颠覆之后再进行重组,体现出一种后现代的戏剧结构特征。

《罗贝托·祖科》的另一个后现代戏剧特征是语言的混杂。与科尔泰斯其他剧作不同的是,《罗贝托·祖科》中大段的独白相对减少,取而代之的是简短的对白,而这些对白往往使用的是日常的口语。与此形成对比的是文中又有多处"引经据典",一个典型的例子是第八场"濒死",一开场,祖科的独白是:

我就这样被创造成一个竞技者。

---

① KOLTÈS B-M.Une part de ma vie[M].Paris:Éditions de Minuit,1999:151.

② HOFFERT Y. Roberto Zucco/Hamlet. Résonances et diffractions, Relire Koltès[M]//HUBERT M-C,BERNARD F. Aix-en-Provence: Presses Universitaires de Provence,2013:194.

③ BENHAMOU A-F.Koltès dramaturge[M].Besançon:les Solitaires Intempestifs, 2014:26.

④ BENHAMOU A-F.Koltès dramaturge[M].Besançon:les Solitaires Intempestifs, 2014:26.

今日你巨大的怒火令我完整。

哦，大海，在神圣的底座上我如此高大

澎湃的你无法吞噬我的双脚。

赤裸，坚强，一头倒在雾霭中的深渊。

……

被声响、冰雹、泡沫包裹

夜与风在其间冲撞，

我举起双臂朝向黑魆的以太。①

这一段话来自雨果的长诗《历代传说》(*La Légende des siècles*)中的第十章“世界七大奇迹”(Les Sept merveilles du monde)。在与壮汉发生冲突展开殴斗之后，祖科又说道：

丑恶的死神啊，你是怜悯之仇，

你是自古以来的忧患之母，

你的审判，严酷而无法抗拒，

如何唇焦舌敝地把你诅咒。②

这段话出自但丁的《新生》(*La Vita nuova*)。在酒吧中皮条客和妓女的粗俗俚语中间，祖科这样富于文学性的语言显得尤为突兀。而这样的语言混杂制造出的反差使人们感受到祖科与其他人的格格不入，也使他的一系列行为有了悲壮的意味。

模糊性是《罗贝托·祖科》最突出的后现代特征，这首先表现为祖科行为的无动机性。剧本并没有揭示祖科为什么会杀人，观众只能通过自己的观感去理解，并探寻答案。科尔泰斯认为，祖科“无理由地杀人。对于我来说，正是因为这一点他才成为英雄。他完全与我们这个时代的人类或许也与过去的那些时代的人类相一致。他是无动机杀人犯的原型”③。我们通过剧本看到的是祖科在遭到拒绝之后就会杀死对方，

① KOLTÈS B-M.Roberto Zucco，suivi de Tabataba[M].Paris：Éditions de Minuit，1990：45.

② KOLTÈS B-M.Roberto Zucco，suivi de Tabataba[M].Paris：Éditions de Minuit，1990：50.

③ KOLTÈS B-M.Une part de ma vie[M].Paris：Éditions de Minuit，1999：109.

比如母亲拒绝给他工作服，他劝说不成最终将母亲扼死。又比如他杀死那个孩子是因为孩子拒绝交出他母亲的汽车钥匙。但深层的原因可能是彼此沟通的不畅、人际关系之间的权力制约和暴力或者人类深层次的孤独感，等等。在剧本的开头，两个狱卒也探讨了这个问题：

狱警二：我做狱警 6 年了，我经常观察那些杀人犯，寻找他们和我的不同之处。作为监狱的看守，我既不会捅人也不会掐人，甚至连想也不敢想。我思考，我寻找，我甚至在他们洗澡时看着他们，因为有人说杀人犯的本能存在于性器官中。我观察过 600 多个杀人犯的性器官，它们没有任何的相同之处；有大的，有小的，有细长的，有很小很小的，有粗圆的，有尖细的，有巨大的，这里边没啥问题。

狱警一：我说了，纯粹的恶。①

其背后真正的原因，都可以交给导演和观众进行多种解读。这里，引用两位执导过《罗贝托·祖科》的导演的解读。在 2015 年的澳门艺术节上为澳门本地剧团"梦剧社"执导过《罗贝托·祖科》的法国导演法兰克·迪麦可(Franck Dimech)将之归为对于"权力"的压制和反抗。对他来说，"在这个戏里，最核心的议题就是个人与'权力'的关系。戏中充斥着各种'权力'关系，主要是以暴力与性来呈现的，是欲望的一种形式。这些关系具有普遍性，也许每个人都曾在生命中遇到过像祖科这样对'权力'的压制有所反抗的人"。而 1993 年在巴塞罗那执导过《罗贝托·祖科》的西班牙导演路易斯·巴斯卡(Lluis Pasqua)则认为，这"是一部自杀式的作品，是一个有意识地走向死亡，并要把死亡向一切传播的人的故事"②。从他们的解读中不难看出，科尔泰斯的作品实际上超越了现实的指向，其意义实质是哲学层面和抽象层面的，而不是社会学层面的。同时，作品除了试图揭示出祖科这样的谋杀犯的内心世界、暴力产生的途径，也探讨了社会对于这种暴力的态度。普通人作为旁观者窥视着罪行，却拒绝对此承担的责任。

另外，我们也能够发现，剧中的台词语言也具有模糊性，例如祖科在死前关于太阳

---

① KOLTÈS B-M.Roberto Zucco，suivi de Tabataba[M].Paris：Éditions de Minuit，1990：11-12.

② PASQUAL L.Roberto Zucco est une pièce suicidaire，propos recueillis par Rostom Mesli[J].Magazine littéraire，no395，février 2001：61.

的一段话。

看太阳。你什么都没有看到吗？你没有看到它从一边移动到另一边？

……看太阳里冒出了什么？是太阳的生殖器；风是从那里来的。

……把你们的脸面向东方。它跟着移过去；而如果把你们的脸转向西方，它也会跟着移动的。①

这种令人难以理解的、晦涩的语言给祖科的形象蒙上了神秘色彩。

另外，剧中的人物形象也具有模糊性。祖科是一个双手沾满鲜血的凶手，同时也是一个令人惧怕又钦佩的英雄。剧中小女孩的哥哥一方面说自己是多么地爱妹妹，费尽心思守护她，但是在得知她失去贞操之后又将她卖到了妓院。儿子被杀害的母亲，在儿子被祖科杀害之后还想跟他一同逃亡，但她的内心又的确为失去儿子感到悲伤和绝望。这样的矛盾和模糊性，在后现代戏剧的语境中得以成立，增强了剧本的复杂性，也为导演提供了解读和创作方面的多种可能性。

以上这些后现代的创作手法与特征，使得整部作品有一种独特的美感，精准、深刻，同时又带有荒诞的意味，富有浪漫的诗意，又包含尖利的残酷性。就像祖科说的，"当一切被摧毁，末日的雾霭将大地笼罩，留下的将是英雄们被鲜血浸透的衣裳"②。人们在这种充满神秘性的、脆弱的荒诞感中仰望着祖科的毁灭，仿佛注视着人类终极的命运：在摆脱束缚的过程中走向自我的消亡。如此一来，剧本悲剧性的力量得到了强化，观众被带领着去思考属于自己所处时代的生存困境。

结　语

我们注意到在科尔泰斯的早期作品，如《黑人与狗之战》《孤寂在棉田》等剧作中，他都严格遵循了古典主义悲剧的准则，包括时间、地点以及行为，但是他又逐渐受到莎士比亚悲剧的影响，使得《罗贝托·祖科》在时间性、情节结构等方面发生了转变。最

① KOLTÈS B-M.Roberto Zucco，suivi de Tabataba[M].Paris：Éditions de Minuit，1990：94.

② KOLTÈS B-M.Roberto Zucco，suivi de Tabataba[M].Paris：Éditions de Minuit，1990：37.

终,他在作品中融入自己新的悲剧创作手法,使之表现出后现代戏剧的特征。我们可以说,《罗贝托·祖科》的悲剧性,一方面是对古典主义的接受和吸纳,另一方面又有着后现代的视域和探索。通过一个英雄的塑造和寓言的建构,科尔泰斯超越了他以往的戏剧创作方法,在写作技巧和语言艺术上都达到了新的高度。

"悲剧性产生于一场不可避免却又无法解决的冲突,不是产生于一系列的灾难或可怕的自然现象,而是一种紧随人的生存不舍的命运。"①或许因为科尔泰斯在创作这部作品时正遭受着病痛的折磨,深感自己时日不多,也因此更加迫切地想要去表现隐藏在生存与死亡背后的隐秘。祖科是一个混合了古典主义悲剧和浪漫主义文学中主角形象的人物,他是每一个面对自己领域忽然被侵犯的他者,对自我的身份、存在的源头产生迷惑的人,最后我们仍然回到了科尔泰斯作品的永恒主题,那就是人的孤独感,人与人之间的无法沟通将每一个人困在自我的围墙中,在这个过程中产生的冲突和抗争必然指向暴力和悲剧。在剧本的最后,祖科留给我们这样一个身影:"往高处走……朝太阳的方向逃跑。没人能够在太阳和大地之间设下一面墙……他倒下了。"②这个坚定地走向毁灭的形象,也将与戏剧史上所有经典的悲剧人物一样成为永恒,不断引发后人的震撼与深思。

① 帕维斯.戏剧艺术辞典[M].宫宝荣,傅秋敏,译.上海:上海书店出版社,2014:393.

② KOLTÈS B-M.Roberto Zucco,suivi de Tabataba[M].Paris:Éditions de Minuit,1990:92-95.

科尔泰斯戏剧翻译:从理论到实践

Translating Koltès' Plays:From Theory to Practice

亚娜·帕维丽克(Jana Pavlič)① 翻译:赵英晖② 校译:宁春艳

摘要:本文将讲述《罗贝托·祖科》和《孤寂在棉田》从翻译到演出的特殊历程,并探讨译者当如何介入译剧搬演这一创造性过程。

关键词:法国当代戏剧;科尔泰斯;戏剧翻译

Abstract: The author describes the specific path from translating *Roberto Zucco* and *Dans la solitude des champs de coton* (*In the Solitude of the Coton Fields*) to the staging performances, and how the translator can be involved in the creative process of the mise en scène.

Keywords: Contemporary French Theatre, Koltès, Drama Translation

我以奥克塔维奥·帕斯(Octavio Paz)的一段引文开始我的发言:

---

① 毕业于卢布尔雅那艺术大学法语文学与比较文学专业。于巴黎深造期间学习了拉斯蔻和德里达讲授的课程。曾任卢布尔雅那 Koréodrama 剧院院长,Mladinsko Théâtre 剧院艺术总监顾问。1995—1997 年任斯洛文尼亚文化部舞台艺术司官员。1998 年合作创立舞台艺术研究中心 DELAK,并在 1998—2005 年任该中心主任。合作创办舞台艺术期刊 *MASKA* 及当代艺术节 EXODOS,并与意大利合作创办"国际艺术交流实验基地"。作为文化政策专家,为欧洲议会和联合国提供有关科索沃舞台、视觉艺术和电影管理制度的资料。应斯洛文尼亚文化部邀约,从事斯洛文尼亚舞台艺术的管理和资助。也是作家、剧作家、译者、艺术从业者,曾与众多斯洛文尼亚及国外导演合作。在斯洛文尼亚及国外多种刊物上发表评论、随笔,与 Boris Pintar 合作出版关于斯洛文尼亚 20 世纪 90 年代当代戏剧状况的著作《阉割机》,翻译出版了多位小说家、剧作家、诗人、哲学家和理论家的作品,包括贝克特、科尔泰斯、达里达、德勒兹、拉康、阿拉贡等。两次被授予法国文化部勋章(艺术与文学骑士勋章、艺术与文学军官勋章)。参与策划的演出《追忆的天使》荣获奥地利文化部"杰出艺术家奖"。

② 本译文为译者主持的国家社科基金一般项目"当代法国戏剧理论焦点问题研究"(项目编号:22BWW059)的阶段性成果。

“一与多的对立问题一直困扰着人类，解决这个问题的一种方法是寻找超越所有语言的语言，另一种方法是翻译。”

奥克塔维奥·帕斯在《阅读与沉思》一文中阐述了什么是翻译活动，什么是译者的工作。

以下是出自该文的几句引言，我作为一名译者，被该文感动至深。我的工作有时令人气恼，甚至绝望，这篇文章告诉我翻译工作的意义和它存在的理由。

奥克塔维奥·帕斯是诗人、语言学家、哲学家、译者、外交家、诺贝尔文学奖获得者，以下是我引用的他的思想：

“说一门外语，理解它，把它翻译成自己的母语，是重建最初的整一。……精神是一，语言是多，将两者联结在一起的是翻译。……翻译的目的在于保存和传递某些被认为普遍和永恒的真理。因为普遍，这些真理属于所有人并能够被翻译成所有的语言；因为永恒，这些真理属于所有时代。……如果说人类的精神是普遍的，那么所指也应当是普遍的，因而，翻译是合理的也是可能的。……这个看法来自古希腊。亚里士多德曾说：‘尽管人们的文字和语言不同，但灵魂的状况和这些符号指称的事物是一样的。’”

在中国，“旅行与翻译曾是类似的，都是人终其一生从事的活动。译者的学校就是旅行者和探索者的学校。……在唐太宗的支持下，伟大的传经人三藏法师开设了译场，由 12 名佛教文献专家和 9 名修正润色人员，即‘缀文’组成”。

奥克塔维奥·帕斯的论点如下：“从前，信仰主导翻译活动。这份信仰是有宗教基础的：如果只有一个上帝——或只有一个真理——则翻译是可能的，因为一切所指(signifié)都以神的意指活动(signification)为基础。”帕斯的这个观点令译者振奋鼓舞。

“然而，”奥克塔维奥·帕斯最后说，“一切文本都因历史和地理的原因而具有相对性：中世纪时，翻译之难从理论上而言主要源于此。……20 世纪不懂何为中介，因此，翻译对 20 世纪而言不像桥梁，而像逻辑的深渊：翻译是幻觉、骗术或歪曲。”

…………

这是永远的论争，我们都听说过那首意大利歌曲中的名言：traduttore -traditore——译者即叛徒。

我们译者的工作究竟落脚在哪里？

我把科尔泰斯的两部重要作品——《罗贝托·祖科》和《孤寂在棉田》译成了斯洛文尼亚语，这是一门小语种，说的人很少，只有斯洛文尼亚这个小国中的区区 200 万人。

我在此插入介绍一下斯洛文尼亚的情况，这个国家在欧洲有其地位，但在中国可能不为人知。它是南斯拉夫(1918—1991)最北边的一个共和国，或者说是一战结束前奥匈帝国南部的一个省份；1991 年独立，但自 1945 年就拥有了自己的政府，国民属于斯拉夫民族，语言也属于斯拉夫语族(像俄语、波兰语、捷克语、保加利亚语或克罗地亚语一样)，斯拉夫语是从罗马帝国覆灭开始在古斯拉夫语、拉丁语基础上和日耳曼语的影响中形成的。

斯洛文尼亚尽管很小，却拥有 3 座国家剧院以及 4 座地区级和市级剧院，每座剧院都有自己的剧团。我对斯洛文尼亚的介绍到此结束。

根据我的两部译作，共出现了 4 个版本的演出，我的翻译是受 Slovensko Mladinsko Gledališče 剧院的委托进行的，Slovensko Mladinsko Gledališče 剧院在国外以 Mladinsko Théâtre 的名字著称，是卢布尔雅那的青年剧院，是新形式的坚定探索者。译文是专为两名导演定制的。

第一部译作《罗贝托·祖科》是 1994 年为玛扎·波戈拉日(Matjaž Pograjc)翻译的，波戈拉日那时还是一名很年轻的导演，那是他第一次在斯洛文尼亚青年剧院(Mladinsko Théâtre)排戏。波戈拉日出道是在 Betontanc 形体戏剧公司，他的首演获得了 1992 年法国塞纳-圣丹尼国际舞蹈汇演大奖(Grand prix aux Rencontres chorégraphiques internationales de Seine-Saint-Denis)。

演员尼柯·高尔斯(Niko Goršič)，又名尼柯·优佩(Nick Upper)，曾在波戈拉日导演的《罗贝托·祖科》中饰演忧郁的检察官和老先生两个角色，1998 年参加波戈拉日导演的第二部戏——《孤寂在棉田》。

接下来，1999 年由彼得·斯尔皮(Peter Srpcic)导演的《孤寂在棉田》在斯洛文尼亚国家剧院(Drama SNG Maribor)上演了第二版，这也是斯尔皮执导的戏剧首次在国家级剧院演出。

最后是《罗贝托·祖科》的第二版，由爱德华·米勒(Eduard Miler)导演，在斯洛文尼亚新戈里察(SNG Nova Gorica)国家剧院于 2000 年上演。爱德华·米勒导演的《西岸》于 1987 年在卢布亚纳国家剧院(Drama SNG Ljubljana)上演，爱德华·米勒是第一个将科尔泰斯引介入斯洛文尼亚的人。

我作为译者，也作为语言顾问和剧作家参加了两部戏三个版本的排演(《罗贝托·祖科》的第一版和《孤寂在棉田》的两个版本)。

第一版《罗贝托·祖科》特别成功。在斯洛文尼亚及其他多个国家共演出 40 场，观演人次达 11,714，尤其是在拉美的大巡回演出(委内瑞拉、阿根廷、乌拉圭、哥伦比亚举办的"伊比利亚美洲戏剧节"等国际戏剧节)很受欢迎，斯洛文尼亚电视台在拉美制作了一部关于这次巡演的纪录片)。

似乎祖科把科尔泰斯"病毒"传播给了很多人，尤其是传播给了戏剧构作(此处取该词的德语 dramaturge 意思，即指作为艺术顾问参与排演的人员)伊维察·布勒亚(Ivica Buljan)，他把科尔泰斯的戏剧翻译成克罗地亚语，并在克罗地亚导演了科尔泰斯的全部作品。

对我来说，翻译科尔泰斯的作品是一个挑战，就像翻译德勒兹、德里达、费多(Georges Feydeau)或贝克特一样，要用斯洛文尼亚语重新创造出一个伟大作家的语言和风格。我喜欢难题和挑战。译者会不时陷入忧郁烦闷的状态，是难题和挑战给这份工作带来了意趣和生机。当为剧院做翻译的时候，挑战变得更能激励人。我在翻译之前不仅已经认识了第一版《罗贝托·祖科》和第一版《孤寂在棉田》的导演，而且也认识了所有演员，其中包括第一版《孤寂在棉田》中是两位女演员(商贩和顾客由两位女演员出演——这个选择绝不是毫无意义的!)。

第一版《罗贝托·祖科》和第一版《孤寂在棉田》的共同点在于音乐扮演着重要角色，它们都将音乐作为戏剧整体表达中不可分割的主要元素。毁坏组合(Demolition group)摇滚乐队创作了歌曲并给科尔泰斯原作创作歌词。扮演祖科的演员亚纳·斯考夫(Janez Škof)，在动作和肢体表现方面十分出色，他同时也是一名优秀的手风琴手和创作歌手，他为自己的角色编写了歌曲。

《罗贝托·祖科》中戏剧与摇滚乐队合作取得的巨大成功很可能影响了尼柯·高尔斯，他在排演《孤寂在棉田》时邀请了一位女说唱歌手，这位歌手根据剧本创作了歌曲，为两位女演员伴唱。

我们知道科尔泰斯语言的音乐性，这种音乐性似乎能够促成戏剧与音乐之间的转化：可以是将整个文本转变成音乐，例如雷吉·康波创作的歌剧《西岸》；也可以是将一部分场景转变成音乐，例如在波戈拉日和尼柯·优佩的戏中。

安娜·于贝斯菲尔德(Anne Ubersfeld)在《贝尔纳-玛丽·科尔泰斯》一书中引用了科尔泰斯与安娜·布朗卡尔(Anne Blancard)的一段谈话,科尔泰斯说:“我写语言就像作曲,即从具体情感出发,以一种抽象的方式来写。与对日常语言的摹仿相去甚远。”他说,必须“依靠日常语言内部存在的音乐体系”。

两位导演都不懂法语,尽管是以翻译为依托,或者可以说是在翻译的帮助下,他们感受到了科尔泰斯所说的这种音乐性,这种音乐甚至引领着他们的导演工作。

戏剧翻译工作者提出了这样的问题:应当翻译成风格化的语言还是现实的语言?应当把文本转移到目的语环境,还是保留原文语言和语境的所有特殊之处?

对我来说,最重要的,是让译文语言流畅,同时尽可能地将原文风格再创造出来。伟大的作家总是普世的,只要译者信任他,他总能给译者以正确的引领,科尔泰斯正是这样一位伟大的作家。

这就是为什么翻译科尔泰斯,如同翻译所有具有自己风格的作家一样,是一桩幸事。我完全同意安娜·于贝斯菲尔德对于“是什么成就了一名作家的伟大”这个问题的回答,她回答道:“首先有两点:他的世界与他的时代精准对应,他以丰富的手法和入木三分的力道把这个世界表达出来;他有自己的语言,不是他同时代人的、他的人物的或者某个社会阶层的语言,而是属于他自己的语言,不论从谁的口中说出来,我们都能认出这是他的语言。科尔泰斯就是这样:他是一面睿智的镜子,同时也是拥有伟大语言的作家。”“虽然某些人物有其特有的表达法或者语言习癖,但确切地说,所有人物说的都是科尔泰斯语,就像所有拉辛的人物说的都是拉辛语,所有莎士比亚的人物说的都是莎士比亚语。”“如果能够说出对所有人都十分重要的东西,而且是以这样一种音乐美、形象美、激发译者欲望的语言说出来,那么这就是作家——诗人的胜利。这对作家来说是一个卓绝的挑战,对导演和其他戏剧艺术家(舞美、配乐、灯光、演员)来说也一样。”

《孤寂在棉田》首演时,导演和演员觉得句子太长、太复杂,想要截断、缩短。我成功地说服他们改变了主意,我说正是科尔泰斯为这出戏创造的句子结构才使得这个文本如此特别,他们必须尊重文本,找到支持这种语言的表演方式。《孤寂在棉田》的第二版一开始就注意到了文本的特殊之处。导演和演员们观看过第一版,不畏惧这个文本。相反,正是第一版鼓舞他们投身于这个文本,并以自己的方式探索它。他们的辛苦换来了一场精彩的演出。两名优秀的演员明白,想要演好这个本子,必须真正地一起演，互相倾听，紧跟对方。他们明白，这个文本的力量，正在于它如此独特的诗性语言，如同安娜·于贝斯菲尔德指出的那样："显然，科尔泰斯作品的力量不在于戏剧的力量，而在于诗的力量——或者更确切地说，两者是同一的"，科尔泰斯"诗性语言的多义性""表达出心理多义性，给艺术家创造出了空间，让他们能在这个空间里表达出他们自己的诗学，即舞台符号的诗学"。

独白解构文本

——以科尔泰斯作品为例探析现代独白戏对文本开放性的表达与回归

Deconstructing Texts by Monodrama: An Exploration of Modern Monologues' Expression and Return to Textual Openness by Koltès' Plays

汪一兰[①]

Wang Yilan

摘要:本文试图以法国当代剧作家科尔泰斯的经典作品《森林正前夜》为视角,探究其独白戏面向多维度真实生活的开放性和表达能力。如果说科尔泰斯的剧作呈现以独白形式下人物的发言以及独白消解了一般戏剧中各种对话与场景的意义,从而实现纯粹戏剧形式的开拓,探索从现实主义到现代主义的过程,那么其形式的着眼点仍在于剧本文本,只不过以看似更为消极的方式进行。戏剧里最为重要的是说话的行为是人物性格还是矛盾冲突?科氏的作品会影响我们开始新的思考:独白中的情节是什么时候发生的?有没有发生?这些传统意义上的戏剧构成要素不再必需,戏剧作品实际上融进了文本中,人物、冲突、情节、故事、时空难以区分,这些元素好像不复存在,或者至少被重新定义与表达。

关键词:科尔泰斯;独白戏;开放性

Abstract: This article attempts to explore the openness and expressiveness of the monodrama oriented to multidimensional real life, taking the classic work *La Nuit juste avant les forêts* by the contemporary French playwright Koltès as an example. If Koltès' play presents a monologue in which the

① 香港理工大学中国文化学系戏剧文学硕士,北京外国语大学博士研究生,西安市艺术研究所研究员(因工作变动,现已从西安市艺术研究所辞职——编者注),主要从事剧本翻译及中外戏剧传播比较研究。

characters' speeches dissolve the meaning of various dialogues and scenes in general theater, thus achieving a purely theatrical form and exploring the process of moving from realism to modernism, the focus of its form is still on the text of the play, but in a seemingly more negative way. Is it the act of speaking or the characterization or the conflict that is most important in drama? Koltès' work provokes a new thought — when does the plot in a monodrama take place? Does it happen? These traditional components of drama are no longer necessary; the dramatic work actually melts into the text, where character, conflict, plot, story, time and space are indistinguishable; these elements seem to cease to exist, or at least are redefined or re-expressed.

Keywords: Koltès, monodrama, Openness

贝尔纳-玛丽·科尔泰斯,是近四十多年来法国现代戏剧界最重要的剧作家之一,而创作于 1977 年的《森林正前夜》亦是其创作迈入成熟期的标志性作品。独白剧《森林正前夜》在法国当代戏剧中占有突出的地位——他是科尔泰斯本人公开承认的第一部作品。

独白作为表现内心世界的一种方法在科尔泰斯的戏剧中常常被使用。科尔泰斯曾在 1983 年的一次访谈中说:“我早期的剧作没有任何对白,只有独白。接下来,我写了一些相互穿插的独白。”[①]科尔泰斯的戏剧创作天赋很早就已显露出来,1977 年问世的《森林正前夜》得到了他的公开承认,他将其视为自己戏剧生涯的真正开始。剧本通篇只是一名年轻男子的不分场次的独白,整个剧从头到尾舞台语言未间断且没有一个句号,一气呵成。

独白在某种传统上总被认为是一种缺少戏剧冲突的表现形式,科尔泰斯的作品却表现出对这种边缘的戏剧话语形式的狂热,他在其作品中广泛应用,探索独白的无限可能,将之运用到了极高的高度。科尔泰斯的独白戏改变了传统戏剧中戏剧冲突的表现方式,改变了对戏剧中人物的展示和戏剧阐释的方式。科尔泰斯用一种冷漠、近乎残酷的方式尝试着突破表演本身、倾诉内心、实现自我解放。

① 赵英晖.科尔代斯戏剧独白的跨体裁性[J].外国文学研究,2019(3):108-116.

一、“文本”与“作品”

“文本”在法语中是 textc，英语中是 test，而“作品”在法语中是 œuvres，英语是 works，它们都是日常语言中的普通词语。但作品和文本之于戏剧，都存在着非常特殊的内涵，我们又是否对其有着足够清晰的理解呢？

西方现代戏剧叙事范式的形成可以追溯到 19 世纪末，其转变是同整个西方现代思想文化观念的转向同步发生的。传统的文学观念中，文学话语的对象是“作品”，而文本只是“某个作品的文本”，是作品的文字呈现。对于戏剧来说，文本也是一个具有特殊内涵的关键词，并且在某种程度上与作品的概念是对立的。一部戏从文本到作品，它们之间存在着既冲突又互为条件的辩证关系。在以往的研究中，文本总是在与作品和文学的关系中被定义的，它的职责就是保证作品的物质基础，也就是说维护作品的确定性，其存在总被限定为某某作品的文本，文本没有独立性，最终必须走向作品，后者才是它的归宿。即使在强调“文本”重要性的戏剧美学中，文本的最终价值依然是以“作品”的方式呈现的。我们在谈论戏剧的时候，通常所关心的不是这可见的部分，而是“作品”或“文本”的概念，是精神性的，是被语言或者属于某项艺术的材料组织起来的整体，由创造者使它成型，是文学或艺术的产物。

而“互文性”又是当代西方结构主义与后结构主义的一种文本理论。对于戏剧领域而言，“互文性”涉及“作品”与“文本”的延展概念，“作者死了”，“文本意义生成中”，“受者”的视角强调，这使得文本呈现开放性，不再为作者的观点所束缚，文本与文本之间、文本与文本之外的东西，文本与读者之间的对话进而形成，从而构成了文本不断生产的过程，不断有新的文本、文本意义、新的作品产生。

在戏剧领域，作品和文本是具有精神共鸣的。而很大程度上，观众的注意力、观众的接受倾向直接与戏剧的结构和布局相互影响。一切艺术的基本形式，是由它们“被欣赏”的目的决定的。结构本来就应取决于“魅力”的需要。但科尔泰斯的独白似乎又与这一切无关。在中国舞台上演的科尔泰斯的《森林正前夜》只闪现了文本中的某些片段，而非完整地搬演剧本，它截取剧本中的某些片段（例如寻找栖身之处、被流氓打劫、国际工会、墓地）进行演绎，这样的截取在有限时间内深刻地表现了主人公的生活片段和各种遭遇。与原著相比，舞台呈现最大的特点就是将内容条理化，并竭力让观众看懂每一个片段所指向的主题与主人公的内在情绪。

层层叠加意向而不得其解。将连续不断的戏剧情节挤压成若干段落，把点挤成面来表现，当然这样处理的舞台呈现一定会改变文本的面貌，削弱文本的内涵与爆发力。舞台上呈现的片段多围绕异乡人所遭受的排挤、挫败感等内容展开，而较少涉及他的反扑和愤怒。我们能发现主人公的格格不入，却较少地看到文本中对这格格不入的深度思索。此外，还有很多以两性关系所隐喻的露骨台词都被删除或简化处理了，当然这很可能是尺度的问题，但作品的呈现确实弱化了科尔泰斯原文本中对社会、对人生的尖锐思考，戏剧的张力与台词的冲击力也被大大削弱。①

在戏剧领域，作品与文本处于很特殊的关系之中。一方面，它们似乎是同一的，比如《森林正前夜》这个文本与《森林正前夜》这个戏在某种意义上是完全相同的，它们由同样的内容构成；另一方面，它们又处于不同的层面，戏剧作品意味着文本的“彼岸”，意味着比文本更具感染力的地方，如果说文本意味着剧本上的文字，那么戏剧作品就意味着文字之上的意义和价值，意味着它有某种超出文本本身的东西获得了承认，正是这种东西让人们称之为“戏剧作品”。

在经历了各种西方先锋思想的冲击之后，笔者认为文学文本和戏剧作品都表现出了顽强的生命力。戏剧作为对文本的实践常常表现出向文本的回归，因为作为实践，不得不回归主题和价值。因此，从文本走向戏剧作品，就成为一个合乎逻辑的进程。戏剧作品向我们表现出两面性：既是话语，又是表象；既是对象，又是实践；既是肯定，又是否定；既是思想体系，又蕴含颠覆。② 这两者之间互相无法抛弃，在从文本走向戏剧作品时，是否应该试图构建起一个对话关系，两者之间既相互冲突，又相互补充。

二、独白对于文本的消解——以科尔泰斯作品《森林正前夜》为例

黑格尔认为，“全面适用的戏剧形式是对话。只有通过对话，剧中人物才能互相传

① 郭斯嘉.都市樊笼中挣扎的心：独幕剧《森林正前夜：闪光》[J].上海戏剧，2013(6)：26-27.

② 钱翰.二十世纪法国先锋文学理论和批评的“文本”概念研究[M].北京：北京大学出版社，2015.

达自己的性格和目的，……这种针锋相对的斗争促使实际动作向前发展”。①

斯丛狄也指出：由于戏剧经典形式已无法容纳随时代变迁的现实生活内容，原本有机统一在戏剧内部的内容与形式被迫分裂，纯粹的戏剧或绝对戏剧因此遭遇了一场前所未有的危机。②

雨果曾高度评价独白在戏剧中的重要作用，他说戏剧“向观众展示出两个意境，同时照亮了人物的外部和内心，通过言行表现他们的外部形貌，通过独白刻画内在心理，总之一句话，就是生活的戏和内心的戏交织在同一幅图景中”。③

1.近现代西方戏剧的嬗变

法国是西方世界最具悠久文化传统和文化个性的国家之一。近代以来，西方文化领域的思潮、流派大多发源于法兰西。一直以来，法国文化的激进精神和法国作家的创新意识，使法国戏剧具有强烈、突出的先锋性。如果说雷曼通过引入“后戏剧剧场”的概念对西方戏剧重新进行了整体观照，将戏剧本体内容与形式的矛盾解决明确地导向了剧场舞台④，那么，在有关戏剧文本的合法性以及在戏剧本质的剧场性或文学性的问题探讨上，素来引领潮流的法国戏剧也许提供了另一种参照。实际上，法国戏剧界对戏剧本质的讨论与追问从未停息。

从二战期间及战后存在主义戏剧对保留纯粹形式的尝试，经由20世纪五六十年代荒诞派对戏剧语言的质疑与消解，到70年代至今戏剧回归文本后对语言的重视与重建，再至当代科尔泰斯的独白剧几乎完全靠独白撑起，骤变的时代内容所要求的某种相对恒定的有效戏剧形式是否存在？戏剧之“本”是否仍然有存在的必要？若有的话，其生命力何在？

回归文本的戏剧，实际上意味着重新界定戏剧语言的作用。法国当代剧作家们对此进行了孜孜不倦的探索。20世纪90年代，以连贯或交错等各种形式出现的独白在戏剧文本中占据了重要地位，由此出现了所谓“自我的戏剧”。⑤ 这一现象首先表明了

---

① 赵英晖.科尔泰斯戏剧独白的跨体裁性[J].外国文学研究，2019(3)：108-116.

② 斯丛狄.现代戏剧理论：1880—1950[M].王建，译.北京：北京大学出版社，2006.

③ 伍蠡甫.西方文论选：下卷[M].上海：上海译文出版社，1979.

④ 龙佳.解构绝对　回归语言：法国现代戏剧嬗变路径探析[J].当代外国文学，2018(2)：89-96.

⑤ KOLTÈS B-M.Une part de ma vie：Entretiens (1983—1989)[M]. Paris：Les Éditions de Minuit，2010.

剧作家对自身独立自主地位的强烈要求。同时,他们普遍接受了戏剧的、叙事的、抒情的等各种言说形式的混合,在自由叙述中寻求戏剧的诗性维度。由此带来了对诸如重复、独白、歌队、元戏剧等古老戏剧手段的革新。西方戏剧,尤其是绝大多数的现代西方戏剧不再满足于仅仅给观众讲述一个故事,而是要通过动态的、整体的戏剧形态来传递一种哲学思想和叙事观念,表达一种叙事意图和意义。

而在戏剧中,悬念的要素,即"先于自身"(Sich-vvoraus-Sein,施塔格尔语),根植于人际事件。它归根结底是某种未来性的东西,借助于辩证法而寄身于人与人的辩证法之中。戏剧中的人际互动是各个寻求扬弃的对立面之间的统一。戏剧悬念来自对这种扬弃的必然性的认识,来自戏剧人物实现这种扬弃或者破坏这种扬弃的超前的思维和行动。悬念要素根植于人际互动关系的辩证法,这就解释了为什么戏剧危机必然也意味着现代戏剧中"戏剧"风格的危机。①

2.独白的非理性思考和表达突破

在西方戏剧界,独白一度被视作一种边缘化的戏剧语言。在 19 世纪时更是受到了一些戏剧理论家的质疑和批评,主要原因是传统戏剧讲究戏剧性和矛盾冲突,戏剧性是推动情节、刻画人物的动力,然而独白在戏剧中对于推动戏剧情节发展所起的作用似乎微乎其微。在批评家看来独白在整个戏剧中基本属于故事情节的分支,并非戏剧的主干,是一种静态的东西,缺少戏剧性。它具有完全不同的时空意识,也许是从几何学或是物理学看到的时空意识,对固定的舞台空间进行焦点透视,讲述合理、真实的人物与故事。虽然弃用和反对在戏剧中使用独白的声音不绝于耳,但科尔泰斯却完全颠覆了人们的认知,独白戏在他的戏剧中以不同形式和不同规模存在,并且达到了一种极致的程度。独白在科尔泰斯的戏剧中扩展到了主干部分甚至整体,这种表现形式在表述人物内心活动时达到了登峰造极的地步,并使独白的内容充满非理性色彩。戏剧将表现人的内心世界作为戏剧的重要内容,表现人在物质世界的挤压下的无意识冲动、痛苦的意念和转瞬即逝的思绪,并把这种非理性的思绪全部外露出来,使内心独白具有动感,变成一种可见的、可视的戏剧场面。尽管其精神处在错乱、迷离、恍惚的状态之中,独白的非理性却构成了发展中的故事情节。《森林正前夜》在艺术形式上对传统戏剧进行了突破,除了那个隐形的人作为对话对象,整个戏剧就是这个主人公在述

① 斯丛狄.现代戏剧理论:1880—1950[M].王建,译.北京:北京大学出版社,2006.

说着自己的经历和生活感受，独白作为戏剧要素被无限放大了，打破了戏剧的传统，使得戏剧可以没有人物之间的交流和对话，单凭一个人就能够进行下去。科尔泰斯放大独白的作用，任由人物宣泄自己的感情，用一种非理性的故事情节打破原有的思维定式和逻辑定式，将戏剧引入一种迷茫的境地。他想讲述的并不是究竟应该有所作为还是保持无为，而是想展现一个以独白叙述为形式的反思与提问过程。显而易见，科尔泰斯的作品具有陌生化的特点。他平静而又汹涌地展现着各种不同。通过这种方式，把戏剧文本转化为独白文本，将它们用独白的形式呈现出来。他的作品中既充满了沉思、忧郁却又歇斯底里的抒情，又潜藏着人物内心无限的悲苦和矛盾，使人看到他在现实世界与幻想世界之间的疑惑不决。他的头脑一片混乱，他成了他的情感和厄运的双重奴隶。

3.独白对于文本的解构与回归

基于以文本为中心的观察方式，我们可以说独白并不是文本形式的一种变体。我们现在采用了一个人工造出的词——"独白"(Monologue)，它可以很好地表现交流、理解。文本并没有失去其重要性，而是向表演敞开了自己。

如果说早期的科尔泰斯以对白形式下人物的各自发言以及独白消解了传统戏剧中对话的意义，从而实现戏剧形式的开拓，使其跨越到现代主义，那么《森林正前夜》的积极探索的着眼点仍然在于文本语言，只不过以看似更为消极的方式进行。他丢弃了传统戏剧中必不可少的情节和解构，以模糊的背景取代确定的时间和地点，以象征、寓意、重复、非逻辑的片段场面取代一以贯之、起伏跌宕的戏剧冲突和情节，以"梦呓"代替传统戏剧中机智的应答和犀利的对话。就是这样看似毫无"戏剧性"的戏剧，却包含着对痛苦人生的极大关注，使人在品味之余能够领略到其震撼人心的力量，这便是科尔泰斯独白剧独特的魅力。

在《森林正前夜》里无可救药般颠三倒四的独白形式中，主人公既无法与他人交流也不能自我交流，实际上以自我放逐的方式选择了孤独。科尔泰斯通过无效的对话来表现语言的破碎和解体，隐喻式地展现了现代社会中矛盾重重的孤独个体的身份焦虑。实际上，面对一个已经变得复杂的世界，消解话语成为唯一有尊严的抵抗方式。因为，"人的尊严就在于他面对完全没有意义的现实的能力，没有恐惧、不抱幻想地自由地接受它——以及嘲笑它"[①]。《森林正前夜》的文本正是通过表现语言的不可交流性去感受平常事物的语言,由此超越语言。于是,人物的话语了无生趣、毫无逻辑,沉默亦是常态,由此带来了戏剧作品层面的巨大变革:作为交流工具的语言的无效性消解了人际关系,机械化的话语导致了人物的机械化。而这恰恰是重构戏剧内容与形式统一的努力,即通过看似混乱的语言展现矛盾尖锐的图景,来"试图获得其基本假设与表达基本假设的形式之间的统一"[②]。科尔泰斯作品中碎片性的叙事手法动摇了传统戏剧"情节整一"的基础,剧作家强烈的主体意识力图突破情节的束缚,使传统戏剧结构在其主体意识的冲击下出现松动,以此消解戏剧"情节整一"的影响。

杜拉斯认为,戏剧里最重要的是说话的行为,而不是人物性格。[③] 科尔泰斯对语言的探索在于,挖掘言语发出之前人物细微、隐秘而复杂的心理世界,来呈现普遍意义上人类真实的思想。以毫无交流功能的流畅对话为假象,构建以内心独白或者内心自我对话为实质的"潜对话"。剧本《森林正前夜》中的主人公更类似于一个"语言的载体",身份定位全然无效,因为剧本的主题与形式都是从日常话语生发出来的,借由对主体意识"前语言"状态的深层次考察来触及人的真实存在。在戏剧中大量使用"反戏剧的"独白的科尔泰斯这样声明:"我尤其感兴趣的是人物,是他们间的关系。"他的作品,特别是成熟时期的作品,的确通过独白建立起了人物间的互动。于是,《森林正前夜》就是一个男人对过往的交叉叙述构成的故事剧本。回忆或记忆的不确定带来对情节线性逻辑与固定意义的颠覆,外显为零碎的、片段式的、独白式的话语链,由此形成的多义性语言世界营造了某种诗意流动的氛围。以展现客体情境为目的的科氏戏剧,要求主体性语言形式积极参与情境的构建,来实现戏剧内容与形式的契合。只是,科尔泰斯的戏剧文本已不是完全意义上的"剧本",更像是"文本、戏剧、电影"的综合体。

有人认为,独白表达了孤独感,表现了一种极端的交流无能,或者说"交流障碍"。对剧场艺术理论而言,这些关于人际关系异化的惯常说法并无任何用处。从剧场美学的角度来看,这些说法也许应该倒置过来。只有在对话系统中,才能辨识出人与人之间交流的失败。而一场独白则是对观众所讲的话,它反倒把交流因素提升到一个更高

① 艾斯林.荒诞派戏剧[M].华明,译.石家庄:河北教育出版社,2003.

② 艾斯林.荒诞派戏剧[M].华明,译.石家庄:河北教育出版社,2003.

③ KOLTÈS B-M.Une part de ma vie: Entretiens (1983—1989)[M]. Paris: Les Éditions de Minuit, 2010.

的层面——交流就发生在此时此地的剧场中。①

科尔泰斯善于展现社会边缘人颠倒的世界，他们似乎不愿进入所谓正常的社会生活，深陷堕落的泥潭而无法自拔，最终被社会摒弃。独白在《森林正前夜》中既是人物内心世界的吐露，又像是在与观众对话。演员与观众通过不断的重复的语言，直接建立起一种纵向关系。科尔泰斯的文字更偏向于口语化的表述，破碎的句子、近乎宣泄的描述诉诸感官。剧中的独白者的确也承认自己已“半醉”“神智不清”。② 不断地重复，是一种无序的、自在自为的、碎片化的叙述方式，这样的叙述方式看似凌乱难解，实则凸显了剧中人随脑海中意识之流变所倾泻的无序的思绪与浮想，最终构成一种情绪的冲撞。

例(1)：老是那些古老的石头，陈旧的黑木头，几千年的古玩意儿，它们嘲笑着一切。③

例(2)：就因为她那无与伦比的漂亮，就因为她答应过抓完耗子后她会给我们许诺，就因为她让我忘掉一切地追在她身后。④

例(3)：玛玛，玛玛，玛玛，玛玛，玛玛，玛玛，××真臭！我像个傻帽等了一个夜晚。⑤

文字犹如一团团错乱、迷离、恍惚的阴影，朦胧、萦绕，却又营造出流浪汉不断变化的意识与涌动不安的情绪。这种内心独白是一种具有很浓厚的、非理性的内心世界的外露。至于话语中的情节是什么时候发生的？有没有发生？人物是否存在？这些传统意义上的戏剧构成要素已经不再必需。“剧本实际上融进了文本中：行动、冲突、情节、故事、时空都难以区分了，就好像这些元素已不复存在，或者至少被重新定义或表达了。”在某种程度上，这种对科尔泰斯独白剧的总结适用于当代法国的大多数独白剧本。毕竟，剧作家们终于明白，只有走出对话独裁、典型化人物人际关系独尊等传统藩篱的束缚，走出试图提供任何一种答案的迷思，保持文本的开放性，以叩问的方式面向真实的心灵世界，剧本的生命力才有可能得以延续。正如科尔泰斯的自述：“戏剧文本不应该必然只是作为戏剧演出的素材而存在，而要能被阅读，就像读小说……这正是

① 雷曼.后戏剧剧场：修订版[M].李亦男，译.北京：北京大学出版社，2016.
② KOLTÈS B-M.Une Part de ma vie：Entretiens (1983—1989)[M]. Paris：Minuit，1999.
③ 科尔泰斯.森林正前夜[M].宁春，译.北京：中国传媒出版社，2006：4.
④ 科尔泰斯.森林正前夜[M].宁春，译.北京：中国传媒出版社，2006：20.
⑤ 科尔泰斯.森林正前夜[M].宁春，译.北京：中国传媒出版社，2006：31.

我努力去做的。"①科尔泰斯作品中的独白作为一种叙事形态，它追求的不再是从矛盾冲突中得到强烈的、振聋发聩的戏剧效果，而是在恍惚迷离中进行哲理性的沉思，通过语言和意境来显现某种意义。这种意识流或者说是无意识的叙事模式，运用人物意识自由流动作为叙事导向和方法，通过人物的自由联想、内心独白以及时序颠倒来表现现代人的心理活动，将理性和非理性戏剧要素糅合在一起，充满了人类的欲望和本能。人类是不是被生活奴役，或是处于一种无可奈何的境地？人类的智慧是否能解决所有问题？人们彼此隔绝，互不了解、互不关心、没有交流，过着孤独的生活。痛苦具有一种不可表现的挑衅性，而借助独白，却可以实现某种不可理喻的东西。

巴赫金告诉我们，任何独白都是对语，独白中必然有他者的影子，而在科尔泰斯的戏剧中，他者显得尤为重要，甚至关于《森林正前夜》这部独白剧的舞台呈现，有评论家觉得非常有必要添加一个人物作为独白的受话者与独白者一起出现在舞台上。我认为原因就在于科尔泰斯戏剧独白充分发挥了言语的言外行为和言后行为，能够建立起人际关系，起到制造矛盾、激化矛盾、激发行动、推动情节发展的作用，即具有了强烈的"戏剧冲突"，消解了文本叙述。然而，科尔泰斯戏剧独白的"戏剧性"并不能形成亚里士多德—黑格尔式首尾连贯整一、环环相扣的戏剧发展进程，因为在科尔泰斯的戏剧独白中还不无矛盾地存在着干扰"戏剧冲突"的文本叙述成分。"独白"在科尔泰斯的作品中是标志性的、不可或缺的艺术表现手法，它分析人物心理的作用得到了发展。"独白是一种似梦幻的、潜意识的、带有很大随意性的心灵自白，剧中人把自己内心深处的潜意识外露出来——全面展示出自己的心灵世界以及意识的流程。"②向人物更深层次的潜意识发掘，把潜意识戏剧化，将人物积淀于内心深处的个人无意识与集体无意识有层次地显现出来——在科氏的影响下，这已是现当代戏剧中具有普遍性的趋向。③

---

① KOLTÈS B-M.Une part de ma vie：Entretiens（1983—1989）[M]. Paris：Les Éditions de Minuit，2010.

② 冉东平.评凯泽的表现主义戏剧《从清晨到午夜》[J].戏剧，2001(1)：27-30.

③ 李智伟.戏剧独白的特征与体现[J].戏剧，2011(3)：61-70.

结　语

这种运用独白消解文本的方式使科尔泰斯的戏剧人物获得了丰满的形象，而不是如诸多现当代戏剧作品中那样，由于情节的瓦解以及随之发生的人物情节结构功能的消失，戏剧中只剩下不具任何个体特征和行动能力的“影子”，称不上是真正的人物。科尔泰斯笔下的人物有故事、有厚度，他通过戏剧独白为人物重建了记忆，使人物脱离了“非人的”“僵滞在此”的状态。科尔泰斯的戏剧独白作为一种对于文本的记忆书写，将文本中已形成的戏剧冲突结合多维时空，向我们展示现代人如何建构自己的身份，又建构了怎样的身份。我们可以看到一条舞台内部的交流轴线。这条线与分离舞台和观众席的那条线有所不同，并与之相交。欧洲戏剧经历了几百年的演变，文字、对话、情节、叙事占据了舞台，面对20世纪政治、经济、思想、文化的巨大变化，特别是第二次世界大战后“这个充满战争、机器和神经病的世界”“这么一个混乱、非理性的世界”，被历史捉弄之后的一代人面对冷漠混乱的现实，过去的幻想、信仰，以及稳定、安全的感觉彻底瓦解、消失了。科尔泰斯的作品表现出的无枝可依、无家可归的孤独感便更容易被人理解。这个孤单的个体选择了向观众敞开自己，虽然常常展现的是现代人孤独、无助的精神困境，这是一种散乱的、错位的、无意识的表现，然而却反映出更深层的真实世界。科尔泰斯无法忍受人们用“黑暗”“绝望”或“肮脏”形容他的戏剧。科尔泰斯作品的诗意光彩温柔地挥舞幽默，引领空间走向光明。令人叹撼的是，《森林正前夜》问世几十年后，剧本所表现的大都市的烦躁现象早已成为现代生活的全球化的共性，而科尔泰斯通过主人公所传达的他那人性的、渴望自由的呐喊，也直射到每个现代人的心灵最深处。应该说，观众从科尔泰斯的戏剧作品的暗示中找到了自己需要的东西，找到了自己去解读戏剧、解读人生的路径。

论科尔泰斯对安托南·阿尔托的继承

On Koltès' Continuation of Antonin Artaud

马　慧①

Ma Hui

摘要：本文从语言和主题两个方面深入研究科尔泰斯的剧作风格，认为人们对阿尔托和科尔泰斯的印象似乎都过于标签化，以至于掩盖了他们之间的联系和传承关系。科尔泰斯身处"后戏剧剧场"的环境中，他的剧作语言呈现出的音乐性、空间感和剧场性与阿尔托所反对的西方戏剧文本语言有明显的不同，是一种物质化的表演主体；他惯用的疯狂与暴力的主题体现出阿尔托所谓的对生命本真的即时体验。

关键词：科尔泰斯；阿尔托；语言；残酷；继承

Abstract: This paper examines Koltès' style of playwriting from both linguistic and thematic perspectives, arguing that the impressions of both Artaud and Koltès seem to be overly labeled, to the point of obscuring the connection and inherited relationship between them. Koltès is in a "postdramatic theatre" environment, and the musicality, spatiality, and theatricality of his plays are distinctly different from the drama text that Artaud opposed, which is a materialized performance subject. His usual themes of madness and violence embody what Artaud calls the immediate experience of the true nature of life.

---

① 中国传媒大学艺术学博士及博士后(该书出版时为上海戏剧学院博士后——编者注)，法国新索邦—巴黎第三大学高级访问学者，上海戏剧学院外国戏剧中心讲师，英文期刊 *Chinese Performing Arts* 编辑。参与多项国家社科基金项目，专著有《安托南·阿尔托经典化研究》，译著有《剑桥戏剧国别史(美国卷三)》，在《戏剧艺术》《艺术评论》《南大戏剧论丛》《四川戏剧》等期刊发表中、英论文十余篇。

Keywords: Koltès, Artaud, Language, cruelty, continuation

探讨科尔泰斯(Bernard-Marie Koltès, 1948—1989)在某些方面继承了阿尔托(Antonin Artaud, 1896—1948)实际上很危险,因为一个普遍的认知是,科尔泰斯的剧本显示出日常戏剧流派的很多特征,比如选择普通下层人作为表现对象,讲述他们日常的生活片段,最重要的一点是使用抒情性的戏剧语言,因此他常常被看作日常戏剧流派的代表。而日常戏剧流派的一大贡献是恢复了"语言的尊严和地位"①,他们认为戏剧写作首先就是语言的运用,因此它与节奏、主题等一样,甚至比情节、人物乃至意义等都重要。

然而,法国日常戏剧流派活跃于20世纪70年代,正是走出"五月风暴"之后导演地位被抬举为第一位的时代。这些导演们虽然也受到布莱希特"叙事剧"的影响,但阿尔托的"残酷戏剧"宣言更深刻地改变了西方传统戏剧观念,其相对激进的观点正好迎合了"风暴"之后人们想要摧毁一切的愿景。阿尔托以巴厘岛戏剧为范例,批判了西方戏剧与文化中僵化的文本观念和表演观念,促进了西方从戏剧到剧场、从文本到表演文本的转向,影响力之深远"以至于西欧和美国晚近一切严肃的戏剧不妨说分两个阶段——阿尔托前和阿尔托后"②。我们似乎可以用阿尔托解释一切,比方说,荒诞派戏剧,再比如彼得·布鲁克、格洛托夫斯基、姆努什金这样的导演。德国学者汉斯-蒂斯·雷曼(Han-Thies Lehmann)在《后戏剧剧场》(*Postdramatisches Theater*, 1999)一书中,将20世纪50年代之后出现的这些形形色色的先锋戏剧创造性地囊括在"后戏剧"一词当中,意指自文艺复兴之后尤其是18世纪产生的以文学为中心,强调剧本、情节、性格等元素的传统西方戏剧逐渐让位于以剧场和演出为中心的"后现代戏剧"。后现代主义因承载了超越预期界限的现代主义原则而呈现出反传统的多元姿态,其中最主要的就是"作者""文学""经典"的定义遭遇了前所未有的颠覆。

法国日常戏剧的出现似乎可以被看作对这种过度现象的一种矫枉,因此不免"过正"。科尔泰斯曾公开表示:"语言对我来说是戏剧工具,它几乎是人们唯一拥有的手段,必须最大限度地加以利用。"③然而,我们在阅读科尔泰斯的剧本的时候,从其家

---

① 宫宝荣.法国当代日常戏剧流派及其代表米歇尔·维纳威尔[J].戏剧艺术,1993(4):136.

② 桑塔格.在土星的标志下[M].姚君伟,译.上海:上海译文出版社,2006:42.

③ 宫宝荣.现代中的"后现代":简析科尔泰斯《罗伯托·祖科》一剧中的若干后现代特征[J].戏剧,2005(1):53.

庭成员之间暴力复仇的主题，语言所具有的音乐性、空间感和剧场性中都能看到阿尔托的影子。这里并不是想用阿尔托解释一切，而是提出一个小小的观点，即人们对阿尔托和科尔泰斯的印象似乎都过于标签化，以至于掩盖了他们之间的联系和传承关系。其一，阿尔托反对语言的初衷是认为语言无法表达整体的意识，所谓恢复戏剧本身的语言，"问题不在于取消有声话语"①，而在于在戏剧中占主导地位的戏剧文本不再是绝对的第一位，它与表演、舞美、音乐一样，独立而平等地作为戏剧的一个元素；其二，虽然科尔泰斯对文本的信仰很坚定，但他追求的是更加自由的诗意，语言朴素直白，不追求曲折的情节，也不刻意丰富人物性格，与古典剧本谨守"三一律"的创作原则以及阿尔托批判的自文艺复兴以来注重描画人物性格的纯粹描述性戏剧大相径庭；其三，在"后戏剧"时代"讨论'戏剧文学'的问题，已经必须在后戏剧剧场理论的视野中才能得以深入展开，这是因为在后戏剧剧场的实践中已然产生了另外一种形态的戏剧文学"②。如果说因剧本不好而呈现了不好的剧场表演，"那一定是戏剧剧场的文学创作本身出现了障碍，而没有道理埋怨所占份额极少的后戏剧剧场出现了新的剧场文学样式和去剧本中心的原则"。③

一、物质化的语言

科尔泰斯曾懊恼地说他是那个时代"第一个欣赏契诃夫、莎士比亚、马里沃(Marivaux)并试图从中吸取教训的人。但是，即便我们这个时代没有这样的作家，我认为搬演一个有缺陷的当代剧作比搬演十个莎士比亚要好"。他真心地发出这样的疑问："如果人们不要求剧作家做任何事，那又如何希望他们变得更好？"④

科尔泰斯正好处于一个剧作家"退隐"的时代。否定"剧作家"以及宣布"剧作家"的消失，涉及当代哲学"去主体性"的问题。近代社会变革和工业革命的发生，使人对其存在本身，也就是其自身的主体性产生了怀疑，人类看待世界的角度随之发生变化。在这种环境下，现代主义文学在文类和内容合理性上的标准与之前的文学大不相同。

① 阿尔托. 残酷戏剧：戏剧及其重影[M].桂裕芳，译. 北京：商务印书馆，2015：98.

② 麻文琦.后戏剧剧场的"后现代性"：兼议"呼唤戏剧的文学性"问题[J].戏剧，2019(4)：45.

③ 吕效平. 释"后戏剧剧场"[J].戏剧与影视评论，2020(5)：38.

④ KOLTÈS B-M. Une Part de ma vie[M]. Paris：les Editions de Minuit，1999：59-60.

“作者”不再戴着意识形态传声者的面具,作品不再被苛求一定要为特定的社会秩序负责。现代作家则逐渐让自己参与到世界当中去。主体与客体不再是纯粹的对立,艺术与生活的界限逐渐模糊,文学甚至变成一种日常消费,创作也可以被机械地复制和生产,而作为创作者,“作者”的价值被重新估量。现代作家对“作者”本身的否定,表现在对自我权威的否定上。他们不再将自己看作对世界有意义的人,而是想方设法揭露作为“作者”、作为“人”的自己最隐秘和痛苦的一面。马拉美(Mallarmé,1842—1898)、兰波(Rimbaud,1854—1891)以及20世纪初期的超现实主义艺术家无一不在挑战创作的界限,展现“作者”作为自我意识的表达者到底能走多远,而深受他们影响的阿尔托更是将这种尝试做到了极致。阿尔托对自我权威的否定,表现在对写作本身的否定上。他将写作看作反映意识的镜子,但又假定意识整体是不可穷尽的,所以一切作品都变成了“一次不充分的表达”①。这种“不充分”变成了阿尔托的噩梦。他苦恼于文字无法表达整体的意识,并且不认为那是写作技巧的不成熟造成的,而是写作/语言本身出现了问题。在阿尔托那里,“思想是其自身的主体,又是客体”②。然而,他在创作中又表现出精神痛苦就是肉体痛苦。“死去吧,受尽折磨的身躯!众所周知,你的思想不完全,又不完善,而且不论你逃向何方,你都还没开始思考。”③因为精神是身体的,身体又是精神的,所以他一方面追逐精神,一方面又转向他的对立面——身体:

> 我崇拜的不是自我,而是肉体,从可感知的意义上来说。所有事物的碰触仅仅在影响我的肉体的范围内,在我的肉体之内而非之外迎合着。除了直接针对肉体的事物之外,什么都不能碰触我,什么都无法引起我的兴趣。④

精神是一种身体,但要传达整体的精神/身体,必须借助一种媒介。阿尔托早期试图通过诗歌达到这一目的,但并未成功。当时巴黎最具影响力的杂志《新法兰西评论》拒绝发表他的诗歌,这说明世人并不认为那些诗歌是成功的作品,这也从侧面反映出

---

① ARTAUD A. Antonin Artaud: Selected Writings[M]. LOVE S, trans. Berkeley: University of California Press, 1988:xix.

② 桑塔格.在土星的标志下[M].姚君伟,译.上海:上海译文出版社,2006:20.

③ ARTAUD A. Oeuvres complètes[M]. tome I *. edition établie par Paule Thévenin. Paris: Gallimard,1976:123.

④ ARTAUD A. Oeuvres complètes[M]. tome I *. edition établie par Paule Thévenin. Paris: Gallimard,1976:116.

阿尔托理念的超前。通过这些尝试，阿尔托发现语言并非最佳媒介，身体对身体的交流或许是更加直接和有效的方式。这一发现是阿尔托转向戏剧实践的动因。阿尔托强调剧场应营造出一种"空间的诗意"，反对语言和精神分离，反对以剧本为中心。剧场应该创造一种非文学的、全面的戏剧语言。

> 如此可以空间的诗来取代语言的诗。这种诗正是在完全不属于文字的领域出现的，……这种很困难而且很复杂的诗，可出之以各种形式：首先，它呈现在所有舞台上能使用的表达方式中，如音乐、舞蹈、造型艺术、哑剧、模拟、手势、声调、建筑、灯光和布景。①

在这里，表演主体发生了深刻的变化。既然一个人的身体既是主体又是客体，那么在剧场中除了身体的表演，参与表演的东西包括道具、音乐、灯光、布景等也可以成为表演的主体，换句话说这些东西被物质化了，成了另一种身体。这样一来，传统戏剧中演员所重点依靠的文本不可能再占主导地位，阿尔托这种在乎即兴的、身体的以及剧场"物质"的戏剧是真正引发欧美剧场审美剧变的源头。从他之后，戏剧回归剧场，剧场的主体是表演，是身体在场，是传统戏剧文本的消解。当代欧美先锋艺术无不受其影响，涌现出偶发艺术、装置艺术、行为艺术等取消了艺术与非艺术界限的作品。

科尔泰斯创造力正盛的七八十年代，正是这些观念十分流行的年代，他的审美和思想不可能不受其影响。这种影响表现在他的戏剧创作中就是被"物质化"的语言。

首先，我们一定不能将科尔泰斯的剧本语言与传统戏剧文本的语言混为一谈。人们历来认为语言作为戏剧的重要表现工具，其首要功能在于交代背景、表达人物思想感情、塑造人物性格等，而科尔泰斯的戏剧语言不是思想和情感的载体，也不是行动推进的工具，它被赋予了表演的意义。比如，《森林正前夜》的主角是一个试图寻找社会认同感的外乡人。一个雨夜，他在巴黎街头游荡，以酒壮胆从犄角旮旯处拉住一个陌生人，向对方讲述他努力融入城市生活却总是换来挫败和屈辱的遭遇。之后，他开始控诉甚至攻击这个他曾渴望融入的世界。全剧完全由独白构成，不分场次，没有停顿，没有句号。整体上看，全剧充斥着口语化的表达、缺乏连贯的句子，还有一些赤裸裸的感官描写，给读者带来一种宣泄大于陈述的听感。

---

① 阿铎.剧场及其复象：阿铎戏剧文集[M].刘俐，译.台北：联经出版公司，2003：40.

科尔泰斯剧作的情节一贯不太复杂，人物数量也不多，且戏剧冲突直来直去，他将大部分的精力都放在语言的雕琢上。《森林正前夜》整个剧本是由人物的独白构成的，其语言就像“音乐的赋格曲体，有呈示部、展开部、再现部，以层层递进的螺旋状和环环相扣的形态，构成一股排山倒海之势，倾泻而下”①。《罗贝托·祖科》中的人物完全是由语言构建起来的，情节也是完全靠语言发展起来的，几乎没有什么戏剧动作。《孤寂在棉田》描写了一名商贩和一名顾客的语言博弈，他们似乎言之有物，但又顾左右而言他，这样的对白让人物关系扑朔迷离，时而像主顾，时而像主仆，抑或是街头赤裸交易的男女。他们有时交头接耳，有时又大声嚷嚷，就像一场多声部的演奏会。

对于语言本身与意义的关系，科尔泰斯曾说：“这是一个难以说清的话题，因为它涉及文字意思这个问题。自然，一个词本身是不产生意思的。要使它的意思显示出来，就必须把一堆词组合起来，要有一种节奏，一种音乐；音乐创造意思，可是一个词，孤立无援，独木难支……人们需要许许多多的词来试图圈住一个意思，来更精准地定义它。”②在科尔泰斯这里，语言被赋予了一种形而上的意义。雷曼在《后戏剧剧场》中描绘了后戏剧时代的文本特征：

> 文本经常成了一种从语义学角度看上去毫无关联的歌词，成了一种没有固定界线的声响空间。语言可以是现场的存现，也可以是事先准备好的语言材料，二者之间的边界变得模糊了。声音的真实性本身也成了剧场演出的某种主题。声音被编排，按照形式音乐性或建筑模式而被节奏化；通过重复、电子扭曲、遮盖直至变得不可理解，成为某种声响的暴露、某种喊叫；通过混合，声音被耗尽、榨干，和人、物等分离，失去了形体，被错置。③

后戏剧时代的语言不同于传统西方戏剧文本语言，是一种形而上的语言，一种空间语言，在戏剧中通过舞台调度实现。戏剧不再是自亚里士多德以来所强调的模仿，而是一种以具有声响、空间感的新式语言来成就并让演员进入某种狂喜或出神兴奋状态的形而上符号的展示。“科尔泰斯的语言观与传统的性格化语言迥然相异，亦即他

① 宁春艳.科尔泰斯戏剧语言的时空构建：文本解读《森林正前夜》《西岸》《孤寂在棉田》[J].戏剧，2020(4)：40.

② 宫宝荣.科尔泰斯戏剧美学思想初探[J].戏剧，2020(4)：30.

③ 雷曼.后戏剧剧场[M].李亦男，译.北京：北京大学出版社，2010：191.

并不追求通过语言来刻画人物性格,而是更加讲究语言自身的美。他认为,语言本身并没有意义,当剧作家在创作中根据其节奏性、音乐性针对一大串语言进行排列时,意义便自然而然地产生了。"①

科尔泰斯的戏剧在剧场中呈现出一种形式大于内容的质感,比如冗长的独白、令人目不暇接的信息、跳跃的逻辑、似是而非的观点等。这里,语言不再是传统的传达意义的工具,其本身成了一种表演的主体。《黑人与狗之战》可谓其中的代表。在这些剧作中,情节发展简单,人物数量不多,戏剧冲突直接,大量的篇幅其实都留给了语言。语言变成了另外一个演员,一个有形的物质实体,给观众带来很不一样的观剧体验。如果我们一直跟着语言本身的逻辑,很容易迷失在他的语言陷阱当中,但是如果我们调动其他感官一起参与,结合剧场的所有元素,在这个既定的场中融入他的戏剧语言,就会有完全不同的观剧体验。

其实,虽然科尔泰斯的戏剧风格体现出对语言的崇敬和对文本的信仰,但其戏剧创作的特点之一,即"由演员或人物出发来写戏"②,比如《遗产》(1972)、《森林正前夜》(1977)、《萨蓝热》(1978)和《回归沙漠》(1988)都是为演员量身定制的,就是为了演出而写戏。所以,这也从另外一个侧面说明,科尔泰斯是一个只为剧场写作的剧作家。

> 有一个艰难的阶段,因为我将一些愚蠢的规则、一些古典主义的规则强加给自己。您知道,就是那些理论家们教给你的一切:上场要有动机、下场要有动机,要遵守时间的延展。所有这一切,都是错误的、愚蠢的。③

科尔泰斯是在莎士比亚的启发下,逐渐摆脱法国古典主义编剧法的限制的。《西岸》中大段的内心独白不是用作演出,而是为了方便读者理解。换个角度说,也是为了方便演员理解。剧本中有很多内心对白被作者放入了括号当中,并注明这些台词不用作演出。在某些场次的衔接处还会标注一些戏剧或小说的片段,也不用作演出。对于《西岸》的创作,科尔泰斯曾说:"我想写一部戏就像人们建造一个仓库那样,就是说先搭建一个结构,从地基直到屋顶,然后才能准确知道里边要放什么;一个大的活动的空

① 宫宝荣.科尔泰斯戏剧美学思想初探[J].戏剧,2020(4):30.
② 宫宝荣.科尔泰斯戏剧美学思想初探[J].戏剧,2020(4):30.
③ 宫宝荣.科尔泰斯戏剧美学思想初探[J].戏剧,2020(4):32.

间，一个足够牢固的形状，其内部还可以容纳其他的形状……”[①]

整体来讲，科尔泰斯的剧作似乎让人感受到一种诗意的爆发，人物的行动由语言推动，故事不依附于事件的因果逻辑展开，而是通过独白或者对话的拼接，为词与句子灌注一种音乐性和空间感，使语言变成一种形式大于内容的物质化的存在。这种戏剧语言有别于传统的剧本语言，从某个角度上讲，这种语言不属于剧本而属于剧场，是“一种不是表达（expression）而是生命的某种纯粹创造的呈现”[②]。

二、残酷的主题

科尔泰斯短暂但辉煌的创作生涯大都集中在20世纪七八十年代，疯狂、暴力、幻想、侵犯与被侵犯，是科尔泰斯剧作一贯的主题。

科尔泰斯的剧作中多次出现“弑亲”的情节。他直到1970年才第一次与戏剧有了接触，当时观看的是塞内加的《美狄亚》（*Médée*），该剧由阿根廷著名导演豪尔赫·拉维利（Jorge Lavelli）执导，女演员玛丽亚·卡萨莱斯（Maria Casarès）主演。科尔泰斯震撼于这个弑亲的故事，卡萨莱斯的表演带给他“如火山爆发”[③]般的激情，让他立即决定走上戏剧创作之路。他最早的一部戏《苦涩》（*Les Amertumes*，1970），改编自高尔基的《童年》，剧中儿子拿刀对着父亲，父亲也向儿子抡起烛台。《哈姆雷特故事中的谋杀日》（*Le Jour des meutres dans l'histoire d'Hamlet*，1974）改写自莎士比亚的悲剧，剧中仅有四个人物，即哈姆雷特和他的情人奥菲利亚、他的叔父和母亲，叔父和哈姆雷特的弑亲倾向延续了原作，但因科氏将矛盾集中在这四个人中间，故原作的复仇主题得以浓缩在家庭关系中，显得更具张力。《西岸》（*Quai ouest*，1983）中虽然最后是儿子夏尔的朋友阿巴德将他杀死，但那把枪却是夏尔的父亲罗道夫交给阿巴德的。《罗贝托·祖科》（*Roberto Zucco*，1988）中祖科出狱后回到家中与母亲发生冲突，二人虽然进行着对话，但内在矛盾却无法沟通，最后祖科疯狂地将母亲杀死。此外，家庭成员之间的矛盾与暴力、自戕与迫害也在科氏的作品中屡见不鲜。比如，《苦涩》中丈夫

① 科尔泰斯. 西岸[M].宁春艳，译.北京：中国传媒大学出版社，2019：185.

② 德里达.书写与差异[M].张宁，译.北京：生活·读书·新知三联书店，2001：315.

③ STIBBLE I. Roman ou theater? Expériences[M]. Les Nouveaux Cahiers de la Comédie-Française, no. 1:14.

家暴妻子，兄弟手足相残，父女反目成仇，酗酒的老妇疯狂地指责亲人对她的迫害；《萨蓝热》(*Sallinger*，1977—1978)中美国青年亨利为了逃避越战而自杀；《森林正前夜》(*La Nuit juste avant les forêts*，1977)中的疯妓女在墓地里吃土自杀；《黑人与狗之战》(*Combat de nègre et de chiens*，1979)中黑人因族人被杀而复仇；《回归沙漠》(*Le Retour au désert*，1988)中的法蒂玛因为能看到幽灵而被送进疯人院；《罗贝托·祖科》的主角本身是一个十恶不赦的罪犯，作为配角的两姐妹的遭遇也暗示着她们在成长过程中遭受过家庭暴力。

除了"弑亲"，乱伦与强奸这类禁忌的性也是科尔泰斯剧中乐于表现的一个方面，比如，《哈姆雷特故事中的谋杀日》中的叔嫂、《回归沙漠》中的法蒂玛与其表兄、《塔巴塔巴》(*Tabataba*，1986)中的马伊穆娜与其弟，《罗贝托·祖科》和《醉审》中的强奸等性暴力。

表面上看，无论是"弑亲"还是"乱伦"都展现出科尔泰斯对古希腊悲剧主题的迷恋。刺激他走上戏剧之路的塞内加的《美狄亚》脱胎于欧里庇得斯的同名悲剧作品，但在"杀子"一幕的处理上二者截然不同。欧里庇得斯的美狄亚尚具有母性，对于杀子还有犹豫，但塞内加的美狄亚则如机器般毫无人性地复仇，这让这出悲剧变得更加残酷。不过，科尔泰斯对悲剧的这种迷恋与文艺复兴时期人文主义者从希腊悲剧中寻求人文主题不同，与17世纪法国古典主义从题材、人物和剧本结构上寄生于古希腊悲剧不同，与想要突出人道主义和人的价值的18世纪狂飙突进运动中歌德和席勒根据希腊悲剧原型创造符合其时代语境的作品不同，与20世纪克洛岱尔、科克托、阿努伊、艾略特、奥尼尔和萨特等人用弗洛伊德理论表现悲剧的现代性也不同。究其原因，科尔泰斯选择一些悲剧与残酷的题材进行创作，并不是想表现作为"万物灵长"的人的价值，也不想让悲剧现代化承担社会功能，更无意用精神分析的方法探究人的复杂本性。他曾多次在访谈中强调戏剧的无功利性，这种无功利性是美学和社会双重角度上的。"唯一值得人们严肃对待的问题，是人的生理痛苦、第三世界的痛苦，这些可是根本的……其余的都是毫无意义的琐事……剧作家这一职业中令我高兴的一点，便是无功利性。"①

摒除了功利性，戏剧创作对科尔泰斯来说更像是摆脱了一切价值束缚之后的纯粹真实的感官体验。他展现人物的疯狂与极端暴力的方式是通过对人世间被损害与被

① 宫宝荣.科尔泰斯戏剧美学思想初探[J].戏剧，2020(4)：26.

遗弃的众生的欲望的记录和描画，其刻意回避与略显疏离感的笔触反倒更贴合现代人的生活状态，这种状态通常是无序的、迷惘的、盲目的。比如，《罗贝托·祖科》中的祖科，他更像是游荡在人间的纯粹恶灵，无差别地杀人让整部剧脱离了精神分析的窠臼，赋予其寓言般的厚重感。科尔泰斯并未给祖科的杀戮任何解释和评价，只尽可能客观地书写他接二连三的暴力行径，杀人、强奸直至杀死自己的亲生母亲。临死之前他说："当我前进时，我横冲直撞，我看不见障碍，我都没有看它们，它们自己就倒在我面前。我孤独而强大，我是一只犀牛。"[①]他从一开始就决定走向毁灭，罪恶是他的化身，而他们的罪行也没有人能够阻挡。绝望之虚妄，正与希望相同。《西岸》中贫民窟的穷人如老鼠般蜷缩在社会的阴暗角落，一名富人及其秘书的闯入犹如投入死水中的炸弹，激起各人心中丑陋的欲望，最终欲望升级演变为疯狂的谋杀。《孤寂在棉田》中顾客和商贩意识流似的各说各话，人与人沟通中的理解与蛮横、强势与弱势尽显，个人内心的阴暗与欲望的角落也在角逐中显露出来，肢体暴力演变为语言暴力。"我们俩的世界不是同一个，我们的奇特姿态混入我们的天性，就像是把葡萄扔进葡萄酒里。"[②]每个人都渴望获得理解，却因欲望斤斤计较，无休无止地博弈。无论是行为上的暴力，还是语言上的暴力，科尔泰斯通过独白或对白展示了人物充满绝望的冲动，而这种冲动又催生出毁灭一切的欲望，弑亲、乱伦、强奸、凶杀暴力不过是这种欲望的外显。正如阿尔托所言，这种戏剧是一种"即时而强烈的体验"，是为了"唤醒神经和心灵"，"将爱情、罪恶、战争、疯狂中的一切归还给我们"。[③]

对阿尔托来说，真正的戏剧是危险的、有威胁的。阿尔托在追求艺术时心理和生理上一直存在的痛苦折磨，让他的精神更加接近身体，身体也更加接近精神，而这种痛苦的不断延续也让阿尔托更清晰地感受到艺术在接近生命本身的道路上能走多远。因此，他不可避免地认为只有残酷的戏剧，才是真实的。为了表现这种残酷，他同样喜欢用禁忌的家庭暴力为主题进行创作。1925 年，阿尔托的散文集《灵薄狱之脐》(*L'Ombilic des limbes*)中收录了一部短剧——《血喷》(*Le Jet de sang*)，描写的是一个年轻男人和妹妹乱伦的故事。在《戏剧及其重影》中，阿尔托作为例子详细分析过的唯一一部剧作，是约翰·福特(John Ford)的《可惜她是个妓女》(*It's Pity She's a*

① 于贝尔.科尔泰斯的审世情怀[J].吴亚菲，译.戏剧，2020(4)：64.

② 科尔泰斯.孤寂在棉田[M].宁春艳，译. 北京：中国传媒大学出版社，2019：38.

③ 阿尔托.残酷戏剧：戏剧及其重影[M]. 桂裕芳，译. 北京：商务印书馆，2015：75.

Whore)，情节涉及兄妹乱伦。《舞台调度与形而上》一文中，油画《罗德和他的女儿》涉及的是父女乱伦。阿尔托在1933年创作的历史小说《埃阿迦巴鲁斯，或被加冕的无政府主义者》(*Heliogabalus*, *or The Anarchist Crowned*)和1935年上演的《钦契》，同样充满了鲜血、威胁、强奸、乱伦和谋杀。对性这一主题的关注，体现出阿尔托对身体的关注。在他的意识里，禁忌的身体高于肉体，具有一种形而上的力量。这股力量所带来的恐惧和残酷的宣泄体验，让人更靠近生命本身。正如深受阿尔托影响的彼得·布鲁克在《空的空间》中对残酷的解读："在这种戏剧中，引人注目的中心人物通过最接近于神圣的东西的那些形式表达思想。这是一种像瘟疫一样的戏剧，有酗酒，有感染，有比拟，有魔法……"①

同样，科尔泰斯剧中暴力、疯狂以及禁忌的家庭关系，看似都是远离现实生活的猎奇事件，但烘托出的氛围却让人感觉熟悉而真实。比如《森林正前夜》中夜晚独自在街道上游荡的人；大部分女人被视如敝屣，比如《罗贝托·祖科》中被随机欺侮的女性；充满暴力与掣肘的家庭，比如《西岸》中夫妻互相折磨，父子反目，母女成仇；等等。每个人都在浑浑噩噩地生活，伤感且迷茫，孤独但又无法相互理解或拥抱，而阿巴德的一记冷枪或是祖科勒死母亲的双手最终成为撕破虚假现实的武器，还原了生命本身的真实。通过这些作品，科尔泰斯或许想表现的就是阿尔托所谓的"在我们身上深深嵌入持续冲突和痉挛的观念，在那个观念中，生命每分钟都被截断，大自然中的一切都奋起反对我们生命的状态"②。

结　语

总之，科尔泰斯虽然反对当时泛滥的导演中心制，反对人们对剧本的贬低，但是不知不觉中受到了已经革新了的西方戏剧的影响，我们在解读科氏剧本的时候也应该将它们置于"后戏剧"的语境中，而"后戏剧"产生的最为有力的催化剂就是阿尔托的戏剧理念。科尔泰斯的剧作语言是物化的表演实体，他贯于展现的残酷主题是对生活本身的即时体验，是一种高于生活的艺术真实。科尔泰斯剧作中那些开放

① 布鲁克.空的空间[M].刑历，等译.北京：中国戏剧出版社，1998：51.
② 阿尔托.残酷戏剧：戏剧及其重影[M].桂裕芳，译.北京：商务印书馆，2015：81-82.

的、玩笑的、分离的、错位的或者是不确定的形式，比如支离破碎的独白、任意游走的意识、想要摧毁一切的欲望、沉默的角色等等，看似和现实生活离得很远，实际上暗示了现实的本质，一如阿尔托很早提到的："在文字的诗意下面，是没有形式没有文字的纯诗意。"①

① 阿尔托.残酷戏剧：戏剧及其重影[M].桂裕芳，译.北京：商务印书馆，2015：80.

后 记

“法国当代戏剧暨科尔泰斯戏剧研究”国际研讨会及系列活动纪实

Epilogue

A Chronicle of the International Symposium on Contemporary French Theatre and Koltès' Drama Researche, along with the Series of Events

薛金辉①

Xue Jinhui

松江区位于上海市区的西南部，它有一个响亮的称号——“上海之根”，是上海文化发源地，见证了这座城市的兴起与发展。封存四千多年的广富林古文化遗址，山中有塔、出塔见峰的佘山森林公园，闹中取静的上海最古老园林之一醉白池……它们都从不同的时空维度，向来自世界各地的人们展现着上海的城市文化命脉。其中，作为松江最具代表性，也是最有知名度的文化地标——广富林古文化遗址，是上海“根文化”的集中展示区域，在这里可以见到徽派建筑、特色砖雕以及水上建筑。不管是已成断壁残垣，还是深埋水土，它都记载着某个阶段人类的文明与进步，是这个城市过去、现在以及未来的联结点。而在距离广富林文化遗址不足两公里的上海视觉艺术学院，享有“松江大学城最美校园”的雅号，这个建校虽只有15周年的年轻“后浪”，却常常上演上海乃至国际艺术文化领域的激烈碰撞。传统与现代、东方与西方、经典与流行……多样文化在这所美丽的校园中交织辉映，摩擦出让人振奋的火花，激励无数艺术工作者勇敢前行。

① 上海师范大学硕士研究生毕业，现为上海视觉艺术学院表演学院教师，上海视觉艺术学院表演艺术研究中心常务秘书。

2019年10月25日和26日，上海视觉艺术学院接连举办了三场盛会，中西方戏剧文化在这里交流激荡，演绎出动人的乐章：一是“法国当代经典戏剧名作系列·科尔泰斯专辑”新书发布会；二是贝尔纳-玛丽·科尔泰斯剧本(片段)朗读表演专场；三是“法国当代戏剧暨科尔泰斯戏剧研究——当代欧美戏剧在中国”国际研讨会。这些活动由上海市海外高层次引进人才、上海视觉艺术学院特聘外国专家宁春艳教授牵头，由上海戏剧学院外国戏剧研究中心和上海视觉艺术学院表演艺术学院联合举办。与此同时，还举办了上海视觉艺术学院表演艺术研究中心成立挂牌仪式、巴黎中法舞台协会落地上海的启动仪式，这两个仪式对于东道主来说意义重大——世界的目光将聚焦于这所美丽的校园。

一、精彩开篇：SIVA表演艺术研究中心和巴黎中法舞台协会(上海)宣告启动

“双馨苑”是由清代嘉庆年间的林氏老宅和徐氏老宅两座徽派古楼移迁改建而成的，位于上海视觉艺术学院校内，东西坐落，幽幽的尚亭茶香与精美绝伦的徽派古楼相得益彰，现在作为茶室经常举办全国乃至国际性的盛会。10月25日下午3点，双馨苑迎来了上海视觉艺术学院表演艺术研究中心成立挂牌仪式，巴黎中法舞台协会落地上海启动仪式以及“法国当代经典戏剧名作系列·科尔泰斯专辑”新书发布会。时任上海视觉艺术学院董事长、校党委书记陈立民，纪委书记唐余琴，人力资源部总监胡俊，外事处主任邵家瑜，表演艺术学院执行院长栾洪金，上海市海外高层次引进人才、上海视觉艺术学院特聘外国专家宁春艳，法国BMK版权总署主席弗朗索瓦·科尔泰斯(Fr. Koltès)，法国文化部戏剧司原监察员、巴黎中法舞台协会顾问沃尔兹(Wurtz)，法语联盟上海法语培训中心校长乔思德(Joly)，法国著名导演福特里耶(Feutrier)，法国BMK版权总署欧亚分部主任杜布蕾(Doublet)，斯洛文尼亚著名剧作家、翻译家帕维丽克(Pavlič)，上海戏剧学院外国戏剧研究中心主任宫宝荣，中央戏剧学院电影电视系教授徐枫，中国传媒大学戏剧影视学院表演教研室主任孙德元，中国国家话剧院研究教育部研究员钟海清，上海戏剧学院外国戏剧研究中心助理研究员蔡燕，复旦大学外文学院法语系教师赵英晖，中国传媒大学博士后工作站马慧，贵州师范大学瑞士研究中心研究员吴亚菲，西安市艺术研究所研究员汪一兰，法国ADM剧

团北京负责人、旅法电影导演黄若松，中国传媒大学出版社委托代表刘旭东等出席活动。

会议开始，表演艺术学院执行院长栾洪金介绍了到场的嘉宾，栾院长用“三喜临门”表达了对来自国内外的专家学者的热烈欢迎，以及对会议成功举办的高度期待。上海视觉艺术学院党委书记陈立民在致辞中表示，2019 年是中法建交 55 周年，期待通过此次会议的成功举办，推进法国当代经典戏剧艺术与中国优秀传统文化的深度交流互鉴。

陈立民书记发言如下：

尊敬的各位来宾，老师们，同学们，大家下午好！

金秋十月，秋高气爽，美丽的 SIVA 校园里，高朋满座。今天，到场的有来自法国、意大利、斯洛文尼亚的朋友，也有来自北京、西安等地的国内著名专家、学者。大家齐聚一堂，共同庆贺巴黎中法舞台协会上海分部落地 SIVA，并为我校表演艺术研究中心成立揭牌。在此，我代表学校，再次对远道而来的朋友们表示热烈的欢迎。

今年是中法建交 55 周年，国家主席习近平今年 3 月对法国的国事访问掀开了两国关系的新篇章。前不久，法国总统马克龙在与习主席会晤时，也对两国在人文领域务实合作所取得的成绩表示了充分肯定。可以说，此次巴黎中法舞台协会落地上海，落地 SIVA，正是顺应了中法关系紧密持久的潮流，相信巴黎中法舞台协会上海分部一定会在中法文化和戏剧交流方面做出新的贡献。

我校自 2006 年开设表演专业以来，不忘初心、牢记使命，始终将立德树人作为学校的首要任务。近年来，在师生们的共同努力下，表演专业屡获佳绩，多部学生作品在国内外大赛中获得金奖，历届表演专业的毕业生也已在国内戏剧舞台及影视表演界崭露头角。表演专业生源质量也不断提高，学生报考的招录比例将近 300 比 1，这些都是我们学校坚持开门办学、理论结合实践的卓越成果。在此基础上，学校成立表演艺术研究中心势在必行。这不但为我们学院的教师提供了一个理论研究的重要平台，也为国内外兄弟院校的表演理论研究，提供一个很好的学术交流阵地。

未来中法舞台协会上海分部将同表演艺术研究中心一道，定期举办“名家论坛”“大师工作坊”，设立学术理论研究平台，探寻表演艺术学术发展新趋势。相信这将大大提升SIVA表演学院的科研水平和教学能力，增强我校表演学科建设，同时也能提高我校在国内、国际上的知名度和艺术研究水平，为我校早日实现“国内一流，世界知名的艺术院校”目标奠定扎实的基础。

今明两天，我们还将围绕“法国当代戏剧暨科尔泰斯戏剧研究——当代欧美戏剧在中国”这一主题展开国内外专家研讨，这将是国内乃至华语戏剧界和学界首次举办该专题的研讨会，意义非凡！

我们相信，中法舞台协会上海分部和我校表演艺术研究中心的成立，会为大家带来更多高规格的学术活动。它们将充分发挥SIVA多学科协同发展的有利优势，在宁春艳教授的带领下，不忘本来、吸引外来、面向未来，更好地构筑中国精神、中国价值、中国力量。让我们共同祝愿中法舞台协会和表演艺术研究中心未来更美好！

随后陈立民书记、唐余琴书记、沃尔兹先生和宁春艳教授共同为“上海视觉艺术学院表演艺术研究中心”和“巴黎中法舞台协会上海分部”揭牌。

宁春艳教授对学校领导和国内外到场嘉宾的大力支持表示感谢，并决心为中法戏剧文化的交流进步作出更多的努力。

宁春艳教授发言如下：

大家好，感谢各位嘉宾见证这个重要的时刻。非常感谢陈校长，上海视觉艺术学院表演艺术研究中心的成立意义重大，感谢学校把研究中心的负责工作交给我。今后的任务是艰巨的，有我们表演学院整个教学团队的力量和我们院领导的支持，我信心满怀，一定不辜负学校和陈书记的期望。这是我们表演艺术学院第一个学术科研基地，是戏剧影视表演及播音主持艺术的理论研究平台，这次“法国当代戏剧暨科尔泰斯戏剧研究”国际研讨会的举办，为我们中心奠定了一个很高的起点。在此，请允许我感谢表演艺术学院整个团队和栾院长为这次国际研讨会的筹备工作付出的辛勤劳动，以及唐书记的关怀、学校外事处主任邵老师和人力资源部总监胡老师的大力支持，他们的支持使得我们在有限的时间内完成了大量的组织工作。另外，我还要特别感谢学校基建处，表演艺术研究中心和上海中法舞台协会的办公室从装修施工到办公家具的采购，仅用了3周的时间。研究中心崭新的办公室已投入使用，它的内部是中法舞台协会的主席皮埃尔-彼纳斯亲自画图设计完成的，一百五十平方米里特别留出了一个小舞台的空间，这是专为我们的表演工作坊国际大师班设计的。它是一个表演实验田和理论探索的科研基地。欢迎大家常来我们研究中心坐坐！

我们将把表演教学实践与表演理论的梳理研究紧密结合起来，不断提高表演理论研究的水平，推介法国及欧美其他国家最新表演理论方面的研究成果。同时，深入挖掘和梳理中国传统的表演艺术理论，与西方现代的表演理论进行有意识的系统比较研究，这也是中法舞台协会多年来在巴黎和北京的戏剧交流的一贯思想。欢迎在座的国内学者常跟我们在学术科研方面互通有无，共同推进戏剧影视学科的发展。通过与表演艺术研究中心结为一体的上海中法舞台协会，我们可以将大家的学术研究成果推介到法国及欧美其他国家，逐渐在国际上发出中国学术界的声音。说到国际名师工作坊，我们下学期就将策划举办法国勒考克表演工作坊，欢迎国内的同行前来参与。我觉得中国传媒大学戏剧影视学院的表演教研室主任孙德元老师会对这个消息很感兴趣。在座的法国著名导演福特里耶，他目前正在给中央戏剧学院表演系的老师们排演马里沃的一个戏，我们也欢迎他再来我们中心做个表演工作坊。另外，上海中法舞台协会和SIVA表演艺术研究中心也将努力把国内优秀的戏剧影视演出项目推广到欧洲。比如将我们优秀的教学实践演出剧目带出去，参加法国及欧美其他国家的戏剧节，或者与法国及欧美其他国家的戏剧院校进行合作交流。中国优秀的当代剧目，包括中国传统戏剧的当代改编演绎，都可以通过研究中心和中法舞台协会这个平台走向国际。

总之，我们有做不完的项目，我们会一步一个脚印，努力把研究中心做大做强！

二、"法国当代经典戏剧名作系列·科尔泰斯专辑"新书发布会隆重举行

在表演艺术研究中心成立仪式之后,弗朗索瓦·科尔泰斯先生、宁春艳教授、宫宝荣教授和蔡燕女士共同为"法国当代经典戏剧名作系列·科尔泰斯专辑"新书发布会揭幕。

法国BMK版权总署主席弗朗索瓦·科尔泰斯,法国文化部戏剧司原监察员、中法舞台协会顾问沃尔兹,法语联盟上海法语培训中心校长乔思德,中国传媒大学出版社委托代表刘旭东先后发表讲话,表达了对本次活动成功举办的衷心祝贺,感谢宁春艳教授为中法戏剧交流作出的卓越贡献。

法国BMK版权总署主席弗朗索瓦·科尔泰斯发言如下:

我非常高兴今天来到这里,参加在上海视觉艺术学院举办的一系列活动。首先是表演艺术研究中心的成立,以及巴黎中法舞台协会落地上海。当然,我之所以来到上海视觉艺术学院,也是因为围绕剧作家贝尔纳-玛丽·科尔泰斯——我弟弟的研讨会,这是一个难得的、令人能够缅怀他逝世30周年的纪念活动,而这,发生在中国,距离法国十多万公里的地方。

今晚的剧本片段朗读,有些演员是初次接触他的作品,个别演员已经对作品和剧作家有一定的了解。朗读会将使听众听到来自他方的声音,中文,其美妙绝伦的象形文字的书写,即便我不能读也不能懂,对我来说都是莫大的愉悦。

剧本朗读活动能令人发现这些新出版的非常精美的译作,它本身就是一件大事,一方面是对作品的介绍推广而言,另一方面是对愿把它搬上舞台的演员和导演而言。

宁春艳女士多年来为该项目所做的工作,目前收到了显著的成果,我今天还在认识这一点,在此我对她表示真诚的感谢。我要感谢那些使这一盛举得以举行的机构:上海戏剧学院外国戏剧研究中心、巴黎中法舞台协会、上海视觉艺术学院表演艺术学院。

我要特别感谢上海视觉艺术学院对我的邀请,使我第一次来到中国,发

现这个辽阔大国的一小部分，这就是中国——她的文化既古老又绚丽多姿。

我希望这个活动能够成为两个文化相互理解的一块基石，由上海、中国的戏剧及艺术院校的年轻学生们，将它不断地筑垒、壮大起来。谢谢大家！

法国文化部戏剧司原监察员、巴黎中法舞台协会顾问沃尔兹发言如下：

作为导演、教授、翻译、演员，宁春艳就是我们法语所说的一位捍卫中法交流的“战士”。精通中法两种语言的她已经获得了法国国籍。她先后在中国传媒大学、中央戏剧学院、法国巴黎国立高等戏剧学院、巴黎新索邦第三大学以及巴黎第八大学就读并获得双重学位。

2003 年，宁春艳旅法十几年后创立了巴黎中国之风协会，即巴黎中法舞台协会的前身，从此以后，这个协会成为她所有戏剧文化交流活动的支撑机构和平台。

从 2005 年起，她回到北京，还是在中法舞台协会的框架下，她陪同法国戏剧界人士，如雅克·拉萨勒、丹尼尔·梅斯基、让-米歇尔·里博和让-保罗·温泽尔举办了一系列密集的活动：她作为戏剧导演、翻译和制作人，在中国国家话剧院导演了法国剧目。从 2006 年起，她主编的“法国古典和当代经典戏剧名作”丛书出版发行。迄今为止，她已翻译并出版了二十几部莫里哀、马里沃、贝尔纳-玛丽·科尔泰斯、让-米歇尔·里博、让-保罗·温泽尔、米歇尔·威纳维尔、让-玛丽·贝塞和瓦莱尔·诺瓦里纳的戏剧作品，由中国传媒大学出版社发行。

从 2008 年到 2012 年，她在中法文化交流之春艺术节担任“北京法国戏剧荟萃”项目的艺术总监，推出的戏剧演出有法国剧作家莫里哀、科尔泰斯、里博、贝塞等人的作品，也有中国当代剧作家，例如过士行的戏《青蛙》和徐伟的诗剧《不要放肆》。其中一些作品已在中国内地巡回演出，还有两个作品赴法国巡回演出，即 2012 年她促成的让-保罗·温泽尔的《远离阿贡当市》和《打造蓝色》在法国南希国家剧院上演。

2015 年，她成为上海戏剧学院的特聘教授，我与她以及官宝荣教授都保持着亲密友好的关系，我们之间的合作卓有成效。

2016年宁春艳首次在中国将她翻译的马里沃的名著《虚假秘密》搬上舞台。她曾在2005年作为法国著名导演拉萨勒的助理执导了马里沃的另一部剧作《爱情偶遇游戏》。

自2003年以来，宁春艳的许多活动先后得到了巴黎中国之风协会和在北京成立于2007年的宁春剧社的支持。

今天巴黎中法舞台协会在上海SIVA开辟了一块新的天地，同时伴随着表演艺术研究中心的成立，宁春艳担任研究中心的负责人。祝贺巴黎中法舞台协会落地上海和研究中心成立这双重的喜事，她为中法建交55周年献上了一份文化的重礼。这无疑也是中法艺术交流活动的一个崭新的台阶，我很荣幸能够为此贡献自己的绵薄之力。谢谢诸位！

法语联盟上海法语培训中心校长乔思德发言如下：

亲爱的朋友们：

能代表法语联盟来参加此次新书发布会我感到非常荣幸。

在此，我谨向所有参与或促成此次活动的工作人员表示祝贺，正因为有了他们孜孜不倦的付出，我们才会有一系列美好的戏剧艺术项目得以展开。这些项目从创建到实现的过程促进着中法两国关系和睦发展，我们法语联盟也是其中的维系拥戴者。

多年来，中国法语联盟一直与宁春艳女士保持紧密合作，并为她策划组织的项目提供支持。因此，我相信，今天表演艺术研究中心的成立，及巴黎中法舞台协会在上海的落地，一定能为法国戏剧在中国的传播推广提供更多新的契机，并进一步加强两国之间的密切联系。我为此感到由衷的喜悦。

我们今天欢聚在此，一起庆祝贝尔纳-玛丽·科尔泰斯戏剧专辑中文版的新书发布会。这是科尔泰斯的首个外语版的戏剧专辑的出版发行。

我非常赞同弗朗索瓦·科尔泰斯先生的发言，他的光临对此次重大活动可谓是锦上添花。

得益于上海戏剧学院外国戏剧研究中心的支持和几位翻译的辛勤付出，以及中国传媒大学出版社的努力，中国读者将可以直接进入这位世界级法国剧作家的戏剧世界。请允许我在此特别感谢他们,因为他们的盛举更进一步拉近了中法关系,上海法语联盟很高兴与他们一起推广这些作品。

最后,我谨对今天的庆典活动送上我美好的祝福,祝愿今后的项目一切顺利!感谢宁春艳女士的邀请,法语联盟同她的合作每次都是非常愉快的。我更要特别感谢上海视觉艺术学院校长陈先生的热情接待,他为促进中法关系所做的努力令人佩服!

谢谢!

最后的赠书环节,宁春艳教授和宫宝荣教授将"法国当代经典戏剧名作系列·科尔泰斯专辑"中的7本新书赠予了到场嘉宾。

三、好戏连台:科尔泰斯剧本(片段)朗读表演会隆重上演

10月25日晚6:30,贝尔纳-玛丽·科尔泰斯剧本(片段)朗读表演专场在上海视觉艺术学院黑匣子剧场隆重举行。本场演出由上海视觉艺术学院和上海戏剧学院联合主办,巴黎中法舞台协会(上海分部)、中国传媒大学出版社共同协办,上海视觉艺术学院表演艺术学院与上海戏剧学院外国戏剧研究中心承办。

上海视觉艺术学院党委副书记、副校长俞振伟,校纪委书记唐余琴,表演艺术学院执行院长栾洪金,上海市海外高层次引进人才、上海视觉艺术学院特聘外国专家宁春艳,法国BMK版权总署主席弗朗索瓦·科尔泰斯,法国文化部戏剧司原监察员、中法舞台协会顾问沃尔兹,法语联盟上海法语培训中心校长乔思德,法国著名导演福特里耶,法国BMK版权总署欧亚分部主任杜布蕾,斯洛文尼亚著名剧作家、翻译家帕维丽克,上海戏剧学院外国戏剧研究中心主任宫宝荣,上海戏剧学院外国戏剧研究中心助理研究员蔡燕等莅临现场。中国传媒大学戏剧影视学院表演教研室主任孙德元,上海戏剧学院导演系台词教师、第二十九届上海白玉兰戏剧表演奖配角奖获得者李传缨,上海视觉艺术学院表演艺术学院影视与话剧表演专业丁礼宁、播音与主持艺术专业主任沈萌萌及学生参与了节目编排创作。

剧本朗读表演会总导演宁春艳教授欢迎了到场的各位来宾,她说:

老师们、同学们，观众朋友们，大家晚上好，我是宁春艳。今天晚上我们在这里举办法国当代剧作家科尔泰斯剧本(片段)朗读表演，欢迎大家来到我们的黑匣子剧场。今天下午，我们在学校陈书记的指导下进行了上海视觉艺术学院表演艺术中心的成立挂牌暨巴黎中法舞台协会落地上海视觉艺术学院的启动仪式，那么今天晚上这个剧本朗读，就是我们表演艺术研究中心和上海中法舞台协会的第一个活动。

我作为表演艺术研究中心的负责人和中法舞台协会的艺术总监，首先对光临我们剧本朗读现场的来自欧洲的嘉宾们表示热烈的欢迎。请允许我在这里隆重地介绍：法国BMK版权总署的主席、剧作家的哥哥弗朗索瓦·科尔泰斯先生，他是法国著名的作家、纪录片导演，今天晚上我们在剧本朗读的中间部分会放映他导演的短片《塔巴塔巴》。我的宁春剧社和中法舞台协会曾在2008年在北京法国戏剧荟萃活动中推出了剧作家贝尔纳-玛丽·科尔泰斯的第一个剧本《森林正前夜》的中国首演，2012年又将《孤寂在棉田》搬上了北京的舞台，每一次都得到了弗朗索瓦·科尔泰斯先生的大力支持，他两年前对我们的版权授予，使得上海戏剧学院外国戏剧研究中心策划翻译的"科尔泰斯戏剧专辑"的七个译本由中国传媒大学出版社出版发行，今天下午也在上海视觉艺术学院隆重举行了新书发布会。

今晚的剧本朗读一共有六个剧本片段。由我们表演艺术学院的老师、学生和上海戏剧学院、中国传媒大学的表演老师共同完成。非常感谢上海视觉艺术学院俞振伟校长的光临，以及表演艺术学院栾洪金院长的莅临。在座的还有明天将要举办的"法国当代戏剧暨科尔泰斯戏剧研究——欧美当代戏剧在中国"国际研讨会的所有国内外专家。明天的研讨会在双馨苑从早晨9:00开始到下午5:30结束，欢迎大家列席旁听。今晚的剧本朗读和明天的国际研讨会都是这个专题在国内乃至华语世界的首次行动，具有重大的历史意义。

科尔泰斯是法国当代戏剧作品在国外上演最多的剧作家。其作品已被翻译成30多种语言，在50多个国家上演。遗憾的是他英年早逝，今年是贝尔纳-玛丽·科尔泰斯逝世30周年。今晚的剧本朗读，就是我们对剧作家的缅怀。观众朋友，你们就是国内首次较全面地认识科尔泰斯戏剧的观众。观众席上还有我们"科尔泰斯戏剧专辑"的三位翻译——上海戏剧学院外国戏剧研究中心主任宫宝荣教授，蔡燕老师和我本人。我们和观众朋友们激动地一起见证这个历史的时刻，现在我把舞台交给演员们……

贝尔纳-玛丽·科尔泰斯是法国当代戏剧作品在国外上演最多的剧作家，他的作品被翻译成了30多种语言，在50多个国家上演。本场贝尔纳-玛丽·科尔泰斯剧本（片段）朗读表演的文本是《森林正前夜》《萨蓝热》《黑人与狗之战》《塔巴塔巴》《孤寂在棉田》《罗贝托·祖科》六个剧本的片段。其中，《森林正前夜》由宁春艳担任剧本翻译并导演，孙德元朗读表演；《萨蓝热》由宁春艳担任剧本翻译并导演，李传缨、沈萌萌、SIVA学生尚书同朗读表演；《黑人与狗之战》由宫宝荣担任剧本翻译，丁礼宁导演，SIVA学生代表卢佳琦、边宇林、赵小林朗读表演；《孤寂在棉田》由宁春艳担任剧本翻译并导演，李传缨、孙德元朗读表演；《罗贝托·祖科》由蔡燕担任剧本翻译，宁春艳导演，SIVA学生代表贾浩男、范浩泽等朗读表演。

四、重头戏来袭："法国当代戏剧暨科尔泰斯戏剧研究——当代欧美戏剧在中国"国际研讨会成功举办

10月26号上午9:00到下午5:30，"法国当代戏剧暨科尔泰斯戏剧研究——当代欧美戏剧在中国"国际研讨会在上海视觉艺术学院双馨苑召开，表演艺术学院副院长王兵，上海市海外高层次引进人才、上海视觉艺术学院特聘外国专家宁春艳，文化创意产业管理学院教授蔡兴水，法国BMK版权总署主席弗朗索瓦·科尔泰斯，法国文化部戏剧司原监察员、中法舞台协会顾问沃尔兹，法国著名导演福特里耶，法国BMK版权总署欧亚分部主任杜布蕾，斯洛文尼亚著名剧作家、翻译家帕维丽克，上海戏剧学院外国戏剧研究中心主任宫宝荣，中央戏剧学院电影电视系教授徐枫，中国传媒大学戏剧影视学院表演教研室主任孙德元，中国国家话剧院研究教育部研究员钟海清，上海戏剧学院外国戏剧研究中心助理研究员蔡燕，复旦大学外文学院法语系教师赵英晖，中国传媒大学博士后工作站马慧，贵州师范大学瑞士研究中心研究员吴亚菲，西安市艺术研究所研究员汪一兰，法国ADM剧团北京负责人、旅法电影导演黄若松，中国传媒大学出版社委托代表刘旭东等出席本次会议。宁春艳教授主持本次会议。

会议伊始，法国BMK版权总署主席弗朗索瓦·科尔泰斯就《科尔泰斯的家庭》进行发言，他认为在胞弟贝尔纳-玛丽·科尔泰斯的作品和生活中，家庭占有决定性的位置，它在一段时间里给贝尔纳-玛丽·科尔泰斯以坚实的依靠，成为他日后生活的支柱，同时也成为他生命中不能承受的重量，令他想要摆脱以获得自由。这份自由使得他在保留自己原生家庭的同时，创建了“他自己的”大家庭，并将这个圈子扩展到无限。

上海戏剧学院外国戏剧研究中心主任宫宝荣分享了《科尔泰斯戏剧美学思想初探》，讲述了科尔泰斯作品“去政治化”的主题、“英雄化”的人物，认为正是这些风格特征使之获得了世界各国观众的欣赏。科尔泰斯作为20世纪法国最重要的剧作家之一，其独特的戏剧风格早已引起各国戏剧界和学术界的广泛重视。本文结合科氏的主要剧作及其在《我生命的一部分》中阐述的戏剧观点，分析科氏戏剧呈现出的主要审美特征，指出“无用论”的戏剧观乃是其艺术特征形成的基础。

上海视觉艺术学院文化创业产业管理学院蔡兴水教授在会议上通过《畸零者破碎荒芜的心——科尔泰斯剧作综论》对科尔泰斯剧作文本进行解读，他认为科尔泰斯剧作集中塑造了一系列边缘人、底层人、畸零者、破败者形象，反映人物的无助、窘困、垂危、受辱等悲情，凸显他们无地自由的挣脱与呼告。剧中女性的受欺凌与不被理解更是叫人痛彻心扉，对人性的拷问，对底层人、对受凌辱者与被欺害者受到漠视、歧视的不满被层层揭示。剧作里强烈的内在冲突与不断升级的外在碰撞紧密交织，最后让人们体会人物的临近崩溃的濒危状态。剧作家让观者自己去揣测人物命运及结局，去感受人物的莫名焦虑与混沌一团的艰难抉择，去领悟人生的多舛与不测。剧作冷峻而残忍的表达方式，让我们感受到世界的荒诞无情，人物隐约闪现出的悲凉与孤绝，让人体味到人间的阴冷与寒意，具有强烈的悲剧意识。

中央戏剧学院电影电视系教授、博士生导师徐枫在本次会议上围绕《日常生活政治与微观生命体悟——帕特里斯·谢侯导演艺术中的科尔泰斯戏剧》进行发言，提出戏剧与电影大师帕特里斯·谢侯和剧作家科尔泰斯有相近的左派政治观和核心关切。20世纪70年代的导演艺术在布莱希特的政治介入、陌生化效果与受阿尔托影响的身体戏剧之间找到了平衡，20世纪80年代后受科尔泰斯日常戏剧影响，作品写实主义成分增加。他同时受到了电影编剧吉贝尔的影响。科尔泰斯和吉贝尔之间有相近之处，但却存在着“日常生活政治”与“微观生命体悟”的内在差异：科尔泰斯以非政治的方式瞩目政治，间接却具有社会批判锋芒；吉贝尔的创作聚焦于人的内在生活，探入了所有社会变革都无法真正治愈的生命之苦。谢侯的艺术处于他们二者的中间点，并逐渐向后者倾斜。

法国文化部戏剧司原监察员、中法舞台协会顾问沃尔兹在《科尔泰斯戏剧——一个内行观众的见证与回忆》中分享了他作为“内行观众”的见证和回忆。他表示，他的发言不是一位科尔泰斯作品研究专家的发言，而是一个内行观众的发言。他作为戏剧从业人员（法国文化部戏剧总监察员）并出于个人的热爱，观看过数千场演出，包括科尔泰斯 6 部戏剧的约 20 场演出，这其中又包括 5 部科尔泰斯戏剧的法国首演。他因而得以深入了解两位杰出艺术家——科尔泰斯和谢侯——的关系，两人超凡的合作硕果累累。

上海市海外高层次引进人才、上海视觉艺术学院特聘外国专家宁春艳教授，通过《科尔泰斯戏剧语言的时空构建——文本解读〈森林正前夜〉〈西岸〉〈孤寂在棉田〉》分析解读剧作家既质朴又凝练且富有诗意的戏剧语言特色，探寻了其丰富深邃的戏剧时空的构建秘诀。

在本次会议中，来自国内外的众多嘉宾分别围绕科尔泰斯戏剧的叙事性、科尔泰斯戏剧在中国、从理论到实践等众多主题进行发言，深层剖析了科尔泰斯作品的现实意义和深远影响。

五、史无前例、影响深远：科尔泰斯戏剧研究系列活动的意义

在存在主义和荒诞派之后，对于法国的当代戏剧，中国人所知甚少。加缪和萨特之后，20 世纪下半叶最重要的法语剧作家贝尔纳-玛丽·科尔泰斯被认为是贝克特的接班人，也是和尤内斯库、热奈齐名的戏剧大家。在他短暂的 40 年人生岁月中，留下了 12 部剧作，在文学界和戏剧界获得了极高的评价。自 20 世纪 80 年代以来，科尔泰斯的戏剧风靡欧洲，在法国乃至欧洲舞台上演的次数非常多。他的剧作已经被翻译成 30 多种语言，也因此被认为是贝克特之后法国“出口量”最多的剧作家。

不过，对于科尔泰斯这个名字，大多数中国观众可谓一无所知。科尔泰斯的大部分作品都晦涩难懂。他的剧本往往没有明确的时间、地点，很少有舞台提示，而是虚拟出一些场景，甚至虚化了人物，没有所谓的情节，这对中国观众去熟悉了解科尔泰斯造

成了极大的困扰。好在有以宁春艳教授为代表的剧作家、翻译家的挺身而出，借助自身对法国文化、法国戏剧、科尔泰斯作品的了解，用中国读者熟悉的方式，翻译出了科尔泰斯的7部著作，让国内观众离科尔泰斯更近了一步。而在上海视觉艺术学院的美丽校园，有关科尔泰斯的多项重要活动的成功举办顺应了中法关系紧密持久的潮流，更加有利于像宁春艳教授这样的醉心于研究中法戏剧的戏剧表演教育家将中法两国表演教学实践与表演理论的梳理研究紧密结合起来，不断提高表演理论研究的水平，并向法国及欧美其他国家推介最新的中国方面的研究成果。同时，深入挖掘和梳理中国传统的表演艺术理论，与西方现代的表演理论进行系统比较研究，有利于更好地交流互鉴。而更多学生的参与，对于法国当代戏剧在中国的发展和中法文化的交流互鉴起到了重要作用和深远影响，对于国内的表演专业学生的台词和表演技巧的提升也有重要意义。“法国当代戏剧暨科尔泰斯戏剧研究——当代欧美戏剧在中国”国内外专家研讨会，作为国内乃至华语戏剧界和学界首次举办的该专题的研讨会，是中国传统文化与西方戏剧艺术思想的深度碰撞，对这一领域的研究具有深远的意义，相信在未来的很长时间里，都会产生积极且重要的影响。

图书在版编目(CIP)数据

法国当代剧作家科尔泰斯戏剧研究/宫宝荣，宁春艳主编.--北京：中国传媒大学出版社，2023.7
(法国当代经典戏剧名作系列. 科尔泰斯专辑)
ISBN 978-7-5657-3260-7

Ⅰ.①法… Ⅱ.①宫… ②宁… Ⅲ.①科尔泰斯—戏剧文学评论 Ⅳ.①I565.073

中国版本图书馆 CIP 数据核字(2022)第 152463 号

法国当代剧作家科尔泰斯戏剧研究
FAGUO DANGDAI JUZUOJIA KEERTAISI XIJU YANJIU

主　　编	宫宝荣　宁春艳
副 主 编	马　慧　薛金辉
责任编辑	陈　默
特约编辑	龚道军
封面设计	风得信设计·阿东
责任印制	李志鹏

出版发行	中国传媒大学出版社		
社　　址	北京市朝阳区定福庄东街 1 号	**邮　　编**	100024
电　　话	86-10-65450528　65450532	**传　　真**	65779405
网　　址	http://cucp.cuc.edu.cn		
经　　销	全国新华书店		

印　　刷	唐山玺诚印务有限公司
开　　本	787mm×1092mm　1/16
印　　张	黑白 14.75　　彩插 1
字　　数	264 千字
版　　次	2023 年 7 月第 1 版
印　　次	2023 年 7 月第 1 次印刷

书　　号	ISBN 978-7-5657-3260-7/I·3267	**定　　价**	79.00 元

本社法律顾问：北京嘉润律师事务所　郭建平